suhrkamp taschenbuch 392

Wolfgang Koeppen, geboren am 23. Juni 1906 in Greifswald (Pommern), wurde 1962 mit dem Georg-Büchner-Preis ausgezeichnet. Bekannt wurde Wolfgang Koeppen durch die Romane *Eine unglückliche Liebe,* 1934, *Die Mauer schwankt,* 1935, und die nach dem Kriegsende erschienenen Romane *Tauben im Gras,* 1951, *Das Treibhaus,* 1953, *Der Tod in Rom,* 1954. Die darauf folgenden Arbeiten sind Reiseberichte und Essays: *Nach Rußland und anderswohin,* 1958; *Amerikafahrt,* 1959; *Reisen nach Frankreich,* 1961. Der Prosa-Band *Jugend* erschien 1976. Aufsätze: *Die elenden Skribenten,* 1981.

»In diesem Roman eines jungen Dichters leben die ältesten menschlichen Schmerzen: das Erleiden einer Liebe und die Verzauberung durch eine Leidenschaft, die als ein unabänderliches Schicksal empfunden wird.« Mit diesen Worten kündete der Berliner Verleger Bruno Cassirer 1934 das erste Buch seines damals 28jährigen Autors Wolfgang Koeppen an. Der Roman fand bei der literarischen Kritik in Deutschland und im Ausland größte Beachtung, er galt als ein Versprechen und als ein Zeichen gegen die Zeit, in deren Wirren dann der Verlag – und mit ihm das Buch – unterging. Wolfgang Koeppen hat das Versprechen, das er mit diesem Buch seinerzeit gab, längst eingelöst: er zählt heute zu den besten Vertretern deutscher Prosa in unserer Zeit.

Die »unglückliche Liebe«, der dieser Roman seinen Titel verdankt, resultiert aus der leidenschaftlichen, quälerischen Beziehung eines jungen Mannes zu einer Kabarettistin zweiten Ranges. Über Sibylle und Friedrich erfahren wir schließlich: »Sie wußten, daß sich nichts geändert hatte und daß die Wand aus dünnstem Glas, durchsichtig wie die Luft und vielleicht noch schärfer die Erscheinung des anderen wiedergebend, zwischen ihnen bestehen blieb.« Entsagend finden sich Friedrich und Sibylle mit jener »Wand aus dünnstem Glas« ab, die sie zwischen sich sehen: »Es war dies eine Grenze, die sie nun respektierten.«

So ist die *Unglückliche Liebe* letztlich ein Buch der Resignation, ein Buch der hoffnungslosen Vereinsamung des Individuums, der tragischen Vereinzelung des Menschen.

»Ein Kunstwerk der Prosa. ... Ein herrliches Buch.«

Herbert Ihering im »Berliner Tageblatt«

Wolfgang Koeppen
Eine unglückliche Liebe

Roman

Suhrkamp

Umschlagfoto:
Renate Oesterhelt

suhrkamp taschenbuch 392
Erste Auflage 1977

Satz: IBV Lichtsatz KG, Berlin
Druck: Nomos Verlagsgesellschaft, Baden-Baden
Printed in Germany
Umschlag nach Entwürfen von
Willy Fleckhaus und Rolf Staudt

6 7 8 9 10 11 – 96 95 94 93 92 91

Eine unglückliche Liebe

Als Friedrich zum erstenmal über eine Grenze in ein anderes Land reiste, waren ihm Grenzen nicht fremd. Als Kind hatte er in einem vom Krieg zerschossenen Dorf im Schatten der östlichen Blockhauslinie eine Grenze brennen gesehen, und später war er als junger Mensch in der Stadt an der See oft auf den hohen Backsteinturm der Kirche von St. Nikolai gestiegen, um über das Meer zu blicken, wo man in der hellen Luft zwischen Wasser und Himmel mit den Augen den Schiffen folgen konnte, bis sie, weit, weit draußen, im Dunst des Horizonts eingingen und unsichtbar wurden, so daß nur die Sehnsucht sie begleiten konnte auf ihrer Fahrt über die Rote-Bojen-Grenze der vaterländischen Gewässer hinaus auf die tragenden Wellen. Grenzen waren dies, von denen die eine schrecklich sich zeigte mit Rauch und Flammen, Verheerung und verreckten Pferden im Gehänge aufgerissener Verhaue, während die andere wie ein Traum lockte, der uns dem Nachbarn entführt in ein seliges Reich. Die neue Grenze aber war ein anderes Ding, war Paß und Zoll, war Wechsel von Uniform und Sprache, Stempelschlag und fremder Münzen Geklimper und eine andere neue Lokomotive vor dem Zug, der, als er weiterschnaufte, überraschte, wie er eine Landschaft vor das Fenster brachte, die eine Zwillingsschwester der eben verlassenen heimatlichen sein mußte. Hügelberge und Täler mit spärlichem Schnee bedeckt, sprießende Wintersaat, Menschen am Wege, Häuser, Dörfer, Tiere, Automobile und Radfahrer zeigten sich vertraut und freundlich, bis die Nacht sich senkte und im Dunkel die Gegend schroffer zu werden schien. Dann hielt der Zug Einfahrt in die bekannte Fremdenstadt.

Indem er seinen Koffer auf den Bahnsteig stellte, fragte er sich, ob die Stadt, zu der dieser Bahnsteig gehörte, das Ziel oder nur eine Station seiner Reise sein würde. Sein Wille war es, weiterzufahren nach dem Süden, und eine Fahrkarte dahin trug er in der Tasche; sein Wunsch aber [im geheimen und ohne daß er es jemandem gestanden hätte], hier aufgenommen zu werden und bleiben zu können.

Sibylle lebte in der Fremdenstadt. Sie hatte ihm geschrieben, und ihr Name war in der Zeitung zu lesen gewesen in einer Besprechung über die Artistentruppe, deren Mitglied sie war. Ihretwegen war er angekommen, und sie war auch der einzige Mensch, den er hier kennen konnte. Daß sie ihn nicht auf dem Bahnsteig erwartete, war natürlich. Er wußte, daß sie Verabredungen, die sie zu einer festgelegten Zeit irgendwo hinbestellten, nicht liebte, ja, daß sie unter ihnen leiden konnte, wie ein Kind unter dem Zwang leidet, zur Schule zu müssen, und er hatte ihr seine Ankunft nur ganz ungefähr, in diesen Tagen, gemeldet.

Er dachte daran, zu telephonieren, überlegte aber, daß es gegen acht Uhr und Sibylle auf dem Weg ins Theater sein würde. Und während er so, den Koffer in der Hand, durch die Halle des Bahnhofs wanderte, mußte er auf Leute, die ihn beobachteten, den Eindruck der Unentschlossenheit machen. Hoteldiener kamen auf ihn zu, schätzten ihn ab vom Hut bis zu den Absätzen, ob sie wohl schief getreten, und boten ihm die Dienste ihrer Häuser an. Was aber sagten ihm die Namen, die sie nannten? Wußte er, ob er Geld genug haben würde für das Grand Hotel am See? Entsprachen die Drei Könige seinen Absichten? Er wollte zu Sibylle. Das verstand sich von selbst. Sie wohnte im Gasthof zum Heiligen Petrus, und er nahm ein Auto um hinzukommen.

Die Straßen waren voll Licht und Leben. Ich bin reich, sagte die Fremdenstadt. Wer ankam, sollte es wissen. Die Straße vom Bahnhof fort war eine Verkündigung. Im Krieg war die Stadt neutral geblieben, von Granaten und Krisen unerschüttert, von Reparationen, Kriegsschulden und Inflationen verschont, standen ihre Banken wie feste Burgen da. Graue, schwere Steine im Fundament, schmiedeeiserne Gitter vor den Fenstern und den Portalen, Karyatiden, darstellend den Gott Merkur und den Riesen Atlas, rankten die Fassaden hoch und wurden mit allem zusammengepreßt zu einem Kasten, schwer und fest, ganz so wie Thomas Cooks Traveller Check Büro in Form eines handlichen Koffers gezeigt wird auf den Plakaten einer klug berechneten Werbung: der Reisekreditbrief ist die Bank in eurer Tasche. Daneben blendeten Spiegelscheiben. Juweliere, Schneider, Ledersachen aus Krokodil, Schlangen und Büffelfell und zarte Tageslichtlampenscheine über Lyoner Seide. Friedrich bemerkte dies, in seinem Wagen schwimmend wie in einem Kahn, während die Signale riesiger, schwarzlackiger, kräftig brummender Limousinen wie Schiffssirenen ihn umheulten, und hatte, als der Wagen abbiegen wollte in eine Nebenstraße, wieder den Zweifel, die Angst, ob es klug gehandelt sein würde, im Heiligen Petrus neben dem Zimmer Sibylles zu mieten. Nichts war vorauszusehen, und der Schrecken, der Sibylle ihm gewesen und der vielleicht nur schlafen gegangen war, konnte ihn, Wand an Wand mit ihr ruhend, wieder ganz umfangen. Er schob eilig die Scheibe zum Chauffeursitz zur Seite und sagte: »Nein, halten Sie«, und nannte nun doch den Namen des großen Hotels am See.

Dieser Entschluß war zunächst eine Befreiung. Die Fahrt ging weiter und forderte nichts von ihm, als eingeschlossen zu bleiben in der Bewegung, die zu ruhen erlaubte, während ein Weg getan wurde. Von einer lang geschwungenen Brücke warfen hohe Bogenlampen einen Teil ihres Schimmers in die Tiefe, in der zu beiden Seiten der See sich ausbreitete, dessen rechtes Ufer die Straße nun lang führte. Durch die Ritzen der Türen und Fenster mischte sich Nässe in die leicht nach Benzin und Gummi riechende Luft im Innern des Autos. Über dem Ufer der jenseitigen Promenade blühten Nebellichter in milchfarbenen schwelenden Kugeln. Vom schwarzen Spiegel des Wassers stiegen Schwaden zu ausgelassenen Tänzen gespenstischer Gestalten auf. Wer vom Ufer aus in den Brodem blickte, konnte Ungeheuer sehen. Wenn eine Welle glucksend über eine andere stieg, war es, als wäre ein Mensch in diesen Strudel geworfen und würde nun gezogen von dem Sog, daß Blasen aufstiegen, bis er im Morastbett der winterschlafenden Amphibien vom Tang gefesselt endete. Der Chauffeur hatte das Tempo gesteigert, der Wagen schleuderte auf den feuchten Spritzern des Asphalts, grenzenlos schien die Stadt sich zu dehnen, und Friedrich fürchtete mit einemmal, in diesem Hotel weit von allem entfernt zu werden.

Obwohl es teuer war, wirkte das Zimmer arm. Die Hotelleitung, das war zu begreifen, hatte sich den Spaß gemacht, eine Strafzelle zu bauen für Gäste, die der Dürftigkeit ihrer Finanzverhältnisse wegen, die in keinem Bankbuch verzeichnet standen, nicht in dieses

Haus gehörten und Schuld auf sich geladen hatten, weil sie nun doch gekommen waren. Auch die Gitter vor dem Fenster fehlten nicht, doch waren sie wohl angebracht, den Mieter vor der Versuchung zu schützen, durch einen Sprung hinaus sich nicht nur der unbezahlten Rechnung, sondern allen Forderungen des Lebens überhaupt zu entziehen.

In der Halle hatten Pagen gestanden mit scharlachroten Aufschlägen auf atlasweißen Livreen. Sie waren die Boten des Herrn [im schwarzen Rock thronend auf einem erhöhten Pult] und auserwählt nach gradem Wuchs und hübschem Gesicht, Vorzüge vor anderen, die sie in Gang und Blick genügend zur Schau stellten. Sie waren Engel von dieser Welt, gebadet und gebürstet, liebe Jungens, die vor den Küchenfenstern Fußball spielten, wenn sie nicht gerade Dienst taten in der Halle und in den Gängen, mit den wasserblauen Augen eines alten Wucherers über dem letzten Silber einer todkranken Frau. Sie verhafteten den Gast bei seinem Eintritt, gefällig, indem sie eine Gasse bildeten, die ohne jede Gnade zum Chef des Empfangs führte. Der wartete in der mannfröhlichen Haltung eines amerikanischen Filmhelden, von dem jedes Kind heute weiß, daß er unter dem Tuch seines ehrbaren Rocks eine Waffe im Anschlag hält. Er fragte, wie lange der Herr zu bleiben wünsche, eventuell müsse man der Präfektur eine Meldung machen, der Berechtigung wegen, in der Fremdenstadt zu leben.

Friedrich erkannte, es ist ein Fehler, und er bringt mich ihr nicht näher. Hinter den Gittern des Fensters war der See zu sehen, großartig und stumm, ein unheimliches Feld, berieselt von Nebel und unruhigem

Licht. Berge waren nicht zu erspähen, aber sie mußten da sein, hinten in der Finsternis, mit reinen weißen Häuptern, noch über den Wolken, klar unter den Sternen.

Ich werde nicht hingehen, ich werde einen Brief schreiben. Friedrich fürchtete, im Theater Erleuchtungen anheimzufallen, Blitzen, die seine besondere Stellung in dieser Sache eindeutig erhellen würden, ausgesetzt zu sein und geblendet wieder in den Strudel schrecklichster Not zu fallen, aus dem er sich, wenn auch verwundet, gerettet glaubte. Ich werde ihr einen Brief schreiben, sie kann mir eine Antwort geben, und wir werden uns an einem Ort treffen, der nicht der Dschungel der Kulissen ist. Er machte ihr den Vorschlag, mit ihm zu frühstücken, in einem hellen, freundlichen Café, das sie nennen sollte. Er läutete, wie eben ein Herr in einem großen Hotel läutet, und gab einem der lebensklugen Pagen den Auftrag, mit dem Brief in das Diana-Varieté zu gehen und auf eine Antwort zu warten. Dann ließ er im starken Strahl Wasser in das wannige Marmorbecken unter den goldbronzenen Leitungshähnen laufen und steckte den Kopf hinein und prustete unter Schaum und Blasen.

Nachdem er sich getrocknet hatte, bemühte er sich zu warten. Er wollte ruhig bleiben, auf und ab gehen, ein Lied summen, aber das Herz machte nicht mit. Es tanzte in der Brust und manchmal sprang es in den Hals, juchhe, juchhei, es war schon schlimm. Er nahm das Telephonbuch der fremden Stadt und las die Namen fremder Menschen. Da beneidete er jeden, der hier wohnen durfte, hier Zahnarzt und Spengler sein konnte, denn es war anzunehmen, daß die Truppe mit

Sibylle noch längere Zeit in der Stadt bleiben würde. Er liebte sie also noch, das war sicher, und es überraschte ihn nicht. Er hatte nie aufgehört, sie zu lieben, aber die Leidenschaft mit all ihren Höhen und Tiefen war ruhiger geworden, nachdem Sibylle abgefahren und fortgeblieben. Sie zu lieben ist mein Schicksal, und ich muß es annehmen. Das war seine Überzeugung geworden, ein trauriger Trost, an den er sich klammerte, seit er versucht hatte, einen Stern vom Himmel zu holen, um von ihr aufgenommen zu werden. Sie hatte ihn aber nicht aufgenommen, nicht aufgefangen, sondern ihn liegen gelassen mit gebrochenem Rückgrat, nicht ohne noch im Weggehen einigen zuzurufen, da liegt der Mann, der mir einen Stern vom Himmel holen wollte. Und er hatte sich am Boden gewunden wie ein Wurm.

Es war nicht auszudenken, welche Bosheit sie diesmal erzeugen würde, wenn sie den Brief bekam. Es war nicht richtig gewesen, zu schreiben, aber es wäre auch nicht richtig gewesen, hinzugehen. Der Fall war jeder Hoffnung bar. Aber war sie böse? Er wollte jetzt eine Rolle spielen, den Mann, der satt ist, der im Vorbeigehen zu wichtigeren Geschäften und schöneren Abenteuern mal hinschaut, so aus Neugier, was eine alte Freundin macht. Da war das Hotel vielleicht doch eine gute Basis – wenn die Haltung echt gewesen wäre. So wurde er schon wieder schwankend. War sie nicht zart und lieb? Ein kleines Mädchen nur? Und alles andere schlimme Mißverständnisse, die, wenn sie erst mal aufgeklärt, den Himmel nicht mehr trüben konnten?

Um zehn Uhr klopfte der scharlachrot und atlasweiße Page wieder an die Tür und gab der Hand, die Friedrich ihm entgegenstreckte, keinen Brief. Er sagte: »Die

Dame erwartet Sie um halb zwölf am Bühneneingang.« Das war eine Bombe und eine Erlösung zugleich, grad wie man bei Stimmung war und jedenfalls ein Anlaß, aus dem Zimmer und in die unbekannte Stadt zu gehen.

Das Diana-Varieté, sagte man, ist in der Altstadt. Er ging am Seeufer entlang der Gegend, wo die Lichter sich vermehrten, zu, und all die Kälte des Wassers, die er bisher nur durch Scheiben hindurch gefühlt hatte, stand nun direkt gegen ihn auf. Am bereiften Geländer der langen und breiten Brücke schon war er erstarrt. Ihm war, als hätte der Frost mit Schlingen aus der nassen Tiefe heraus nach ihm geworfen. Er zitterte, aber das konnte auch die Erregung sein. Er fragte einen Mann nach dem Weg und brachte kein Wort über die Lippen. Der Mann schaute ihn an und trat zur Seite, ängstlich und mißtrauend. Schließlich stieß Friedrich nur dies »Diana« wie einen Schrei in die Luft. Der Mann kam wieder näher und lachte. Er sagte: »Noch etwas weiter und dann rechts rein in die Gasse.« Friedrich dachte: er will mir den Rücken klopfen. Das Gesicht des Mannes drückte Solidarität aus. »Da brauchen Sie sich nicht zu genieren, hier bei uns nicht«, das waren die Worte, mit denen er weiterging.

Die Gasse rechts war krumm und alt. Giebelhäuser erinnerten an das alte Frankfurt und an das Gängeviertel in Hamburg, Gegenden, die Friedrich aus einem romantischen Empfinden heraus liebte, doch wunderte er sich, in dieser doch wohl armen Straße das Varieté zu finden. Überall lockten Schenken. Licht glühte farbig hinter verhangenen Scheiben. Wenn eine Tür aufging, dünstete es warm nach Menschen, Bier, Wein, Zigarrenrauch und Schweiß von der Geschäftigkeit der Dienerinnen. Die Stuben waren so voll, daß sie zu bersten schienen, und Friedrichs Eindruck war, daß gelegentlich der offenen Tür sich alle aneinander festklammerten, damit keiner weggeweht werde. Es waren Gemeinschaften, die verbunden bleiben wollten. Auf dem Pflaster der Gasse dagegen war der Verkehr gering. Man wußte nicht, auf welchen Wegen die Leute in die Lokale kamen oder aus ihnen fortgingen. Sollten sie Hintereingänge zu den Höfen der anderen Häuser benutzen, oder unterirdische Fallen, oder auch, war es möglich, daß die Gäste früh gekommen waren und zur Nacht bleiben wollten? Ein Schutzmann sah vor sich hin. In seinem Umhang glich er einer Schnecke in ihrem Schilderhaus. Er war geschützt, nichts konnte ihm geschehen, er blickte gleichmütig in den Rinnsteinfluß, und Friedrich fragte wieder »Diana«.

Das Standbild eines Schutzmanns reckte den Arm, »da!«, und ein Knüppel zuckte weiß in die Richtung. »Da!« waren Leuchtbuchstaben. Sie kletterten übereinander hoch. Das Auge mußte sich erst an den Rhythmus gewöhnen, dann konnte es entziffern: Diana-Varieté-Theater.

Was bedeutete dies: ein Keller- und ein Haupteingang? Im Schaukasten neben dem Haupteingang hingen Bilder nicht zu verkennender Art. Mädchengruppen, die ausgezogen waren bis auf ein flimmerndes, fischschuppenähnliches Etwas um die Lenden, ein Höschen, ein Halt im Schritt, den die Augen gerade noch fassen konnten um sich draufzustürzen, so daß ein Minimum von Phantasie genügte, das kleine Bißchen, das die Gäste dieses Lokals grade noch mitbringen mochten, um sich im Hirn damit zu beschäftigen, welche Entkleidungen, Verfärbungen, Spiele und Überraschungen hier noch möglich wären. Daneben fehlte nicht der kräftige Mann mit den Zentnerhanteln hoch über dem Haupt, den Muskelwülsten aus reißendem Trikot, noch die Sängerin mit fallendem Fett auf grauem Gesicht und entblößtem Busen und mit gläsernen, flammenden Kirschen im wasserwelligen Haar.

Sibylle! Wo war sie? Sein Gesicht preßte sich platt gegen die Scheiben, er schmeckte Schmiere und das Salz von Tränen und tastete die Gesichter ab, mühte sich die Reihe durch und sah Kuhaugen, leere, willige Gesichter, neckisch winkende Finger, Leidenschaft mimende Züge, verhärmte Münder; es war widerlich. Er wurde rot. Wurde rot, hier, wo niemand ihn kennen konnte. Er fragte sich, was mag er denken, als ein Mensch vorüberging. Dies nur für eine Sekunde. Dann wieder: Sibylle! Aber wo war sie? Dies konnte die Truppe nicht sein, bei der sie spielte. Das war unmöglich. Nie hätte das Blatt, in dem er die Besprechung gelesen hatte, ein Wort über die Szenen geschrieben, die aus dem Kasten ihn anstarrten. Da sah er wieder den Eingang zum Keller, und auch dort, in der Tiefe, so daß man sich bücken mußte, um zu sehen, war ein Schaukasten aufgestellt.

Ein Kindergesicht und ein wenig traurig, das war sie, und die da, hinter der blauweißgestreiften Schulmädchenschürze und lässig in der Haltung, die war sie auch. »Sibylle«, es war schon wieder der verhaltene Ton in seiner Stimme, das Flüstern wie zu ihr gesprochen, und heiß lief es ihm den Nacken runter, und er liebte sie und hoffte, ihre Hände würden noch immer ein wenig schmutzig sein und die leichten, wendigen Finger, wenn man sich beugte, sie zu küssen, den Geruch haben nach bunten Glasbonbons und braunem Kräuteressig.

»Ah' tu es belle!«, da hatte einer es hingeschrieben, da, wo ihre Wange endete am Hals, da stand es geschrieben, »Ah' tu es belle!«; der Mann mußte seinen Stift durch das Gitter gezwängt haben, die Scheibe war da zerschlagen, und dann unter Mühen geschrieben haben: »Ah' tu es belle!« Ja, er sollte sich freuen. Sie würde sagen, du freust dich nicht, wenn ich gefalle. Doch, er freute sich. Er lachte sogar. Aber er fürchtete auch für den Mann, der das geschrieben. Sie lächelte. Ein Italiener hätte vielleicht »o belle dolce« geschrieben. Ihre Kollegen blickten daneben finster drein. Eine Frau mit einem schönen römischen Kopf. Junge Leute in bewußt getragenen Sweatern. Das Ganze wirkte russisch. Es konnte ein Kellerkabarett in Moskau sein, um ganz deutlich zu werden, aber das war es eben nicht, um es noch deutlicher auszudrücken.

Dann stiegen sie empor. Menschen über Menschen. Es war unfaßlich, daß so viele Zuschauer in diesem Keller Platz gefunden hatten. Doch sahen sie weder zerdrückt noch mitgenommen aus. Sie trugen gute Mäntel und die Frauen Hüte nach der Mode auf dem Kopf. Einige verschwanden sogar in den Autos, die plötzlich von überallher angeschnurrt kamen. Wenn man ihn gefragt, hätte Friedrich geantwortet: es kamen bürgerliche Menschen des gebildeten Mittelstandes aus der Tiefe.

Er selbst ging hinunter. Das heißt, er entschloß sich dazu. Es war ein Wille nötig, um die Stufen hinunterzugehen und in das Lokal einzutreten. Ein Vorraum zeigte ein Büfett. Garderobenfrauen und Kellner rechneten mit einem dicken Mann hinter der Theke ab. Ein Mädchen schrie scharf dazwischen. Es handelte sich um die

Zahl der verkauften Bilder von den Künstlern. Das Mädchen ereiferte sich in grotesker Weise. Sie verteidigte eine geringe Summe, wie wenn an ihr das Leben gehangen hätte. Sie gehörte zu der Truppe und war die Kassiererin, die mit in der Welt herumreiste.

Friedrich hätte durch den Vorraum in den Saal gehen müssen. Er wagte es aber nicht, die Sperre zu passieren. Er hatte die Vision, die scharfe Stimme der Kassiererin würde auch noch nach der Vorstellung in leidenschaftlicher, angeborener Hingabe an ihr Amt nach ihm hakken und ein Entree fordern. Nicht, daß ihm die Summe leid getan hätte, aber er schämte sich des Bildes einer Szene, in der er zahlen würde, um nicht zu schelten, doch ohne es nötig zu haben, selbst ohne daß es sinnvoll wäre. Er blieb lieber vor dem Büfett stehen und bestellte ein Getränk, um seiner Haltung ein Recht zu geben.

Dies ging so, bis ein junger Mensch aus dem Saal kam, einer der auf den Bildern draußen in Sweatern Gezeigten, auf Friedrich zuging und ihm die Hand reichte: »Kommen Sie nur«, sprach er, und es war etwas in seiner Stimme, das nach Freude und Begrüßung klang. Friedrich folgte ihm in den Saal und war bedrückt von einer Ahnung, wenn er die Situation auch noch nicht verstand. »Hier ist er«, rief der junge Mann im Sweater, nachdem sie den Saal durchquert hatten, dieses Schlachtfeld ineinander gerannter Stuhlreihen, »hier ist er und da«, er deutete zur Bühne hin, »ist Sibylle«. Die dann auch gleich durch die Lücke des Vorhangs über die Rampe herunter sprang, lachte und Friedrich die Hand reichte, beiläufig, liebenswürdig, vertraut: »Da bist du ja, du altes Stück.« Und dann: »Kennt ihr euch, ich denke doch, du kennst doch Fedor«, und nun erinnerte sich Friedrich, erinnerte sich an Kaffeehäuser und nächtliche Tingeltangel und an einen jungen Russen, der mit tiefer Stimme Lieder gesungen hatte von der Not und der Empörung, Fedor, der Mann im Sweater –, er sah ihn an.

Es kamen dann noch andere von der Bühne herunter, der Römerkopf, die derbe Gestalt einer Bäuerin aus früheren Zeiten, ein langaufgeschossener Albinomensch mit wäßrigen Augen, Ania, ein Kind vergraben in einem Schafspelz, Clown der Truppe und jetzt hastig und hüstelnd im weichen Mund eine Zigarette zerrauchend. Sie alle bildeten einen Kreis um Friedrich, begrüßten ihn und fragten nach dem Zuhause, wie sie das Land nannten, aus dem er abgefahren, obwohl sie auch dort, Russen, von der Welle, die 1917 sich erhoben, verschlagen, nicht eigentlich in der Heimat gewesen waren. Fedor übernahm die Führung, sprach für Friedrich, antwortete für ihn auf Fragen [zu denen Friedrich sich noch nicht gesammelt hatte] und sagte schließlich »du« zu ihm, mit einer generösen, brüderlichen Geste seinen Arm nehmend, »was willst du trinken, wir wollen was essen, komm zum Büfett.«

Es war ein langer Tisch aufgestellt, an dem außer den Truppenmitgliedern noch weitere Personen saßen. Menschen, die nicht direkt mit dem Kabarett zusammenhingen, aber doch Freunde waren, die von dem einen oder dem anderen Mitglied ernährt wurden. Friedrich blickte in Gesichter, die alle einen gespannten, hungrigen und unruhigen Ausdruck hatten. Es sind Flüchtlinge, konstatierte er, und dachte dann, aber der Zar lebt nicht mehr, warum also sitzen sie hier im Keller und schlingen ihr Brot hinab wie Nihilisten am Abend vor dem Morgen, an welchem sie die Bombe, verborgen im Schoß, den Galapferden vor die Füße werfen werden. Es war etwas wie Widerwillen und Unbehagen in Friedrich. Er fühlte sich als Bürger, was er bisher nicht recht getan hatte, als ein Mann, der nach Sinn und Verstand handelt. Es ist die Verstimmung, sagte er sich, die mich gegen die Leute einnimmt. Er war kein lauter Mensch. Es war ihm nicht recht, mit Fremden reden zu müssen, mit vielen, die er nicht kannte, von denen er nur wußte, was er zu sehen glaubte, und deren Gesellschaft er nicht gesucht hätte. Vor allem aber, war er hierher gekommen, um weit entrückt von Sibylle zu sitzen, die nur eine von den Stimmen in der allgemeinen Unterhaltung war? Sein Platz war zwar neben dem ihren, dies war ihm gelungen, aber konnte er mehr tun, als von der Seite her sie betrachten? Fragen auf Fragen. Sie riecht nach was. Es ist vielleicht alte Schminke, ranzig gewordenes Fett. Ihr Gesicht ist erregt. Wie kommt sie überhaupt zu diesen Leuten? Sie ist doch keine Russin, ist ein Mensch aus dem Westen, ich selbst bin östlicher gestellt als sie. »Wir wollen gehen«, sagte er, und sie: »Wohin, um zwölf Uhr schließt hier alles.« Er senkte den Kopf. Wünsche ich sie mir noch? Ich weiß nicht mal, ob ich sie schön finde. Ihr Gesicht hat die Macht verloren, mich zu Boden zu werfen. Neben mir sitzt eine Schauspielerin, das Mitglied einer wilden Truppe, die ihre Geschäfte mit dem Hautgout der Finsternis zu treiben scheint. Zu Ania drüben, zu diesem runden, weichen Antlitz über der Prärie des schmutzig weißen Zottelpelzes, dem müden Ausdruck eines zum Feste wach gebliebenen Kindes, könnte ich zärtlich sein. Zu ihr, Sibylle, warum? Nun gut, dann wird es eben zu Ende sein, ich werde heimgehen, in das Hotel, und morgen werde ich weiterfahren, eine schöne Reise tun, den Süden sehen, die Sonne und das Meer.

»Wo schläfst du denn?« Er hörte dies von Fedor und erschrak. Er sagte: »Im Grand Hotel«, und er sagte es leise und sah ein, ehe ein anderer was dazu äußern konnte, dies sei zum Schämen. Und dann: »Ich kannte nur dieses Hotel, dem Namen nach, auch wollte ich am See wohnen.« Sibylle meinte: »Wie lange willst du denn bleiben?« Er sagte: »Bis morgen.« »Aber wir haben doch soviel zu besprechen, auch wollte ich mit dir ausgehen!« Ihr Gesicht war ihm nun zugewandt, und er sah es offen und drang durch Schichten, die vielleicht der Schlot der schlechten Luft in diesem Raum waren, in die Tage ein, die er kannte und die gewesen waren. Ihr Mund war ungefärbt, und er stellte fest: sie hielt sich früher besser. Aber er fühlte dann auch, daß es so mit ihr sein müsse, wie es nun war, wer hielt sie denn?; und er hätte nun doch ihre Hände nehmen mögen zum Erwärmen wie die Hände eines Kindes, das ins Wasser gegangen ist und dann auf den Steinen des Kais liegt, zitternd und bleich, während der brave Mann, der Polizist, der aus seinem Haus gegangen ist, von Weib und Kind und Mutter fort [und fort auch von den Freundesgruppenbildern an der Wand], im Kahn ihm nach mit dem scharfen Widerhaken der Lebensrettung, auch naß gespritzt, den Feuermelder einschlägt.

Hier setzte Entrüstung ein. Die Truppe trat an. »Sie wollen die Vorstellung nicht sehen?« Friedrich gab es zu, es war eine Beleidigung. Diese Menschen klammerten sich an ihren Auftritt. Und Friedrich wollte ja auch, er mußte ja Sibylle sehen. Er sagte: »Also gut, das ist natürlich, ich werde morgen noch bleiben, ich kann später reisen.«

Ein Wachmann kam und gebot Feierabend. Der dicke Wirt kassierte. »Wir kaufen noch Schnaps«, erklärte Fedor, »und du kommst mit zu uns; es ist ein Jammernest, um zwölf Uhr alles zappenduster.«

Da war es also da, das Herz hielt wieder jemand in der Hand, mal preßte er es zu, mal ließ er ihm die Luft zum Leben, verenden sollte es nicht, ein Vögelchen in einem Bauer, zum Singen bestellt. Die Brust zog sich ihm zusammen, und er mußte sich bemühen nicht zu zittern. »Zu euch?« Gewiß, als Fedor ihn vom Büfett abgeholt und in den Saal zu Sibylle geführt, hatte er es schon gewußt. Nun aber zeigte sich die Tatsache nackt. Man weiß, es steht ein Pfeiler in dem dunklen Gang, und doch schreit man entsetzt auf, ist man erst gegen ihn angerannt. »Fedor?« Er sagte: »Nein, nein, es ist zu komisch.«

Sie stiegen zu dritt in einen Wagen. Friedrich saß neben Sibylle, Fedor hockte auf dem Klappsitz vor ihnen. Wieder war es Friedrichs Wunsch, daß die Fahrt endlos dauern möge. Sie fuhren durch Schatten einen winkligen Kurs. In eine Vorstadt, vom See entfernt. »Hier sind wir, wir müssen dem Portier ein Trinkgeld geben«; der Wagen hielt; ein Messingschild blinkte: Logierhaus zum Heiligen Petrus. »Du wohnst hier, Sibylle?« »Ja, du weißt es doch.« »Und Fedor?« »Natürlich er auch.« »Ich bin müde«, sagte da Friedrich, »die lange Fahrt, ihr werdet verstehen, ich mag nicht mehr trinken, ich werde schlafen fahren, gute Nacht.« Fedor schien nicht zu verstehen. Er war enttäuscht. »Warum, jetzt auf einmal, ich dachte, wir wollten lustig sein, feiern, daß du hier bist, Sibylle freut sich doch!« Das war ja nun lieb von Fedor, und Friedrich kam sich viel, viel älter vor als Fedor, der doch nicht jünger war, und sagte: »Morgen, vielleicht morgen.« Dann gab er Sibylle die Hand und küßte sie. »Du holst mich ab, um zehn Uhr, ich habe Nummer vierzehn.« »Gewiß, ich hole dich ab, um zehn Uhr, vom Heiligen Petrus, Nummer vierzehn.« Er stieg in das Taxi zurück, und der Wagen fuhr an. »Zum Grand Hotel«, rief er noch, aber warum nicht gleich in den See?

Als er erwachte, war es sieben Uhr und überall noch dunkel. Draußen im Gang wurde gefegt. Ein Besen schlurfte über die Läufer, Schuhe kamen vom Geputztwerden zurück. In den Wänden ruckten die Röhren, es wurde angeheizt und war noch kalt. Was sollte er sich rühren? Er war blaß und seine Augen waren weit offen, groß im basaltenen Ball und ernst zur Decke und weiter in das Unendliche gerichtet.

In der Akademiestraße konnte ich noch schreien, brüllen wie ein Tier in der Falle, daran erinnerte sich Friedrich. Und daß es damals erst ein halbes Jahr gedauert hatte.

Der Winter war früh gekommen und ungewöhnlich hart. Ich hatte mich nach einem Posten umgesehen, aus Instinkt wahrscheinlich, wie ich öfter Dinge zur Erhaltung meines Lebens getan habe, die ich mir, weil sie mir nicht liegen, nicht anders als aus dem Instinkt erklären kann, dem Willen, oder der Bestimmung, weiter zu leben, und war Prüfer in einer großen Glühbirnenfabrik im Norden der Stadt geworden. Nicht ein Prüfer von wissenschaftlichem Rang wie die Herren, die im Patentamt ihre Gutachten abgeben, sondern nur ein Beobachter niederen Grades, ein Mensch, der [in einen Saal mit Gestellen befohlen, in denen, an kupferne Schienen angeschlossen, Tag und Nacht, ununterbrochen Tausende von Glühbirnen brannten, die eine unangenehme, trockene, stechende Hitze ausstrahlten] aufzupassen und zu registrieren hatte, wann eine der Lampen verlöschte. Ich hatte diesen Posten vom Arbeitsamt der Universität vermittelt bekommen, als ich mich um eine Nachtbeschäftigung bemüht hatte. Man sagte mir: »Sie sind zwar als Philologe eingeschrieben, aber Sie brauchen ja nur aufzupassen.«

Ich hatte mir die Stelle schöner vorgestellt, als sie es dann war, und geglaubt, ich würde Muße finden, über ein paar Dinge nachzudenken, die mich schon seit langem beschäftigten. Ich hatte angenommen, die Nacht in dem Lampensaal der schlafenden Fabrik muß eine Wache sein wie auf Segelschiffen, die unter dem Passat dahingleiten und selbst den verstörtesten Naturen Anlaß geben, zur Ruhe und Besinnung zu kommen. Tatsächlich aber mußte ich aufpassen wie ein Schießhund. Obwohl ich eine dunkle Brille trug, blendete mich die Fülle des Lichts. Ich stürzte hier hin und da hin, Schatten bemerkend, die sich als Täuschung herausstellten, immer in der Gefahr, von einer Ingenieurkontrolle bei einer Unachtsamkeit ertappt zu werden oder im Übereifer einer der schwer geladenen Kupferschienen zu nahe zu kommen und einen vielleicht tödlichen Schlag zu erhalten. Auch zeigte es sich als hindernd, hindernd mehr im psychischen als im tatsächlichen Sinn, daß ich von der Technik dieser Anlage nichts wußte, denn ich lebte bald in der Furcht vor einem unvorhergesehenen Zwischenfall, vielleicht harmlos und leicht zu beheben für den Fachmann, aber doch schwer und eine Katastrophe bedeutend für meine Unwissenheit. Ein Kurzschluß, ein Versagen der Transformatoren, ein Funke im Ölschalter, Einrichtungen, die mir nur Namen waren, aber doch Namen, die schon mal in bezug gestanden hatten zu irgendwelchen Unglücksfällen, ließen mich erbeben, und ich prägte mir den Weg zu dem Signalstand für die Hauswache ein, so daß ich ihn auch in einem plötzlichen Dunkel, das hier undurchdringlicher einsetzen mußte als sonstwo in der ganzen Welt, sicher finden würde. Nach solchen Anstrengungen kehrte ich am Morgen müde heim, in einer leeren Straßenbahn, die mit drei Anhängern fuhr, um Arbeiter in die Fabrikgegend zu holen, schaukelnd durch die Dämmerung und dann in das Bett mit einer Morgenzeitung, die dem Arm entsank, schlafend, manchmal träumend von der Kontrolluhr mit ihren Zähnen, bis vom Hof her, zu dem mein Zimmer hinausging, das Klopfen der Teppiche, das Rufen der Einkäufer von Lumpen, Flaschen und Papier mich weckten.

Für diese, wie sich zeigte, angreifende Tätigkeit bekam ich hundert Mark im Monat. Sie waren meine einzige Einnahme. Bis auf einen Rest, den ich für die Zimmermiete brauchte, konnte ich sie am Tage ausgeben.

Ich stand gegen Mittag auf und ging in die Kunstschule, nicht um zu studieren, sondern um zu essen. Es war dort eine Mensa eingerichtet, die in ihrer Art ein wenig an ein Bohemerestaurant aus Romanen einer vergangenen Zeit erinnerte. Man beobachtete da Leute, die von der Atelierarbeit kamen im buntbespritzten Kittel, das Lächeln des Schaffens noch im Gesicht, unbekümmert die Schüsseln vom Stand nahmen und große Bissen schluckten, und daneben ihre Modelle, Mädchen, die laut und schrill waren und ihre Verbundenheit mit der Farbe auch in ihrem Gesicht zeigten.

In diesem Eßraum, immer voll und bewegt, lernte ich Beck kennen. Das heißt, ich kannte ihn schon, aber richtig lernten wir uns doch erst hier kennen. Im Sommer war ich am Fluß in Becks Heimat gewesen und, unvertraut mit der Strömung, wäre ich eines Tages ertrunken, wenn Beck mich nicht zu sich in sein Boot gezogen hätte, das zufällig vorbeikam. Ich verdankte ihm also mein Leben, wenn man es genau nehmen wollte, obwohl er nicht viel mehr getan hatte, als zuzugreifen, wie er mich in Not gesehen. Der Zufall wollte es weiter, daß Beck den Mann kannte, bei dem ich wohnte, einen Maler von Fischbildern. Die ganze Wand bedeckten sie, Fische über Fische, aus dem Wasser gehoben und im Wasser schwimmend; der Maler stellte sich vor ihnen auf, reckte seine Gestalt, die Haare strebten ihm in die Luft, und sagte: meine Gemäälde, wobei er, während des ä-Lautes, lang und ein wenig belegt, seine Zunge rausstreckte. Diesen Maler unterstützte Beck, indem er ihm Lebensmittel aus der Küche seiner Mutter mitbrachte. Ich nannte ihn von da ab den Kunsthändler, weil ich glaubte, wie sich auch später zeigte, daß er Geschick für derartige kaufmännisch künstlerische Transaktionen haben würde. Der eigentliche Grund seiner Zuneigung zu diesem Maler der Fische war aber der, und das sprach für ihn [und wird immer, was auch kommen möge, für ihn sprechen], daß er ein Bild besuchen wollte, das, hinter anderen versteckt, mir bisher entgangen war. Es war kein Gemäälde [die Zunge beim ä-Laut lang rausgestreckt] und kein Fisch, sondern ein zartes, bewegtes Pastell, wie man es dem Künstler nicht zugetraut hätte, und zeigte ein ganz junges Mädchen, ein Kind, das in der Knabentracht eines Märchenprinzen mit einer Laute in der Hand an einen Kamin gelehnt stand. Das war Sibylle! Ihre Eltern lebten, den Flußlauf etwas hinauf, in einem Landhaus, und der Maler hatte sie besucht. Er erzählte, das Kind sei krank gewesen, und vor ihrem Bette sitzend, habe er sie, in einer plötzlichen Eingebung und ihr zum Spaß, so porträtiert. Ich hätte damals das Bild gerne mitgenommen, aber Beck hatte schon Anrechte darauf. Das Modell interessierte mich kaum, und ich hörte, als ich abreiste, gleichgültig, daß Sibylle in der Hauptstadt weile und wohl im Film herausgestellt werden würde, und erst als Beck unvermutet in der Mensa der Kunstschule mich ansprach, erinnerte ich mich auch an die Sibylle des Bildes.

Beck war in Schwierigkeiten. Er fing gleich an, von Sibylle zu sprechen, ich brauchte nichts zu fragen, und er schien mir in sie verliebt zu sein. Er sagte: »Lachen Sie nicht, sie sieht ganz so aus wie ein Engel.« Er hatte sie besucht, mit Grüßen von dem Maler, und sie hatte ihn in einer Wohnung empfangen, die seiner Beschreibung nach voll von Kissen, Puppentieren und im ganzen von einer filmdämischen Eleganz sein mußte. Mir sagte das nicht zu, und ich vermutete, sie ist dumm und flach. »Aber nein«, erwiderte Beck, »sie ist ein Kind!« Sie hatte Beck in einem durchsichtigen Gewand empfangen und ihn gefragt, ob der Mund so recht sei, wie sie ihn jetzt gezogen habe. Ich konnte zu dem allem nichts sagen, doch glaubte ich meine Vermutung von Sibylles

Dummheit bestätigt, als ich zuhörte, wie Beck versuchte, mit ihr zu telephonieren. Er tat dies, nahm den Hörer, drehte die Nummer und sagte: »Guten Tag, Sibyllchen«; sie war also am Apparat, hatte sich mit eigener Stimme gemeldet und doch wurde, was folgte, ein Tanz auf Nadeln. Beck suchte nach Worten, wollte ein Gespräch [nur um sie zu hören], ging aber an jedem Thema zugrunde, weil sie nur ja sagte oder nein. »Man kann mit ihr nicht reden«, bemerkte ich. »Sie spüren es ja; sicher ist Sibylle eine Figurine aus der Modenzeitschrift für die elegante Welt, ein ganz leeres Geschöpf, das nur mit Gutangezogenen, mit abgebauten Grafen, Zuhältern oder Komparsen [Sie sind das alles nicht, Beck] in Hotelbars über den neuesten Schnitt der Achsel oder, höchstens, über den grade im Ansehen der Prominenz stehenden Schauspieler sprechen kann.« Beck wehrte sich gegen diese Auffassung, und wir tranken Wein, am Nachmittag, was aber Becks Kummer wegen und auch weil er den Wein von zu Hause vom eigenen Berg mitgebracht hatte, keine Ausschweifung war. Dann war es Zeit für mich, in meine Lichthöhle zu gehen, und Beck nahm die eine Flasche, die er getrunken, brach ihr den Hals ab, schrieb »ich liebe dich« auf das Etikett [Hochberger Krötenmilch] und packte die Flasche in einen Korb, den er an Sibylle adressierte. Indem er mich zur Straßenbahn begleitete, brachte er das Paket zur Post.

In dieser Nacht tat ich meinen Dienst in besonderer Unruhe. Ich bildete mir ein, daß die Spannungen der Elektrizität um mich herum mir zusetzten, und ich beneidete Beck um seine Existenz als Sohn aus einem reichen Haus. Es war nicht so weit, wie es dann kommen sollte, daß ich Funken sah, wo keine waren, und den Donner von Explosionen beinahe herbeisehnte, aber es war schon das Empfinden, mir sei ein Zeichen gegeben, eine Warnung von einem näherkommenden Unheil.

Ich war am andern Morgen kaum zu Bett gegangen, als es schon klopfte und Beck zu mir ins Zimmer trat. Er sagte: »Lieber Freund«, dann nichts mehr und ging hin und her. Keine Erklärung, kein Wort der Entschuldigung, nur dies Auf und Ab vom Ofen zum Fenster, vom Fenster zum Ofen. Ich lag da und dachte, ich bin krank. Ich hatte keine Kraft, mich zu rühren, mich zu wehren, man konnte mit mir machen, was man wollte, ich hielt still. Der da hatte den Wunsch zu beichten, er würde schon reden, sollte er sich nur anlaufen, meinetwegen vor meinem Bett, ich sah nur Glühbirnen, kupferne Wege und Funken. »Ich habe sie gesehen«, sprach er schließlich und blieb stehen, »ich habe sie gesehen; ich war im Volkstheater, im Rang, und sie saß unten. Sie war mit einem Mann zusammen, den alle grüßten, es muß ein Rezensent gewesen sein; Sie hätten ihn vielleicht gekannt, Sie interessieren sich ja für solche Leute.« Der Ton war feindlich. Dies »interessieren sich ja für solche Leute« warf er hin, als sei Rezensionen zu schreiben an sich schon ein verächtliches Handwerk und als ob er mir, dem er gestern erst zwei Mark leihen mußte, so was grade zutrauen würde. Dann reckte er sich plötzlich auf mit einem Wutschrei, nahm ein Buch von meinem Nachttisch und warf es in die Höhe. »Glauben Sie«, schrie er, »daß sie mit ihm schläft!«

Ich glaubte es ohne weiteres und dachte jetzt, es muß schön sein mit jemandem zu schlafen. Ich dachte es ganz offen, so wie es dasteht, und ohne jeden Hinterhalt, ganz des erotischen Begriffs entkleidet. Ich hatte nie die Einsamkeit so sehr empfunden, wie sie sich jetzt in meinem Bett mir schrecklich auftat. Da lag ich nun zwischen dem schon angestaubten Leinen, und vor mir in dem Zimmer geriet ein anderer Mann außer sich. Was verband mich mit ihm? Ich lag da wie auf Isolierschichten gestellt. Wem würde es was sagen, wenn ich sterben würde? Ach, wäre doch ein anderer Mensch zu meiner Seite gebettet, daß ich einen anderen Atem fühlen konnte, ein anderes Herz, ein Berühren fremder Haut, das Beben einer Regung aus einem Traum, der nicht von mir geträumt, denn meine Träume waren ja schon schrecklich.

»Gewiß«, sagte ich zu Beck, »sie wird mit ihm schlafen, er wird das haben wollen, wird das brauchen, denn von seinem Verstand allein kann niemand froh werden, selbst ein Rezensent nicht; und sagten Sie nicht, daß Sibylle schön ist und lieblich?«

Sicher, ich war roh. Ich gebe das zu und verstehe vollkommen, daß Beck mit einem Blick ging, der mir doch ins Mark fuhr, so wund war er, und wie wild die Tür zuschlug. »Ich bin krank«, rief ich ihm noch nach, aber er hatte es wohl nicht mehr gehört. Warum mußte er auch zu mir kommen mit seinem Kummer. Ich hatte gar keine Erfahrung in diesen Dingen. Mit Kummer schon, aber mit Liebe nicht. Ich war an diesem Morgen noch der Meinung, kein Stück Brot im Haus für ein viel, viel schlimmeres Unglück zu halten.

Ob ich noch zum Schlaf gekommen bin, weiß ich nicht mehr. Ich erinnere mich nur noch, daß ich gegen Mittag aufstand, taumelnd und müde, und in dem kalten Zimmer [ich ließ nicht heizen] ein paar Freiübungen versuchte, ohne an ihren Wert zu glauben. Schließlich ging ich daran, mich zu rasieren; auch dies nur aus einem leeren Pflichtgefühl gegen die Gewohnheit, unlustig, ohne von dieser Verschönerung auch nur das geringste zu erwarten. Verdammt, ein leerer Tag begann und würde leer zu Ende gehen. Ich nahm mir vor, mich wieder um meine Studien zu kümmern und die Stellung in der Nacht in Zucht zu nehmen; wovon sollte ich leben? Ich mußte das aushalten, ohne darunter zu leiden.

Ich hatte noch die Creme im Gesicht als es klopfte. »Vorwärts«, rief ich, denn armen Leuten kann nur was gebracht werden, »vorwärts, kommt rein«, und ich gab mich fröhlicher als mir zumute war. Daß Beck eintrat, überraschte mich. Ich hatte nicht erwartet, daß er, nach dem Auftritt am Morgen, wieder zu mir kommen würde, und ich hatte mir schon vorgenommen, mich in der Mensa bei ihm zu entschuldigen. Da er in der Tür stehenblieb, glaubte ich, daß diese, vielleicht auch von ihm empfundene Lage, ihn verlegen mache, und ich rief noch einmal: »Kommen Sie doch rein, es zieht, und entschuldigen Sie, daß ich noch nicht recht fertig bin, ich fühle mich schon den ganzen Tag nicht wohl.« Mit dieser Entschuldigung meines mangelhaften Anzugs in bezug auf ein Unwohlsein meinte ich auch meine groben Bemerkungen vom Morgen erklärt und entschuldigt zu haben. Beck war aber noch immer nicht aus dem Türrahmen in das Zimmer getreten, ich wollte ihm die Hand reichen, ihn herbeiziehen, da hörte ich hinter ihm, im dunklen Flurgang ein Kichern, ein Lachen, ein schließlich prustendes Gelächter und dann erhielt er von hinten einen Stoß, von hinten, das war ganz offenbar, er taumelte und fiel, fiel neben den Stuhl mit meinen Kleidern, die alle zu Boden rieselten, mein Gott, sie waren staubig, wer putzte sie mir schon, und dann hörte ich noch eine Stimme: »Los, er ist ein Trottel, das siehst du ja, grüß Gott, ich wollte dich besuchen«, und eine Hand streckte sich mir hin, dahinter aus dem Dunkel kommend ein Arm, ein Kleid, ein Körper, Hals und Kopf und Augen und ein Mund [der war vor allem deutlich] und Sibylle stand im Zimmer, kleiner als ich, lieblich und lächelnd.

Es war das einzige Mal in meinem Leben, daß ich in konventionellsten Bahnen dachte und handelte. Ich war wie gegen einen Sandsack gerannt, verhext, und hätte dem christlichen Mädchenpensionat der Schule von Sacré Cœur vorstehen können. Ich sah Sibylle vor mir, mein wahres Wesen sammelte sich einzig in meinem Blick, ich sah sie an, sah über die Kappe hinweg, die ein Damenhut war, und über die Krause am Hals, sah drüber weg und sah ihre Gestalt und ihr Gesicht, sah die Hände, und hätte ich denken können in diesem Moment, dann hätte ich gedacht, Gott sieht das Herz an, und ich wußte alles, nichts, was auch später geschehen ist, hat mich im Grunde überrascht, ich wußte: ich bin verliebt, ich liebe sie! Aber das Zimmer! Dieses häßliche möblierte Hinterhofzimmer im Zelt der ausgebleichten, schwindsüchtigen Wanzentapete. Die Armut und die Dürftigkeit. Ich sah auch die. Und meine Bartstoppeln unter der verkrusteten Seife. Und den Vorrat an Bekleidungsmöglichkeiten am Boden, und den bröckelnden Stuhl und das schmale Bett. Ich nahm das alles wichtig, was sonst nicht meine Art war. Ich beachtete das alles und sagte endlich aus der Starre, die mich befallen, stammelnd: »Hier, bitte, setzen Sie sich!« Das »Sie« betonte ich wie ein Befehl vor einem ganzen Regiment. Heute wundere ich mich, wo ich lange Stunden über die Lähmung, die mich damals befallen, nachgedacht habe, daß ich nicht noch »Gnädiges Fräulein« gesagt habe, doch muß mir das ein zu ferner Begriff gewesen sein, sonst hätte ich es sicher angewandt.

Ich handelte, im Sinn meiner plötzlichen Paralyse, klar und folgerichtig. Ich versteifte und verpuppte mich. Ich nahm einen Schlips vom Boden auf, nahm ihn aber nicht um ihn mir um den Hals zu tun, sondern ich fügte ihn zu einer Schlinge zusammen, in die ich meinen Arm hineinlegte. Dann erst, nach diesen Handlungen auffallender und merkwürdiger Art, wandte ich mich wieder zu ihr, die nicht auf dem Stuhl, den ich ihr angeboten, Platz genommen, sondern sich auf das Bett langgelegt hatte, wie wenn sie schlafen gehen wollte [und wirklich sie wollte das] und sagte: »Sie verzeihen es mir wohl, wenn ich Ihnen die Hand nicht reichen kann, ich habe mir eben den Arm gebrochen.« Es war mir bitter ernst mit diesen Worten, und ich kann auch nicht sagen, daß jemand darüber gelacht hat.

Meiner Erniedrigung war noch lange nicht genug getan. Ich sah mich als den elendsten der Menschen, in einer Hütte, die zusammenbricht, während ein gelber Fluß von Abwässern sie umspült. Nie hatte ich ein Mädchen bei mir gesehen, und jetzt lag da eine junge Dame, schnurrte sich ein in mein Bett wie eine junge Katze, die zu trinken sucht, und ihr Rock streifte sich hoch, sie hatte Kinderkniestrümpfe an, und ich wurde gepeinigt von dem Gedanken [dies ganz nebenbei!], wo kann nur die Zeile stehen: Dorisches Mädchen, schenkelzeigend! Worauf noch eine Flut von Assoziationen, Griechentempel, Stadien, Läuferglieder, Wein zum Trunk und Rosen im Haar über mich niederging. Auch sah ich das Bild wieder, wie an einem See im Osten im schrägen, rötlichen Abendlicht und vor dem Hintergrund schwarzer Wälder die jungen Burschen von der Sägemühle die Pferde in die Schwemme ritten, nackt und glatt auf dem blendend nassen Fell der schnaubenden Tiere.

»Walter ist heut abend nicht da, er ist auswärts zu einer Premiere, gehen wir doch zusammen aus, verabreden wir uns zum Essen, und nachher besuchen wir Tante Male.« Sie sagte das so vor sich hin, und ich kann mir nicht helfen, es war die Katze, die schnurrt, tief aus dem innersten Blut, die Krallen eingezogen, warm und erwartungsvoll. Sie besuchte also Tante Male. Das war mir neu. Ich selber kannte das Lokal nicht, doch hatte ich von ihm gehört. Es galt als verderbt, und die Leute, die damals es für nützlich hielten, in dem Ruf der Verderbnis zu stehen, gaben sich dort ihre Zusammenkünfte. Ich sagte: »Das geht ja nicht, ich habe in der Nacht zu tun.« [Weiß Gott, ich wollte auch nicht hingehen, in meinem fleckigen Anzug und ohne Geld in der Tasche, es war schon genug, daß sie mich hier in diesem sah.] Da sprach sie: »Aber du bist doch krank«, und deutete auf die Binde, in der mein Arm festgehalten wurde. »Auch lahmst du!«

Das war richtig. Ich nahm in dem Moment meines ersten Zusammentreffens mit Sibylle die Gewohnheit an, in Augenblicken der Unsicherheit zu lahmen. Es war zu mir gekommen. Ich humpelte durch das Zimmer, prononciert, überbetont, den Fuß nachschleifend, kleiner werdend und zur Seite gebeugt. Das schlimmste war, daß Beck, der bisher bleich und böse am kalten Ofen gelehnt, angesteckt wurde und auch zu hinken begann. Wir wanderten durch das Zimmer, zwei Bettler, die spazierengehen, und übten, ohne verabredet zu sein, ein finsteres Spiel, indem wir abwechselnd in gegenüberstehenden und sich begegnenden Bewegungen lahmend groß und klein wurden. Jeder vernünftige Mann hätte uns für irre gehalten, aber es war ja kein vernünftiger Mann im Zimmer. Sibylle betrachtete uns ohne zu lachen, aber freundlich. Sie war ein Kind, das eben ein neues Spielzeug bekommen hat und staunend überlegt, was man mit ihm anfangen kann. Ihr Gesicht war über uns gebeugt, auch wenn es tiefer ruhte als wir spazierten, und ich glaube, wir blickten aus der Perspektive der Spielpuppen in den Marionettentheatern zu der Meisterin empor, die uns an den Schnüren hielt.

»Was ist nun mit heute abend«, sagte sie, und zu mir besonders: »Du bist doch krank, das sieht bestimmt jeder Arzt.« Beck nickte. Ich blieb bei meinem Nein und wünschte mir nur, sie möchten beide gehen, damit ich nur schnell wieder in das Bett hineingehen konnte, auf dem Sibylle lag. Beck äußerte auch so was und forderte Sibylle auf. »Ich denke gar nicht dran, ich bin müde, ich will meine Ruhe haben«, und plötzlich wütend beinahe und ärgerlich wandte sie sich zur Wand. Beck wurde rot im Gesicht, und ich hätte ihm gerne was Nettes gesagt, aber mir fiel nichts ein. So standen wir stumm. Dann brüllte Sibylle mit einemmal los: »Nun geh doch schon, du Trottel, und glotz mich hier nicht an!«

Natürlich, Beck riß die Tür auf und stürmte fort. An dem Tag wenigstens schien mir das noch natürlich zu sein. Was sollte ein Mann anderes tun. Aber es war für mich wohl der letzte Tag so natürlicher Gedanken. Ich empfand Sympathie für Beck. Viel mehr als früher. Ich dachte auch: dies ist schrecklich. Und stand, noch immer nicht zu Ende rasiert, vor meinem Bett, in dem Sibylle lag, ein Mädchen, das zu mir gekommen war, so wie man sich, ganz früh im Kindesalter, das Indieweltkommen der Kinder vorstellt: sie liegen plötzlich auf dem Bett und sind da.

Ich wußte damals noch nicht, konnte es auch nicht wissen, denn ich war kein Psychologe und mir fehlten auch die Erfahrungen, ich war immer ein, ich will nicht sagen einsamer, aber doch ein allein lebender Mensch gewesen, ich wußte also noch nicht, daß es die Art der jungen Sibylle [sie war als ich sie kennenlernte eben siebzehn geworden] war, ihre Bestimmung gewissermaßen, sich in Leute zu verlieben, von denen ihr andere erzählt, oder gar Absonderlichkeiten berichtet hatten. Und das hatte Beck über mich bei Sibylle getan. Und dann war sie so – sie hat mir das später gestanden, als ich einmal völlig am Ende war und eine Aufrichtung brauchte; ach, sie machte das Dasein nur noch bitterer –, daß ihr dieses Dreckloch, in dem ich hauste, mein halber schlechter Anzug und die Züge, die von schlechter Ernährung berichteten, als der Kern des Schmutzes vorkamen, zu dem sie sich, in anderer, lasziverer Form in dieser Periode ihres Lebens [es war ein Wohlleben, ein Schlaraffendasein, sie war die Freundin des berühmten Rezensenten] hingezogen fühlte. Ja, ihr Mund hat sich mir dargeboten, und es ist dies ein Trost, über den ich meinen Verstand verloren habe! Nie habe ich ihn geküßt, aber in dieser Stunde der vermeintlichen tiefsten Erniedrigung hätte ich ein anderer werden können, ein anderer Mensch in Pracht und Herrlichkeit! Ja, wenn ich mich damals zu ihr gelegt hätte – ich wäre ein Seefahrer geworden oder ein Empörer, ein Held des Volkes, ein Fahnenträger sicher und ein Mittelpunkt, denn es ist mir, da ich es nicht geworden bin, so, als ob ich dadurch, daß ich zu ihr gegangen wäre, strahlend für alle Zeiten hätte werden müssen. Ich bin es nicht geworden und bin grau, ein unscheinbarer Reisender mit einem Koffer in der Hand, auf dem nur bunt die Zettel die Spur des Weges ohne jeden Sinn sind.

Ich muß für Beck was tun. Auf diesen Gedanken stürzte ich mich wie der Hund auf den Knochen. Ich liebe sie, aber ich muß jetzt erst mal für Beck was runternagen. Und dann der alberne Damenhut, der neben ihr liegt. Ich konnte Damen nicht ausstehen. Ich sagte: »Sie sollten Kinderhüte tragen.« »Gern!« Sie ging darauf ein, entschuldigte den Hut als einen Wunsch des Rezensenten. »Warum?« Und dann erzählte sie mir: »Ja, weißt du«, und sagte, sie wolle mal zählen, mit wie vielen sie ihn betrogen, und sie zählte die ganze Welt auf, die man kennt [und die ich nicht kannte] und meinte dann, »da kann ich doch, er liebt mich so, Walter, weißt du, da kann ich doch ihm den Gefallen mit dem Hut tun, wenn sein Herz dran hängt.«

Bei Gott, sie war kein Scheusal. Ich sollte den Beweis allerdings erst später bekommen. »Nun«, sagte ich damals nur, »der Beck [und ich behielt das ›Sie‹ bei, mich daran klammernd wie an einen Mast, wenn das Schiff schon untergegangen ist] ist außer sich vor Sehnsucht nach Ihnen, warum erhöhen Sie die Zahl der Hörner Ihres Herrn nicht noch um diesen Fall, der Ihnen zu den guten Werken gerechnet würde?«

»Ich will kein gutes Werk tun!«

Aha, das war eine Erklärung. Beck hatte sich falsch angeboten. Hier durfte man nicht als Werther kommen. Das sah ich schon ein. Ein Unwille sprach aus ihren Worten, der den Fall hoffnungslos scheinen ließ.

»Ich kann das nicht«, sagte sie dann noch, »was denkst du; wenn ich nicht will, dann kann ich nicht; das ist doch klar.«

Wirklich, ich habe keine andere Frau getroffen, die so wenig geeignet war, sich gegen ihren Wunsch hinzugeben, wie Sibylle. Aber auch diese Erkenntnis dämmerte mir erst langsam. Ich verwechselte noch jeden Begriff. Ich war ja so dumm, ich fragte noch, »warum gehen Sie denn mit Beck aus; warum quälen Sie ihn und regen ihn auf?«

»Ach, das ist so, weißt du« [und wieder schnurrte sie], »alle wollen was von mir, seit ich hier bin, und Beck, der von zu Hause kommt, von dort, von dem Fluß, von dem auch ich herkomme, der, glaubte ich, wolle nichts. Mal einer, der nur so zum Lachen zu mir kommt. Weißt du, ich brauche das. Natürlich, er möchte auch mit mir schlafen, das will ja jeder, aber das ist doch Unsinn, nicht wahr, du möchtest ja auch?«

Der Sprung wieder von Beck zu mir, die Frage, ich war nicht taub, die Frage des Alkibiades zu Sokrates. Ich sagte es nicht, aber ich zwitscherte doch innerlich im Lerchenschlag. »Also dann, mein Fräulein, ich muß jetzt gehen, zu einer Arbeit, ja, die ganze Nacht, nein, ich bin nicht krank, kann nicht krank sein, ich bin der Wächter!« Tat sehr geheimnisvoll mit meiner blöden Lampenstelle. Sie schmollte, das Wort liebe ich nicht, ich finde es sogar scheußlich, aber sie schmollte, ich empfand das so, es muß ein Backfischausdruck gebraucht werden um das festzustellen, verdammt noch mal, wenn ich doch eine Schwester gehabt hätte, ich dachte das damals, ich habe ja nie mit einem Mädchen was zu tun gehabt.

Ich ging, es war wirklich die höchste Zeit, um noch zur Arbeit zu kommen, und sie blieb in meinem Zimmer, in meinem Bett liegen. »Da haben Sie den Schlüssel für die Haustür«, sagte ich noch, »aber verlieren Sie ihn nicht, ich muß ihn mir morgen holen, wenn ich in der Frühe wiederkomme, ist das Haus schon auf, adieu.«

Hierhin gelangt an diese Stelle in seinem Nachdenken über seine Beziehungen zu Sibylle [sie waren ihm das wichtigste Problem, man konnte nicht genug daran denken und sich Klarheit schaffen, und das Gesetz, unter dem sein Leben stand], zurückgesonnen in die Gegenwart der Sekunde, in der er von ihr, die zum erstenmal bei ihm gelegen [in seinem Zimmer, in seinem Bett], fortgegangen war in die Fabrik, eine Erwerbspflicht zu erfüllen, die er später endgültig versäumt hatte, als es im Werben um Sibylle viel sinnloser war, irgendeine, auch nur die geringste Pflicht zu versäumen – bis zu diesem Punkt gekommen in einem schmerzhaften Überlegen, einem Zurbetrachtungstellen der eigenen Person in dem grauen Bilderspiel eines Wachtraums, schrie Friedrich in seinem Bett in dem Hotel in der ausländischen Fremdenstadt liegend und den Morgen erwartend auf und warf sich über Kissen zur Seite in dem Gehaben eines vor Reitertruppen in den Schlamm gefallenen Mannes, der vor dem Schlag der Hufe sich in die Erde einzuwühlen sucht. Das Tor des

Lebens war zugeschlagen. Für immer. Hinter ihm. Er selber hatte den Flügeln den Stoß gegeben. Mit jedem Schritt, den er damals gegangen war, mit jedem Schritt hin zu dem hellen Lampensaal der Glühbirnenfabrik. Fest glaubte er, das hielt er in sich, keine Hände konnten so fest eine Monstranz halten [und manchmal betete er, hinten, verworfen, in den Kirchen], daß er berufen gewesen war und eingelassen, daß Sibylle keinem anderen zugedacht war als ihm, und daß ein Mißverständnis [oh, wie klammerte er sich an dieses Wort: ein Mißverständnis!], eine schlimme Verirrung des Gefühls, er rief noch, aber Sibylle hörte nicht, sie war immer weit fern am anderen Ufer, auch wenn sie nahe war, an allem schuld sei. Er dachte auch zuweilen, vielleicht ist es wie ein Tunnelbau, Sibylle sollte da graben und ich hier, wir hätten uns begegnen sollen und dem Plan der Baumeister, aber dann sind wir uns nur nahegekommen; sie hörte den Schlag meiner Hacke, und ich vernahm das Scharren ihres Spatens, die Erde bröckelte schon, fingerdünn war die Schicht, die uns trennte – da wurde ich mit Unvernunft geschlagen und änderte die Richtung meines Grabens, senkte den Weg in die Tiefe, dem Glühkern zu, der Hölle, wie sie zu sehen ist auf alten Bildern.

Es war so, man muß es klarstellen, unparteiisch, von keinem Gefühl beeinflußt, mit richterlicher Strenge, es war so: er ging in seinen Lampensaal, sah auf der Straße, wie der Abend angezündet wurde, man schien ein Fest vorzubereiten, aus blanken Wagen schauten Frauen, gehüllt in die Thronmäntel der Stuartköniginnen, auf die Promenade, die Portiers schwenkten den Stock vor den Portalen der Theater und den Restaurants mit ihren verhangenen Scheiben. In dieser Gegend, die Friedrich nur passierte, spielte man Glanz und Reichtum der Menschen. Auch der Ausrufer der Zeitungen machte mit, er gab das leise Schwanken des Bodens unter den Füßen, das Beben, das von Osten her nur noch als zarte, blasse Welle in unsere Seismographen fällt, das wir brauchen, um das Leben so recht zu genießen, mit einem leichten Schauer des Gruselns zuweilen über der Brust. Er schrie das Unglück aus, »Raub von Juwelen«, brüllte der Mann –; ach, welch ein Unglück! Da waren nun Juwelen von einem weißen Hals genommen, da hatten schwarze Finger hingegriffen, da weinte nun die Dame und fluchte die Versicherung, sonst ging es niemanden was an, wer wurde satt, wer froh von Steinen? Aber die Zeitung glaubte: Juwelenraub, das ist eine Sensation. Friedrich ging quer durch. Straße vorne und Straße hinten. In der Straße hinten interessierte man sich weniger für den blauen Dunst der Abendausgabe. Hier bewegte man sich in Kolonnen und ging, vorläufig noch, gegeneinander vor. »Man muß sich anschließen, muß teilnehmen, es geht mich an!« So war Friedrich noch an diesem Abend. Auf dem Wege wenigstens noch. Dann kam die Fabrik. Die Einfahrt war so gebaut, daß man in sie hineingleiten mußte. Keiner konnte vorbeigehen, wenn der Schlund offen war. Friedrich senkte das Haupt. Der Nacken war einem Schwertschlag bloßgegeben. Das Gebiß der Kontrolluhr knackte zu. Seine Karte hatte den Stempel: angetreten um diese Zeit.

Verloren, verloren! Wächter der Lampen und kein lebendes Wesen mehr. Die Märchen von den Totenlichtern: und der Tod führte ihn in einen Saal, und in dem

Saal brannten tausend und aber tausend Lichter, und der Tod sprach, dies sind die Lebenslichter der Menschen, und das da ist deins, und es war noch lang, aber es flackerte im Atemhauch des Todes, und als er ihm nahe war, da wollte es verlöschen. Friedrich wanderte durch die Reihen der brennenden Glasbirnen. Da war eine ausgeglüht. Er nahm sie aus der Fassung, behutsam, und registrierte: gestorben in der ersten Minute der Nachtwache.

Sie konnte sich endlos dehnen, sie nahm kein Ende diese Nacht, und er ging immer weitere Wege durch die Reihen und gab den Flammen Namen, das ist Sibylle, das bin ich, das ist Beck, das ist der große Walter, wer übrigbleibt, der wird Sibylle mit sich nehmen; da ging Sibylle aus.

Er benahm sich wie ein Tier, nicht, daß man sagen könnte, er war gemein, er handelte nur in der ersten, natürlichsten Reaktion. Er taumelte und griff nach einem Halt: sie wird jung sterben, sie ist geboren, jung zu sterben, und das Mitleid, und die Liebe [und eine Güte, die er bei klarem Verstand widerlich gefunden hätte] und jeder Wunsch sogleich zu ihr zu eilen, sie in Decken zu packen, sie zu wärmen, zu füttern, zu streicheln, zu küssen, sie zu schützen mit dem eigenen Leib, oh, dein Gesicht, dein Atem, dein bißchen Herzschlag unter meiner Brust! – Es war zu viel des Taumels und nicht mehr zu halten. Er fiel, und indem er die Schiene berührte und Glas daneben brach, erhielt er den Schlag und das Brennen, und in einem Regen von sprühendem Licht, der aus den Umschaltertrommeln aufstieg wie ein Feuerwerk zum Ende des Festes, wurde es dunkel um ihn.

Währenddem war mit Sibylle dies geschehen: sie hatte gewartet. Auch sie hatte die Tür gehört, wie sie zugeschlagen wurde. Auch sie hatte die Ahnung, die Tür wird nicht wieder geöffnet werden, ein Territorium ist zugemauert, das ich nicht betreten werde, doch wußte auch sie so wenig wie Friedrich es klar: diese Richtung wird mein Leben nicht nehmen. Sie wartete noch. Sie dachte, er geht und bringt was mit. Dann suchte sie das Telephon. Er hatte aber kein Telephon, sonst hätte sie die Fabrik angerufen. [Später, als ihm auch das nichts mehr helfen sollte, hielt er sich einen immer wachen Apparat und lebte in Angst vor der wachsenden Schuld der Gebühren.] Man hat es niemals erfahren, und vielleicht war sie auch nie in der Lage, eine Auskunft darüber zu geben, was sie in dieser Stunde in dem armen Zimmer von Friedrich eigentlich gewollt und sich gewünscht hat und wie sie schließlich zu anderen Absichten gekommen ist. Sie schnupperte umher, öffnete Schubladen und Mappen, studierte Briefe und Notizen, blätterte in Büchern, verstreute endlich alles, was an Beschriebenem da war, ringsherum in die Weite, stellte die beiden Stühle zu einer Pyramide zusammen auf den Tisch, riß die Vorhangschnur ab und strickte sie zu einem Netz über die Pfosten des Betts, fertigte dann eine Tafel an, auf der in Druckschrift geschrieben stand: »Wenn das brave Kind kommt, bist du ja nie zu Hause!« Darunter malte sie in kühnen Strichen ein Mädchen, das mit einem Tiger zusammen spazierengeht. Diese Tafel befestigte sie über Friedrichs Bett und verschwand aus dem Zimmer.

Ja, sie war aus dem Zimmer verschwunden, und Friedrich, dem das Wunder widerfahren war, weiterleben zu dürfen, nachdem er in das Gestänge stromgeladener Kupferschienen geraten, wurde von einem Sanitätsmann in das Zimmer hineingetragen. An diesem Morgen fehlten ihm die Tränen, um zu weinen. Nicht der Verletzungen wegen, leichteren Brandwunden am linken Arm, eher schon vor dem Anblick des Zimmers, wo nun, wie er träumte, sie hätte schaukeln müssen, hoch oben auf der Pyramide des Stuhles und des Tisches, vor allem aber Becks wegen, der wieder zu ihm kam und von den Erlebnissen erzählte, die sie in der Nacht gehabt hatten.

»Wir gehen essen«, hatte Sibylle zu Beck gesagt, und sie waren in die Weinstube gegangen und dann in die Bars, die Dancings, die überall ihre bunten Leuchten in die Nacht streckten, und dann zu Tante Male, von deren Etablissement Beck nun nicht genug berichten konnte, wie zahlreich und wie schön die Frauen da gewesen waren und wie schwer und dann doch ehrenvoll der Eintritt für ihn erkämpft und errungen werden mußte. Es war keine einfache Bar, o nein! Ein Schild: »Geschlossene Gesellschaft«, habe an der Tür gehangen, und erst die Bürgschaft Sibyllens, die dort empfangen wurde wie die Infantin, wenn sie Geburtstag hat und gnädig genug ist, zu den Kindern des Volks herabzusteigen, habe ihm die Berechtigung, sich niederzulassen, verschafft. Ja, Torheit der Jugend. Beck strahlte, trotz des Kummers, der ihm später am Abend widerfahren war, und auch Friedrich fühlte sich von diesen Worten angegriffen und glaubte noch, in diesen Läden mit den farbenfrohen Flaschen, den grellen Filmplakaten, den Mixern mit dem ruhigen Gesicht des Prinzen von Wales, den Mädchen, die den Rücken zeigen, auch Friedrich glaubte noch [o Torheit der Jugend!], da sei die Lust des Lebens, die Höhe, der Zenit, genossen mit Sibylle, welch Göttergang für Beck! Keine Fee trat zu Friedrich, ihn zu trösten. Zu keinem von den jungen Männern, die im kalten Wind des Abends draußen vor den Türen stehen und beben, während sie auf die Musik horchen, die ganz von ferne auf die Straße dringt, kommt sie und steht ihnen bei. Das ist schade, denn es wäre eine leichte und dankbare und auch natürliche Aufgabe für eine Fee. Sie brauchte ja nur den Vorhang etwas zu lüften, die Tür zu öffnen, eine Mauer durchsichtig zu machen und zu sagen: sei nicht traurig, schau, es ist nichts; nur eine von den lustigen Masken der Lebensangst, hör mal den Herzen zu, lege dein Ohr auf die Brust des Berauschten, ernst, wie ein Arzt es tut, und du wirst das Herz schlagen fühlen so müde, so matt, so aller Hoffnung auf das Glück entblößt wie der Trab der schwachen Droschkenmähren, wenn sie spät in der Nacht heimwärts gelenkt werden, nach einem Tag vergeblichen Wartens vor dem scharfen, zugigen Loch der großen Bahnhofshalle. Keine Fee war zu ihm getreten, und so geschah es, daß Friedrich an diesem Morgen [an dem es ein Wunder war, daß er lebte] am tiefsten unter einer blöden, dummen Äußerlichkeit zu leiden hatte, die ihn gar nicht hätte zu berühren brauchen. Und als dann Beck auf einmal wieder zu schreien und zu hüpfen begann vor Friedrichs Bett und offenbar wahnsinnig geworden war, indem er plötzlich behauptete, daß Sibylle ihn liebe, ihn, Friedrich, und daß sie zu ihm gelaufen sein müsse aus dem Lokal von Tante Male [bekannt, wie man weiß, in den Kreisen der Prominenz der lasterhaften Beziehungen wegen, die sich dort anbahnen sollten] –, da dachte Friedrich, nein, sie liebt mich nicht, nie wird sie wieder zu mir kommen. Nach außen aber, zu Beck hin gewandt, lachte er, das heißt, er bemühte sich, es zu tun, er verzog ein wenig die Lippen, rückte die Spitze der Zunge vor die Zähne, zeigte den Mund etwas spitz, offen, rötlich, kätzisch, wie er meinte: vieldeutig, in der Hoffnung, Beck wird sich auf mich stürzen, und wir werden miteinander ringen.

Der Tag war aufgestanden. Auf dem bleichen Nebelfeld des Horizonts lag schwarz und schwer im Kontrast der Farben und der Festigkeit das Gitterkreuz vor dem Fenster von Friedrichs Zimmer im Grand Hotel der ausländischen Fremdenstadt. Die Geräusche im Korridor hatten zugenommen. Morgenweiße Hände zogen die Schuhe von der Schwelle in den Raum. »Du sollst Sandalen anhaben an deinen Füßen!« Der Mensch bereitete sich vor. Die Frühstücksmelodie zog durch das Haus. Kannen klapperten, Messer, Löffel und Tassen. In den Wänden stieg das Badewasser rauf und runter; rein und kräftig strömte es in die Wannen, verfärbt und blasig gluckste es wieder abwärts in die tiefen, vergrabenen Schächte der Kanalisation und führte in seinem Fluß den Staub von den Leibern einer reisenden Menschheit mit sich fort in das Netz der Röhren unter der Stadt und weiter zu nie erblickten Rieselfeldern hin. Die Zeit war vorangekommen, die Zeiger der Uhr hatten die Runde gemacht, und Friedrich lag noch da, an das Bettuch gepreßt, auf dem zerwühlten Lager, und es war in mehr als einer Hinsicht merkwürdig, daß er da noch liegengeblieben war. Er war in der Fremdenstadt. Er hatte in ihr sein wollen. Er brauchte nur aufzustehen und zu gehen, und Sibylle würde für seine Augen sichtbar und für seine Hand zu greifen sein. Ein Wunsch war ihm erfüllt, eine Sehnsucht konnte gestillt werden. Was zögerte er? War er wie ein altes Schiff, wie ein Segler, der, im Hafen zur Ruhe gekommen, im Gestänge seiner Takelung vor Verlangen zittert, wenn ein Wind ihm den Salzhauch des Meeres wieder bringt, und der dann doch, trotz aller Sehnsucht, in jedem Sparren ächzt und kracht, wenn das Glück ihm die Segel wieder setzt, die Anker lichtet und ihm den Weg freigibt zu den hohen Wellen? War er schon alt? Den Jahren nach bestimmt nicht. Aber war er vielleicht in sich verbrannt, hatte die Flamme das ganze Sein, das Empfinden und das Herz schon aufgezehrt, und war er so davon mitgenommen, schwach und kalt geworden, daß er es gar nicht gemerkt hatte, wie nur noch ein Funke in einem Berg von lauter Asche glimmte? Hundertmal war das Spiel gespielt und hundertmal war es verloren worden. Die Meinungen darüber, wie er es hingenommen, waren verschieden. Die einen sagten, er drückt sich vor der Schuld, weil sie meinten, ein Mann in seiner Lage, und nach so vielen und so offenbaren Verlusten, habe die Pflicht, mit seinem Leben zu bezahlen. Beck, der nachher sich zurückgezogen und sich in eine andere Bindung gerettet hatte [Sibylle war nicht für ihn bestimmt!] aber doch den Fall im Auge behielt, äußerte zu diesen vielen: er bezahlt ja mit dem Leben, das er lebt. Und Friedrich selbst blieb verrannt in dem Resultat all seines Denkens [sie ist für mich bestimmt!]: einmal werde ich doch gewinnen. Vielleicht war er ein Spieler. Wir suchen gerne die banale außerweltliche Erklärung und scheuen uns, es auszusprechen: er war von dem Schicksal [dem oft dämonischen und teuflischen, immer aber den Menschen vernichtenden, so oder so] auserwählt, diese eine, unter allen anderen auf der Erde, zu lieben.

Um fünf Minuten hatte er sich verspätet. Er stand vor der Tür des Logierhauses zum Heiligen Petrus. Er hatte sich einen Wagen genommen, um eine gute Anfahrt zu haben. Um Lasten von seinen Füßen zu streifen. Um zu springen, wenn es die Treppe empor ging. Einmal hatte sie gesagt: »Mich liebst du überhaupt nicht, das bildest du dir ein; du liebst die Liebe zu mir!« Er klopfte an die Tür und öffnete sie und wußte, als er sie liegen sah, in einem Eisenbett mit schwarzen Wollehunden und mit braunen Bären drin, verschlafen noch, rosig, traumschichtig, die Augen reibend, den Blick, den Arm hebend dann, Geruch nach einem Parfüm im Zimmer »Nach dem Gewitter« und Geruch nach ihr, Sibyllengeruch, dieser Duft, in dem zu ruhen er mal gewinselt hatte [in einem Brief von ihm an sie hieß es: es muß im Nordland so sein, dort, wo die Ostsee zu Ende geht, wo einsame Föhren die Heide überragen und in den weißen Juninächten den Schwestern winken, dort, wo Rentiere weiden, sattellos und von Menschen ungemolken, dort muß es sein, daß im weichen Wehen des Sommerwindes die Luft so rein geht, wie dein Atem flutet und ebbt, wenn du schläfst, Sibylle], wußte, daß er Unsinn war, der Satz von der Liebe zu dieser Liebe. Er hätte so gerne gesagt, »kleine Sibylle«, und sich auf das Bett gesetzt, aber das ging nicht, das entsprach nicht der Zeremonienordnung, die zwischen ihnen sich gebildet hatte, und die auch er als zu Recht bestehend anerkannte.

»Geh doch mal und hole Frühstück«, bat sie, und er ging in den Restaurationsraum hinunter und forderte dort, am Büfett, mit leiser Stimme [denn er schämte sich des Dienstes, wie immer, vor anderen, obwohl er ihn gerne tat] das Frühstück für die Dame von Nummer vierzehn. Und während er noch vor dem Büfett stehenblieb und wartete und dem Fräulein nachblickte, das in die Küche ging, um seinen Auftrag zu erfüllen, fiel sein Blick, es war ein Zufall, daß er auch mal in die Höhe schaute, auf eine Tafel über dem Vorratsschrank der Flaschen, die, verräuchert und verstaubt und in altmodischer Schrift verkündete: »Logierhaus zum Heiligen Petrus, Doktor Magnus Alte Stiftung Für Die Verfolgten Aus Allen Ländern.«

Was war dies, was bedeutete dies, Doktor Magnus Alte Stiftung für die Verfolgten aus allen Ländern? War Sibylle verfolgt? Doch nicht. Warum aber schlief sie dann in dem Haus für die Verfolgten? Und überhaupt, wie ließ sich das deuten, welche Verfolgten waren gemeint, und wer war dieser Doktor Magnus, daß er sich ihrer annehmen durfte? Die einfachste Erklärung war die, daß es sich um ein Schild aus alter Zeit handelte, eine Wirtstafel, ein Privilegium des Logierhauses Zum Heiligen Petrus vielleicht und ohne jede Bedeutung heute, nur aus Gründen der Tradition und der Pietät aufbewahrt und aufgehängt über dem Schrank mit dem Vorrat an Flaschen voll Wein, Essenzen und Schnaps. Gewiß, so mußte es sein, wer kam auf die Idee im Haus Zum Wilden Mann den wilden Mann zu treffen? Dennoch haftete Friedrichs unbestimmte Unruhe an diesem Schild. Er war auf dem Wege gewesen, gerührt von dem Schlafgesicht der Geliebten, sich wieder ihr hinzugeben, das alte Spiel zu spielen, den Mann, der froh ist, wenn man die Gabe, die er aus Liebe demütig bringt, ihm gnädig abnimmt. Jetzt rief die Erfahrung ihm »Vorsicht« zu. In welchen neuen Fallen sollte er sich fangen: Er war bereit, die Maske fester zu binden, wieder der Herr zu sein, der vorüberreist, zufällig und nicht sonderlich interessiert. Als er sich umwandte und wieder nach oben in das Zimmer Sibylles gehen wollte, erblickte er Ania. Sie stand hinter ihm und mußte wie ein Tier auf leisen Pfoten in den Raum getreten sein. Die Nacht hatte sie nicht verändert. Sie war ungekämmt und schien nicht aus den Kleidern gekommen zu sein. Der Zottelschafpelz hing genauso schwer um ihre Gestalt wie am Abend vorher. Auch die Zigarette, an der sie hastig und ungeduldig zog, den Rauch in blauen Ringen zur Decke paffend, konnte dieselbe von gestern abend sein, wenn es wahrscheinlich auch schon die xte danach war. Also wohnten außer Sibylle und Fedor noch andere Mitglieder der Truppe im Heiligen Petrus. Vielleicht war es ein billiges Haus und bekannt unter den reisenden Artistengesellschaften. Das konnte alles erklären. Der Anblick Anias beruhigte Friedrich ein wenig. Er wußte aber nicht, wie er sie begrüßen sollte, Ania, den Clown der Truppe, das Mädchen mit den weichen Zügen und dem roten Mund. Er hatte eine Scheu, Leuten zu nahe zu treten, die er eigentlich nicht kannte, wenn er auch, zufällig, einmal mit ihnen zusammengetroffen war. Er begnügte sich, ihr zuzunicken, zum Zeichen des Erkennens, und vorbeizugehen.

Im Zimmer hatte Sibylle sich in einen Bademantel gehüllt und ging hin und her. Sie benutzte den Tigergang, wie Friedrich es nannte, ein nervöses, gespanntes Schreiten aus dem Fesselgelenk. Es war das Zeichen, daß sie überlegte, intellektuell beschäftigt war und ein

Resultat suchte, das immer eine Verteidigung ihrer jeweiligen Lage war. Auch sie rauchte, wie Ania, in heftigen, kurzen, stoßweisen Zügen. Sie sind gehetzt, diese Mädchen, dachte Friedrich, gehetzt von irgendeinem Drang, der sie außer alle Welt stellt. »Das Frühstück ist bestellt«, sagte er, »und unten steht Ania und raucht wie du. In ihrem Schafpelz weckt sie in mir das Bild eines jungen Fliehenden, der neben seinem müden Pferd vor einem vollgestopften Karren einherschreitet.«

Sibylle ereiferte sich gleich: »Du darfst nichts gegen Ania sagen [wollte er das?], ich mag sie gern, sie ist die Tochter eines Fürsten und hat als Kind, als Baby im Steckkissen, Moskau brennen sehen.« Das konnte sein, warum auch nicht, Friedrich war es gewohnt, daß Russen, die man in Europa traf, Fürsten zu Vätern hatten, und auch das mit dem brennenden Moskau konnte schon stimmen. Eine kleine Emigrantin also. Eine ohne eigenen Willen, eine Fortgeschleppte. Waren sie nicht im Grunde alle eines Krieges Kinder? Während er von Sibylle getrennt gewesen, hatte er dies oft bedacht. Er blickte zurück bis zu dem Tag, an dem die Welt untergehen sollte. Propheten waren aufgestanden im Land und hatten es verkündet. Ihr Wort war wie Unkraut aufgegangen auf den Bauernhöfen und in den Dörfern und kleinen Städten an der polnischen Grenze. Mancher verkaufte damals sein Haus, sein Hab und sein Gut und eilte in die Schenke, um das Leben am Ende noch zu genießen mit Saufen, Fressen und Huren denn was konnte man Besseres tun, in der Angst vor dem Ende, wenn man nicht wie zahnlose alte Weiber zum Beten sich versammeln wollte. Überall brannten die Feuer, am Ufer der Weichsel und auf den Flößen. Die Schiffer betranken sich und die Knechte. Die Bauern und die Handwerker. Die weißen Tellermützen der kaiserlich-russischen Grenzgendarmen flogen dem flüchtigen Geist des Wodkas nach in die Luft, während sie – Friedrich sah das Bild vor sich stehen wie einen Traum von gestern, obwohl er an dem Tag des Weltuntergangs erst sechs Jahre alt gewesen war –, seine Mutter [den leichten Duft von Leichnerpuder über dem Gesicht], er und der nette, schmale, bunte Leutnant, Onkel Tom von den Thorner Ulanen, auf dem Balkon ihres Hauses gestanden hatten, um zu sehen, wie Friedrichs Vater hinter dem Feld der Gasanstalt von Mokka im Ballon aufsteigen würde, den Kometen zu begrüßen, der kommen sollte, die Welt zu zerstören. Wahrlich, es war die Tat eines Helden wert, gleichzusetzen dem Ikarusflug, und herrlich war der Wille, sich loszulösen von einer Erde, die in Schrecken gesetzt zitterte, und gradewegs dem Verderben entgegenzusteuern, dem Fixstern zu, dem Licht, das töten sollte, in die Arme. So war Friedrichs Vater. Er stellte sich den Dämonen! Wer sagte, daß die Worte der Propheten falsch waren? Und die Leute des Mittelalters handelten klüger und verständiger als wir, wenn sie die Brunnen zudeckten und das Vieh in die Dunkelheit des lichtverhangenen Stalles führten beim Nahen der schweifenden Leuchte am nächtlichen Himmel, denn Gott wollte es nicht, daß chinaseidengelbe Gasbälle vor seinen Zeichen in der Luft schwebten, und Gott drückte sie zu Boden. Die Menschen auf dem Balkon des Hauses und die anderen, die von der Erde emporblickten, sahen den Ballon steigen und steigen, immer höher, bis er nur noch ein Punkt war zwischen den Sternen, und dann kam der Komet, und dann kam ein

Fall, ein Etwas, ein Nichterkennbares, das herniedersauste, und dann ein Schrei, vielstimmig, oft wiederholt, und grade auf der Grenze nach Polen hin lagen die Trümmer. In dieser Nacht, in der Friedrich seinen Vater verlor, in dieser Nacht des Kometen wurde in einem anderen Teile des Landes, im Herzen einer anderen Landschaft Sibylle geboren. Wer wollte Friedrich verurteilen, daß er aus diesem Tod und aus dieser Geburt [als er, schon in Liebe gebunden, von ihr erfahren] sich ein Schicksal formte, zu dem er nicht beten, wohl aber die Hände im Flehen und im Zorn emporstrecken konnte? War der Komet nicht ein Zeichen gewesen, Flamme und Schwert? Onkel Tom, der kleine, schmale, lustige Leutnant von den Thorner Ulanen, lag im masurischen Wald begraben. Friedrich hatte sein Grab gesehen, einen Hügel und das gereckte Mal eines Propellers darüber; der Leutnant war als Jagdflieger gefallen. Friedrichs Mutter war zusammengebrochen, nachdem sie Kartoffeln aus einem Acker gelesen hatte, der im Jahr achtzehn keine Frucht mehr tragen wollte; der Duft der zarten Schicht des Bühnenpuders aus der gelben Schachtel und ein Streicheln der mageren Hände waren die Erinnerung an sie, die ihm geblieben war. Er dachte an die weiten Gänge nach Milch in den frühen, schwarzen Winternächten des Ostens, wo man weit wandern mußte bis zu dem nächsten Abbau, knietief im Schnee, und wo man manchmal stehenblieb und lauschte, ob der Wolf es war, der Jelk, der einem folgte. Und er dachte, daß in anderer Art Sibylle dieselbe Jugend gehabt habe, das Anstehen nach ein wenig Butter vor rohziegligen Molkereigebäuden in einem Schwarm schwacher Frauen, deren Nerven ja, aber deren Herz es nicht mehr schreckte, so stumpf waren sie schon geworden, wenn das Gebrumm des Fliegers in der Luft den Abwurf einer Bombe erwarten ließ. Und Ania nun, wenn er sie aufnehmen wollte in seine Heilige Familie [das lag doch nahe], Ania hatte die Stadt Moskau brennen gesehen, oder eine andere am Wolgafluß, zu der Zeit als sie noch ruhig und träumend, das Kind eines Fürsten!, [Oh, Schlösser und Besitz mit weiten Ausritten, Schlittenreisen über die Schneefelder im kleinen Licht der Ampel vorn an der Deichselspitze zwischen den Pferdeköpfen, und der blendende Glanz der Feste der hohen Herren im Kreml, die jungen Damen in Brüsseler Gewebe gehüllt mit brennenden Kerzen in der Hand] in der Wiege gebettet lag, die der Arm einer Amme war, die mit ihr flüchtete, treu und verkleidet und im Heu des Fuhrwerks eines Schnapshändlers aus der Vorstadt. Rot war der Himmel zu sehen, wenn Wimper und Lid nach dem Schlaf den Blick freigaben, und ein Kind konnte zurückgreifen mit den Armen in den hellen Schein und rufen, »Da!«, und konnte entzückt sein, weil die Welt sich bewegte.

Sibylle brach ihren Gang im Zimmer hin und her ab. Sie tat dies heftig und ungewöhnlich brutal in der Geste. Der Rest der Zigarette flog zu Boden, sie stampfte wie ein Mann drüber hin und sagte: »Ach, du brauchst nicht alles zu wissen.« War sie feige geworden? Sie hatte einen langen Anlauf zu einer Erklärung genommen, hatte den Wunsch gehabt, zu sprechen, und nun zögerte sie, benahm sich wie die Katze im Sprichwort, die Katze vor dem heißen Brei. Sie stieg wieder in das Bett hinein [wollte sie abfahren; sie kannte das Spiel, das Bett ist ein Wagen, Vorsicht, die Straße frei] und setzte das Tablett mit dem Frühstück, das gekommen war, sich auf die Knie, die sie hochgezogen hatte. Friedrich stand mit dem Rücken zum Fenster und konnte sie betrachten. Der Gedanke, daß sie feige geworden sein konnte, Ausflüchte, Heimlichkeiten und nicht den Mut zum Wort hatte, erschreckte ihn. Das mußte, wenn es stimmte, eine andere Sibylle sein. Sie hatte nie etwas verborgen und stets zu allem gestanden, was sie getan. Es gab keine Sibylle der Lüge. Sie konnte einen zu überzeugen versuchen, mit ernsten Worten, auf der Straße im Sommer bei hellstem Sonnenschein: »Komm wir müssen den Schirm aufspannen und uns Mäntel kaufen, es schneit«, aber nie war eine Lüge, die als Lüge nicht offenbar war [als Lust am Lügen] von ihr gesprochen worden. Nie hatte sie es nötig gehabt, um kleiner, augenblicklicher Vorteile willen die Unwahrheit, die Zwecklüge zu gebrauchen. Hatte sich das gewandelt, war sie auf abfallendem Wege und hielt sich nicht mehr fest in der Hand? Friedrich kam Mißtrauen. Ihr Gesicht zeigte nicht mehr die Ruhe des guten Kindes. Es war erregt und wie zerschrammt, das Gesicht eines Wandervogels. Auch schärfer in den Konturen. Blickte sie gradeaus? Lenkte sie ihr Leben noch und war achtsam auf jeden Stein, der es umwerfen konnte? Friedrich wußte es nicht. Er konnte es nicht erkennen. Es war wieder, wie immer vor Sibylls Antlitz, daß er gequält bedauerte, kein Hellseher zu sein, Gedanken nicht lesen zu können. Was ging hinter ihrer Stirn vor? Sie war eine Festung, ein Wall, eine Mauer wie von Beton, die ihn immer wieder zurückwarf. Einmal nur mit den Sinnen eindringen in die Wege ihres Hirns! Das mußte der Schlüssel sein. Er litt unter ganz genauen Vorstellungen und sah den immateriellen Akt gegenständlich wie eine Konstruktionszeichnung im Lehrfilm. Er sah, wie sein Denken aus seinem Kopf heraus in ihren überstieg, und er verfolgte es, wie es, ein roter Pfeil, die weißen Windungen ihrer Überlegungswege entlangfuhr. Es war ein Abtasten der feinsten Nerven ihres Wesens. Er wollte sie ergründen. Er wollte es erfahren: was bin ich ihr, was denkt sie, wo ist die Rettung, kann ich sie richten und einrenken [das Mißverständnis!], sie gewinnen und alles zum Guten führen. Es war ein Verbrechen, das tun zu können er sich wünschte; das schlimmste Verbrechen überhaupt: Einbruch in die Seele. Aber so war es zwischen ihnen bestellt. Er konnte vor dieser Begierde, so mit ihr zu fühlen, nicht lassen. Er dachte also nur an sich, an sein Glück allein, wie sie es sagte. Vielleicht war dieses Denken, dieser tolle Besitzwunsch, der über jedes körperliche Erfassen weit hinaus ging, die Ursache, daß sie ihr Leben seinem Anspruch versagte, weil sein Verlangen zu tief und zu unheimlich war und Schauder über dem Rücken ihr erregte. Aber: war er ihr unheimlich? Um dies zu ergründen, grade eben um dies zu ergründen, mußte er sich ja den magischen Taucheranzug wünschen, die geheime Diebskleidung, die Teufelslist, um in die Kammern ihres Wesens tauchen zu können. Sie saß nun da, vor ihm, in ihrem Bett und schluckte Tee und biß von einem Hörnchen ab und schmierte sich den Mund mit Marmelade zu. Was war ihr Zauber, warum ging er nicht, nahm nicht seinen Hut und ging und bezahlte die Rechnung in dem lächerlichen Hotel am See, das nicht zu ihm paßte, und fuhr weiter, wie es auf der Fahrkarte in seiner Tasche geschrieben stand? Was war ihr Zauber? War sie schön, genauer gedacht: war sie noch schön? Friedrich erinnerte sich, wie er sie einmal in einem Kaffeehaus getroffen hatte und wie sie, als er durch die Drehtür kam, die Treppe vom ersten Stock des Lokals heruntersteig, so überirdisch schön, so engelzart, so wie in einem Heiligenschein, daß er die Augen hatte schließen müssen, im Gefühl, blind zu werden vor solchem Licht, während ein Tränenmeer, tief wie die See in den Tropen, wenn die Sonne untergegangen ist und wenn der Wald nach Zimt riecht und die Baumkatzen schreien, wenn sie vom schaukelnden Palmenzweig in den unendlichen Spiegel starren –, während ein Tränenmeer, ein süßes Meer des Glückes und der Rührung, von dem Bett seiner geschlossenen Augen ihm in das Herz fiel, rieselnd und wohlig, so daß es wie ein Tod war, eine Ohnmacht, ein Versinken, das Sterben eines Gotteskindes, das sie gesehen hatten. So schön war Sibylle. Und so jung. Ein dragonerblauer Mantel mit grauem Krimmer drauf gab ihrem Gesicht noch diese Folie: Haupt des Eros vor der Idylle der griechischen Inseln. Aber, zum letztenmal, war sie noch schön? Er konnte sie ansehen, also war der Zauber, der ihn geblendet, verschwunden, also konnte er gehen? Nein! er liebte sie. Nichts änderte sich. Er war gebannt. Je länger er sie anschaute, um so tiefer wieder fühlte er sich gebunden. Sie stellte das Tablett zu Boden, gab sich einen Stoß und sagte: »Du magst Fedor nicht?«

Die Frage war schwer zu beantworten. Man mußte vorsichtig sein, man durfte sie nicht kränken. Er sagte [und wieder war sein Herz in eine fremde Hand genommen]: »Ich kenne ihn ja gar nicht.« Und dann, als ein Schweigen im Zimmer zu empfinden war, und um der Sache ihre Wichtigkeit zu nehmen, die ihm unangenehm war, fügte er noch zu: »Fedor interessiert mich auch nicht. Ich nehme an, du bist mit ihm befreundet, hier, im Augenblick, aber ich glaube, es wird vorübergehen.« Da nickte sie und meinte: »Es ist so dumm, weißt du, er ist wie ein Kind.« Das waren Worte, die Friedrich entsetzten. Ein Abgrund tat sich auf. Er hatte es gefürchtet. Aber er wollte nicht hineinspringen. Noch nicht. Er klammerte sich an die Haltung des gleichgültigen Herrn, der vorüberreist. Er sagte: »So, na ja, es ist nicht wichtig«; es war sehr dumm, gewiß, und dann kam noch die Frage hinzu, in einer Stimme, die sich bemühte, zu verbergen, daß sie etwas verrückt war und zitterte: »Und wen liebst du?« »Lieben, wie kannst du fragen«, sie blickte ernst und bestimmt, angreifend und vielleicht auch gekränkt, »lieben tue ich nur den Bosporus, das weißt du doch!« Friedrich machte eine schwache Geste der Zustimmung und der Anerkennung. Der Bosporus war ein Offizier, der zu den deutschen Truppen in der Türkei gehört hatte und dem nach Friedensschluß, bei der Rückfahrt der Soldaten durch die Ukraine, eine Kugel durch das Knie geschlagen war, während er, in der Nacht, vorn auf der fahrenden Lokomotive, das Gewehr in Anschlag, die Wache hielt. »Und Doktor Magnus?« Es war nicht Friedrich, der diese Frage stellte, es war seine Stimme nur, die sich selbständig gemacht hatte und zu Friedrichs eigenem Erschrecken diesen Satz sprach. »Und Magnus? Ich hab ihn gern.«

In diesem Moment klopfte es, und Fedor trat ins Zimmer. Friedrich hatte Mühe, seine Überraschung zu verbergen. Es gab also einen Doktor Magnus, er lebte, wenn Sibylle ihn gern hatte, die Tafel über dem Restaurationsbüfett war keine verstaubte Reliquie, es hatte was auf sich mit der Stiftung, den Flüchtigen aller Länder und dem Haus, es war alles verzaubert, und er wieder, hatte er es doch geahnt! mitten in den Hexenkessel hineingeraten. Auch Fedor hatte sich gegen den Abend nicht verändert. Er steckte in seinem Sweater, wie entschlossen, ewig der Welt so entgegenzutreten. Er küßte Sibylles Hand und reichte Friedrich die seine, fest und freundschaftlich. »Wie hast du geschlafen?« Die Frage war gegen Friedrich gerichtet, und Friedrich nickte, »gut«. Was sollte er anderes sagen? Fedor erwartete einfach, daß Friedrich gut geschlafen habe, das konnte man doch annehmen, das war doch das mindeste, was man verlangen konnte, wenn einer schon im Grand Hotel am See wohnte. Fedor turnte herum. Er bestieg das Bettgestell und führte auf der Stange Balancen aus. Nicht ungeschickt, aber Friedrich dachte doch, wie verhalte ich mich, wenn er ins Bett fällt? Es war fraglich, ob er es würde ertragen können. Fedor fiel aber nicht, sondern sprang wieder runter zur Erde und öffnete eine Schachtel, die auf dem Nachttisch stand und Konfekt enthielt. »Sie ist von Magnus«, sagte Sibylle. Das war eine Bitte, sie nicht anzurühren. Fedor aber hatte keine Ohren für den Ton. Er war unbekümmert [Sibylle sagte: ein naiver Mensch] und stopfte sich den Mund voll und hielt Friedrich anbietend die offene Schachtel hin. Friedrich war nicht nach Pralinen zumute, aber er wollte es sich nicht gestehen, daß er wütend war über das Verhalten Fedors, der Sibylls unausgesprochene Bitte nicht verstanden hatte; er nahm auch von dem Konfekt aus der Schachtel, um sich zu Fedors Mitschuldigem zu machen. »Ihr benehmt euch wie die Säue«, schrie sie. Fedor blickte erstaunt, »warum?« Friedrich wußte den Grund und hatte Mitleid mit Sibylle. Es war ja nicht der Bonbon, es war der Einbruch in eins ihrer Vorrechte, der sie kränkte. Sie lebte immer umgeben von unsichtbaren Wiesen, die zu betreten verboten war. »Warum soll man ihr die Freude nicht bereiten und freiwillig die Grenzen respektieren?« Und zum zweitenmal an diesem Vormittag fühlte sich Friedrich versucht zu sagen: »Kleine Sibylle«.

Sie aber wollte nicht mehr der bloßen Lage nach der Unterliegende sein, wie es immer der ist, der unter anderen, schon Angezogenen, im Bett liegt, und sprang, jede mögliche Zärtlichkeit damit von sich weisend, in plötzlichem Entschluß auf, rannte zum Waschbecken, drehte an den Hähnen, ließ Wasserströme in das Bekken laufen, untermischte es mit Mixturen aus märchenhaften Flaschen, tat geheimnisvoll beschäftigt wie ein Apotheker und Alchimist, und steckte schließlich den Kopf bis über beide Ohren und mit Haut und Haar in die überlaufende Wanne, tauchte gar nicht wieder draus hervor, so, als wenn sie sich ertränken wollte. Dann zog sie sich an, schmale Höschen, kein Hemd, puderte sich, wischte an den Augen rum, alles wie ein Tier, so angenehm, natürlich und bewußt, und rief »Herein«, als es wieder, und diesmal leise, draußen klopfte. Es war Ania in ihrem Pelz.

Mit dem Eintritt dieses Geschöpfs – Kind des Fürsten, traumverloren, Zigaretten paffend aus weichem Mund hastig und verlangend, und Clown der Truppe – verwandelte sich Sibylle in einen Ritter. Sie war chevaleresk wie ein sehr gut erzogener junger Mann aus einem der besten Corps; es war nicht das Hackenzusammenschlagen eines Burschen, sondern die weiche, führende Handreichung eines wirklichen und in der Höflichkeit schon wieder lässigen Herrn, mit der sie Ania einen Platz auf dem schnell geordneten Bett zurecht machte. Das war sie also noch, ein Kavalier! Friedrich bemerkte es und freute sich. Er wußte, daß es zu ihrer Art, die er liebte, gehörte, zu den wenigen Mädchen, die sie um sich duldete [es war ihre Gewohnheit, von Männern umgeben zu sein, doch sehnte sie sich von Kindestagen an nach einer Freundin] freundlich, höflich und nett, die Werbende zu sein, so wie ja auch der gute Reiter sein Pferd beschmeichelt und mit der Achtung, die er dem Tier entgegenbringt, sich selbst, der ihm die Gangart vorschreibt, erhöht; doch ohne dies zu wollen.

Fedor schien von dem Stil, dem Komment, der zwischen den Mädchen herrschte, ungetroffen zu sein. Er warf alles in einen Topf und glaubte immer, daß jedes Gericht, aus diesem Topf gegessen, gut sein müsse. So schlug er auch jetzt ein gemeinsames Mahl vor in einem Lokal, das einer Organisation gehörte und besonders preiswert sein sollte. Friedrich sah Sibylle gleich entschwinden, für sich und für den Tag verloren, er bemühte sich um eine Ausrede, von dem Mitgehen in das Organisationslokal, das ihm schon widerlich war, bevor er es gesehen, entbunden zu sein, als Sibylle schon die Initiative ergriffen hatte und »nein« sagte. »Nein, Friedrich ist nur heute hier, und ich habe mit ihm zu reden. Du wirst uns allein lassen.« Diese schroffe Art der Absage war Friedrich unangenehm. Er hätte sie gerne durch ein Wort, eine Einladung, vielleicht zum Abend, gemildert. Er glaubte, Fedor würde rot und wütend werden. Der lachte aber nur und rief unter Lachen:

»Was habt ihr nur für Geheimnisse!« Dann ging er, gab Sibylle einen Kuß auf die Stirn [sie ließ es geschehen; er durfte es also], versuchte auch Ania zu umarmen, die seinen Arm zur Seite schob, und verschwand, draußen schon ein Lied summend. Wirklich, ein naiver Mensch, wie Sibylle sagte. Ein Junge, dachte Friedrich, es ist dumm und schade, daß ich nicht auch nett, harmlos und fröhlich ihm begegnen kann. Es war aber das Gift, das auf Friedrichs Seite einem freundlichen Gefühl zu Fedor entgegenstand, das Gift, das seine ganze Seele, seinen ganzen Leib, sein Wesen wie es war von Grund auf vergiftet und verfärbt hatte, das Gift: er gehört zu den Menschen, denen es zugefallen ist, das Glück, ohne daß sie sich zu bemühen brauchten, er gehört zu denen, die am Morgen aufwachen und den Diamanten in ihren Händen halten, er gehört zu denen, die nicht begreifen, was ihnen widerfährt, er ist der Mann, ist einer von den Männern, aber in sich trägt er die Wahrzeichen des ganzen Typus, die Erkennungsmale einer Gattung, ist der Mann, für den Sibylle nicht bestimmt ist, und der [o rätselvolle Welt!] sie doch, wenn er sie auch verkennt, wenn er auch nicht weiß, wen er hält [in seinen Armen], besitzt. Mußte Friedrich Fedor nicht hassen? War es nicht natürlich, daß er dachte, die Wolke zieht ab, bis zum Abend wird es nicht regnen, als die Tür hinter dem Fortgehenden sich geschlossen hatte?

Sibylle hatte Fedor fortgeschickt, um mit Friedrich allein zu sein. Sie, die es verabscheute, Briefe zu schreiben, hatte ihm, seit sie im Ausland lebte, zu seiner Freude, sehr oft manchmal sogar ausführliche, längere Briefe gesandt. Aus den letzten hatte Friedrich ein »Komm doch hierher« und eine heftige Verwirrung herauslesen können. Beides mit Recht. Ihre Schrift, ihre feste, aufrechte und wie gedruckte große lateinische Kinderschrift war haltlos geworden. Die Striche gingen nicht mehr so steil in die Höhe. Im Stamm schienen sie geknickt, in wild gesetzten Punkten und verschnörkelten, bizarr gewundenen Linien hopste in Käfersprüngen eine schlimme, gellende und aggressive Nervosität über das Papier. Es waren Briefe, die, wenn sie zu ihm kamen, Friedrich maßlos erregten. Er antwortete mit Telegrammen und vielen Bogen, schickte Liebesworte, Heiratsanträge, Wohnungsofferten, lange Erklärungen, ausführliche Nachrichten, bittende Beschwörungen und tausend gute Wünsche zu einem einzigen »Komm zurück!« geeint in die Welt. Er eilte auf die Bahnhöfe, die Flugfelder, die Schalterstellen für Funksprüche, um sie schnell, gleich, sofort mit seinem Trost zu erreichen. Für Sibylle war er ein Schatten. Kaum, daß ihn noch ihre Augen als Gestalt wahrnahmen. Er konnte vor ihr stehen, wie jetzt, oder er konnte fern von ihr sein in einem anderen Land –, der Schatten blieb sich gleich. Er war ein Stück ihrer Vergangenheit, ein Ding in ihrer Gegenwart, und ob er noch ein Etwas in ihrer Zukunft sein würde, das blieb abzuwarten. Der Schatten war ihren Augen gefällig, er konnte sich tarnen, ganz selbstverständlich wie ein Chamäleon, da er im Empfinden ihres Sehsinns immer die Farbe der Tapete annahm, vor der er grade sich bewegte, war er im Grunde von weniger als grauer, von farblos diskreter Erscheinung. Das war nicht immer so gewesen. Sie hatte ihn gesehen. Im ersten Hinblick ihn sogar durchschaut [wie sie meinte] mit Schreck und unbegreiflichem Verlangen. Dann war er eine Flamme gewesen, eine menschliche Fackel, die sich verzehrte. Sie dachte an die Christen im Garten des Kaisers Nero. Ihr Erschrecken hatte das Verlangen [unbegreiflich, wie es gewesen war] aufgefressen. Er war eine Vision geworden, die durch die vielen Straßen der Riesenstadt zu ihr eilte. Nachts träumte sie von ihm. Jedes Flügelschlagen einer Nachteule vor ihrem Fenster im fünften Stock war sein gespenstisches Klopfen. Sie wagte es damals nicht mehr, zu Hause zu schlafen. Er war die Ursache, daß sie bei anderen schlief, er war es, der sie veranlaßte, Beck zu bitten, die Nacht über bei ihr zu wachen, Friedrich, der seine Augen nicht von ihrem Leben ließ. Immer war er bereit. Er kam wie ein Schnelläufer. Atemlos, bleich, das Herz im Hals. Es war eine Partie um sein Leben. Vielleicht auch eine Partie um ihr Leben. Damals konnte das niemand wissen. Sie spielte mit, hielt sich tapfer, manchmal fragte sie sich, vulgär, das nächstbeste Nachbarinnenwort, fragte sich: reitet mich denn der Teufel. Er jedenfalls glaubte es, Beck glaubte es, alle glaubten es; später glaubte es sogar der Bosporus. Es war schon eine Beziehung. Sie rief ihn an, wenn sie sich am Morgen nach Hause wagte, rief ihn an und bat ihn zu kommen, ihr, die dann zum Ruhen sich legte, Milch zu bereiten, ein Ei zu schlagen, ihr was vorzulesen aus den Büchern, die in hohen Stößen um ihr Bett herumlagen. Jedesmal, wenn sie anrief, hörte sie den Riß, mit dem der Hörer seines Telephons auf die erste Andeutung eines Läutens hin von der Gabel hochgenommen wurde, ergriffen von einer Hand, die eine schlafarme Nacht über gelauert hatte: sie wird mich rufen. Und kaum war das Gespräch zu Ende, dann war er schon da, stand schon vor ihr im Zimmer, ein Schnelläufer, beugte sich über ihr Lager, atemlos, bleich, das Herz im Hals. Er kam wirklich gerannt; er hatte zu der Zeit kein Geld, gar kein Geld, er war bitterarm und rannte die längsten Wege, die Beine hochgeschmissen, das Haar im Wind, ein Amokläufer der Liebe, der wie blind gegen die Passanten der Straße anstürmte und sie in den Schmutz des Rinnsteins jagte. Er weckte Furcht, sie empfand sie, andere schauderten unwillkürlich und betroffen. Einmal lag sie krank; Friedrich wich nicht von ihrem Bett, pflegte sie, wusch ihre Sachen, kochte ihr Essen, schüttelte die Kissen, las ihr die Geschichten vor, lahmte im Zimmer und gab Vorstellungen fremder Herrn, erschien verkleidet unter fernöstlichen Namen, der Marquis Oyakahoma wünscht der kranken Prinzessin den berühmten Mond seines Landes zu Füßen zu legen, er jonglierte mit Bällen und konnte es einzig aus der Verzückung der Leidenschaft heraus; alles geschah, um ihr Herz zu erfreuen, und wenn sie lachte, dann war in ihm der Jubel eines Lerchenfeldes, das in den Morgen fliegt; der Arzt aber, ihr Freund, der alte Doktor Rapp, sprach, als Friedrich ihm eine Handreichung tat: »Warum zittern Ihnen die Hände? Sie sehen ja aus wie einer, dem die Haut vom Gesicht gezogen ist und der nun fiebernd und brandig die Agonie erduldet.« Soweit war es mit ihm gekommen. Sie hatte ihn gehaßt, wenn es deutlich wurde, wenn sie es sehen mußte. Sie hatte ihn gehaßt, weil er, so weit hergekommen, in den Stunden, in denen er ganz erledigt war, das zugerichtete Opfer, weil er dann, ein verendetes Tier, gegen ihren Willen und ihren Geschmack eine Verführung für sie bedeutete. Dann fühlte sie sich gedrängt, mit allem Grausen einer Vergewaltigten, ihm jedes Verlangen zu erfüllen. Nie aber hatte er die Situation genützt. War er zu beschäftigt, gegen die Wände anzurennen mit seinem Schädel, gegen die Wände des Kerkers, in dem er sich gefangen glaubte, gegen die unsichtbaren Mauern, die immer näherrückten, schon ein Verlies dicht wie ein Kleid waren und von der Luft ihn trennten? Oder waren es Wahnsinn und Hochmut, die ihn hinderten, sie zu nehmen und eine herbeigeführte Lage für sich zu nützen? Beck hatte ihm mal gesagt, Sibylle wußte das, »Nehmen Sie sie doch endlich, nehmen Sie sie doch, sie will doch genommen werden; so gehen Sie vor die Hunde, Sibylle geht vor die Hunde, machen Sie doch ein Ende, nehmen Sie sie doch!« Und da hatte Friedrich erwidert, ein Narr auf einem Seidenfaden über einem Abgrund: »Sie müssen mich verstehen, Beck, ich will keine düstere Szene. Ich liebe Sibylle; es ist mir ganz unmöglich, sie auch nur scheinbar gegen ihren Willen zu berühren.« Sibylle hatte auch hiervon erfahren. Er wünschte also ein Fest in Heiterkeit und Glück. Vielleicht träumte er, sie würde zu ihm kommen. Wahrscheinlich. Und warum tat sie es nicht? Sie hatte auf diese Frage nie eine Antwort gefunden. Es gab sich nicht, das war es wohl. Auch sie empfand die unsichtbare Wand, gegen die er anrannte. Einmal, es war vor Weihnachten gewesen und sie mußte mit einem Frühzug nach Hause, zu ihren Eltern, an den Fluß fahren, hatte er [sie mußte doch jemand haben, zum Wecken, zum Frühstück bereiten] bei ihr geschlafen. Es war eine Nacht, in der sie beide froh gewesen waren, beglückt wie Kinder. Es hatte ihr gefallen und sie [doch sagte sie es nicht] tief verwundert. So gut gefallen, daß sie, kaum zurückgekommen in die Stadt, das Experiment wiederholt hatte. Mit dem gleichen Erfolg. Dann wurde auch dieses langweilig. Es war so gewesen, daß sie zu ihm gesagt hatte: »Gut, du kannst bleiben, aber, du weißt, ich liebe den Bosporus [es war schon diese Zeit], du mußt bei mir liegen wie der alte Sokrates bei dem jungen Alkibiades.« Er hatte die Probe bestanden. Sein Herz hatte wieder froh und kräftig geschlagen. Es war ein Jubel in ihm: ich liege bei Sibylle! Sie hatte ihm Geschichten erzählt, wie sie als Kind gewesen und als Schulmädchen, wie ihr Vater [ein Dichter und ein Buddhist und ein Fabrikant von Grabengeln für katholische Gegenden, Export nach Südamerika] sie zu den Büchern geführt, die Dreizehnjährige zu Schopenhauer und zu Nietzsche und zu George, Stendhal und Baudelaire, und wie sie wahllos, ein Kind, Bibliotheken durchgeschmökert hatte bis zu den Büchern der Mystiker [Schultage herrlich im Bett verschwänzt!] und wie sie dann, in die Hauptstadt gekommen, von dem berühmten Rezensenten Walter in Frühlings bekanntem Absteigehotel [ein Vögelchen mit wachen Augen: ach, dies ist nun die Welt!] zur Liebe verführt wurde. Es war sehr angenehm gewesen, mit Friedrich sich so in einem Bett, von einer Decke umwärmt, zu unterhalten. Sie war dann eingeschlafen, und Friedrich hatte ihren Schlaf bewacht, bis sie auf einmal herzzerreißend zu weinen begonnen hatte im Traum, tief schluchzend, ganz, ganz elend, wie die jungen Katzen, die von der Mutter fortgenommen sind, und als sie aufwachte mit einem Schrei und um sich stieß, da glaubte Friedrich, sie habe geträumt, daß er, was nicht der Fall gewesen, die Rolle des alten Sokrates aufgegeben habe. Er war zerschmettert. Es war der Schlag, der ihm diese Nacht [die er, vermessen, die schönste seines Lebens – o Torheit der Jugend wieder mal – genannt] zerstört und ihn mit Wut und Gram und grenzenloser Verzweiflung und jeglicher Gottverfluchung anfüllte. Sibylle hatte das gespürt: er denkt jetzt dies. Sie hatte es gewußt. Jetzt hätte sie ihn überraschen können. Sie hätte ihm Flügel zu verleihen vermocht. Sie hatte ja nur geweint, weil man den schwarzen Stoffhund Wolleball geschlachtet hatte. Sie hielt den Zauber, brauchte nur zu sagen: verwandele dich, alter Sokrates, sei selber Alkibiades, hokus pokus ratzibull –; sie hatte keinen Zauberspruch getan, kein Wort war über ihre Lippen gekommen, sie hat sich umgedreht, zur Wand hin, gemurmelt nur noch: »Schlaf doch schon.« Es gab sich nicht, hatte sich nie gegeben, die unsichtbare Wand stand unzertrümmert. Und dann war Friedrich grau geworden oder von der wechselnden immer blassen Farbe der Tapete, vor der er verweilte, das heißt, sie waren beide müde geworden, die Natur hatte sich in ihnen erschöpft, sie war nicht fähig, den gleichen Schrecken bis in alle Ewigkeit zu wiederholen, es war nur dies geblieben: Friedrich liebte sie, sie konnte sich auf ihn und seine Liebe verlassen; was war das schon? Erst daß sie außer Landes gegangen war, gab ihm wieder einen gesteigerten Reiz. Sie war in lauter Unruhe, und er war doch die Heimat, war die Stadt, die sie gern hatte, sie wollte mit ihm reden, er sollte ihr berichten, vielleicht wollte sie heim, es war nur schwierig zu beginnen und über die Verhältnisse, in denen sie sich befand, ihn aufzuklären.

Ania hatte den Platz auf dem Bett, den Sibylle ihr zurechtgemacht, nicht verlassen. Sie lehnte noch immer gegen die Kissen und paffte die blaugrauen Ringe ihres

Zigarettenrauchs in die Luft, die unter der Zimmerdecke schon verfärbt und dämmerig, der Himmel eines Serails, in Wolken wanderte. Der Rauch von Tabak war ein Teil von Anias Wesen. Er gehörte zu ihr, war der Geruch um sie herum, das Herdfeuer, an dem sie sich niedergelassen, das Zelt, das sie um sich baute. Sie war immer »chez soi«, zu Hause, wo sie zu Besuch weilte, und es kam vor, daß ihre zufälligen Augenblickswirte vor sie hintraten, sich zu verabschieden: »wir müssen leider gehen und danken, es war sehr angenehm in Ihren Räumen zu verweilen«; soviel wirklicher als jede Wohnung war Anias Luftschloß, so fest zusammengefügt aus den blaunebeligen Ringen hastig ausgesogener Zigaretten. Als Sibylle fertig angezogen, fertig zurechtgemacht war, den Mantel übergeworfen, die Mütze aufgesetzt hatte und mit Friedrich aus dem Zimmer gehen wollte, richtete Ania ihre Augen gegen Sibylle und sagte: »Magnus möchte dich sprechen.« Sibylle machte eine vage, wegwischende Bewegung: »Am Abend, vielleicht am Abend, im Theater«, und Ania blieb allein in ihrem Reich.

»Magnus ist ihr Mann«, sagte Sibylle auf der Straße. Sie gingen durch ein Viertel häßlicher, nüchterner Neubauten. Entlaubte Pappeln verkümmerten in Abständen von fünfzehn Schritten am Rand des Trottoirs in dem engen Viereck, das man, im Asphalt eingelassen, ihrer Erde freigegeben hatte, und ihre Äste wirkten wie die in Verzweiflung über den Kopf zusammengeschlagenen Arme von elenden Halbirren, die am Wege betteln. Der Wind wehte scharf und von der in seiner Richtung stehenden Straße gut geführt. »Es ist Gletscherwind, er kommt von den Bergen, wenn wir am See sind,

kannst du sie weiß und in der Ferne sehen.« Sibylle
sagte dies gegen den Luftzug. Sie mußten sich schon
vorstemmen wie Radfahrer, die mit ihrer ganzen Kraft
in die Pedale treten, um nicht zurückgeworfen zu wer-
den. An den Straßenecken schoben Querströmungen
der Luft Sibylls Mantelsaum und Rock in die Höhe und
zur Seite. Ihre unbedeckten Knie erschienen dann für
Sekunden und vom Frost gerötet. »Sie ist noch immer
dasselbe Kind in kurzen Strümpfen«, dachte er, »ein
vorzüglicher Kamerad.« Er legte seinen Arm um ihre
Schulter; sie ließ es geschehen. Er war wieder mal ge-
rührt, und sie waren beide [und jeder aus anderen
Gründen] verlegen. Ihm bedeuteten ihre nackten Knie,
auch verschrammt noch, eine Verkörperung von Sibylls
Bravheit. Sie erleichterten ihm seine Stellung. »Sie ist
ein Junge«, sagte er sich [wie schon oft], »ein Junge,
und ich kann zu ihr sein wie zu einem jüngeren Genos-
sen, den ich gern habe.« Tatsächlich aber war sein Ver-
langen, Sibylle sein zu nennen [sie ist für mich be-
stimmt!], grade in diesen Augenblicken der Verschie-
bung ihrer bloßen Mädcheneigenschaft in eine andere,
rein menschlich wertvolle, und, wie er glaubte, unse-
xuelle, wenn auch erotische Person, besonders stark,
summerisch, ihn mit scharfen Nadeln stechend von den
Haaren auf dem Kopf bis in die Spitzen der Zehen hin-
ein. Es ging ihm auch wie dem Bildhauer vor einer Sta-
tue, die er geschaffen hat. Er sah sie als gutes Werk an,
als ein gelungenes Stück, empfand sie als die Inkarna-
tion des Begriffs »ein Körper«, ein Festes, das man zu
greifen wünscht, zu fühlen, vielleicht sogar in die Hände
zu nehmen und vom Erdboden aufzuheben, um es zu
halten. »Ich bin der Atlas, der dich trägt, und du bist ein

Stern für dich, im Raum ohne Berührung, verbunden nur mit meinem Arm, in dem du ruhst.« Das hätte er ihr gerne gesagt. Sein Arm auf ihrer Schulter hielt sie umschlossen und faßte ihr ganzes Wesen in seine weite, bergende Rundung ein. Und weil auch von ihr diese Geste der Umschließung so empfunden wurde, »er hüllt mich ein, er trägt mich, wärmt mich«, befreite sie sich von seinem ruhenden Arm mit einem Stoß, einem ruk-kenden Sichzurseiteherauswinden ihrer Gestalt, einem heftigen Zucken des Mundes, und, da sie sah, wie es ihn schmerzte, und da sie seine Wahrheit kannte, die ihr gut war, steigerte sie sich weiter in Maßlosigkeiten hinein, in Reden, die sie erschreckten, wenn sie, laut geworden, aus ihrem Mund gekommen vor ihr als Schall in der Luft waren. »Du bist wie eine Kröte, wie eine Kröte, die auf meinem Rücken kriecht, wie eine schuppig-schleimige, perläugige Kröte im Sumpf!« – und sie fürchteten und ekelten sich beide vor der heraufbeschworenen Erscheinung einer schuppig-schleimigen, perläugigen Kröte im Sumpf. Die Welt stand wieder gegen ihn auf. Es war ohne Sinn und Verstand und nie zu begreifen. Er durfte sie nicht berühren. Fremde kamen, Leute von der Straße, zufällig Vorbeigehende fast, und durften sie umarmen. In welche zerreißenden Wolfsgebisse war sein Herz gefallen, als er auf einem Ball in der Hauptstadt gesehen hatte, wie Fräcke tragende Komparsen mit gewichsten Hollywoodfliegenbärten über dem Mund ihre Lippen zum Kuß berührt hatten. »Das ist doch ganz harmlos, so auf einem Ball, sei doch nicht albern«, hatte sie gesagt. Und hatte recht gehabt, gewiß, es war albern gewesen, sich zu erregen, aber war es nicht der Schrei des Verdurstenden in der Wüste, der aus ihm gedrungen war, schrecklich, ächzend und wie tollwütig in Scham und Verzweiflung? Ihre Lippen schienen ihm der Quell des Lebens, der Brunnen aller Freude, es war keine Lust zu trinken in der Welt außer den Kuß von ihren Lippen, und nie, niemals hatte er sie behauchen dürfen, nie sie gespürt, die Röte, das Fleisch, den feuchten Schimmer, der vor seiner lechzenden Seele leuchtete, ein Verlangen, ein Signal, ein Ziel in einem Spießrutenlauf durch eine Teufelslandschaft, unter Hohngelächter aller Glücklichen, aller Zufriedenen, aller Befriedigten, aller Lebenden; er war ja jeder Erbarmung ledig, das Mitleid in der Welt verschloß sich ihm mit diesem Mund. Sie gingen beide verlegen ihren Weg, das Unheil beschirmte sie, die bösen Geister tanzten im Wind, sie waren zwei Sträflinge an eine Kette gebunden, wie auf der Flucht und schon ertappt eilten sie schneller ihren Weg.

Auch Sibylle hatte sich gefreut. »Er kommt, es ist gut, er soll bleiben.« Friedrichs Wunsch, zu bleiben, war auch Sibylles Wunsch gewesen. Und dennoch war die Unmöglichkeit, das Nichtseinkönnen dieses Wunsches, in der ersten Sekunde, in der sie sich wieder gesehen, ihnen offenbar geworden. Ganz selbstverständlich; man brauchte nicht darüber zu reden. Es war nicht zu machen, es ging wieder mal nicht. Die unsichtbare Wand türmte sich auf, du links von der Wand, du rechts von der Wand, so können wir gehen, die Wand bleibt zwischen uns bestehen. Wenn sie diese Grenze respektierten und sich wie Gegenstände im Schaufenster betrachteten, konnten sie ein Herz und eine Seele sein.

Es ist falsch, zu glauben, daß sie keine Freude hatten. Die kleinen Freuden des Tages waren schon da. Ihm,

Friedrich, erschienen sie sogar, wenn er die Kröte runtergewürgt hatte, gewaltig. Ging er doch mit Sibylle, sah er sie doch, spürte er sie doch, konnte er doch manchmal [oh nicht zu oft], wie versehentlich, gegen sie anrennen und für den kleinsten Teil einer Sekunde sie nicht nur als Vorstellung fühlen. War es nicht ein Glück, daß sie lebte, daß sie überhaupt da war in der Welt, zu seiner Zeit, und daß ihm der Segen zuteil geworden war, sie zu kennen, sie zu treffen, hier mit ihr promenieren zu dürfen? Sicher war es ein Glück zu nennen, und er schalt sich »undankbar«, wenn er murrte. Ferne von ihr hatte ihn zuweilen die Vorstellung wie ein süßer, wollüstiger Schwindel befallen: sie atmet, irgendwo in der Welt atmet auch sie die Luft. Im Schlagen seines Herzens, schlaflos und unruhig auf dem nächtlichen Bett sich wälzend, hatte er auch das Pochen ihres Blutschlags wahrgenommen. Sie ist in meiner Zeit! Es war schon ein Glück und gar nicht zu erfassen.

Wie konnte sie sich freuen. Gab es einen anderen Menschen in der Welt, der so sich freuen konnte? Er beobachtete sie und hätte Luftsprünge machen mögen. Wie ihre Augen in der Bahnhofstraße, die sie nun erreicht hatten, die Auslagen stürmten. »Ha, schau dies Tuch mit dem Tiger drauf! Kaufst du mir das Tuch mit dem Tiger? Und da hab ich Schuhe entdeckt, süße Schuhe mit ganz, ganz niedrigen Absätzen, wie du sie leiden magst, Schuhe vom Fell eines südwestindischen Flußesels. Gibt es Flußesel? Gibt es Flüsse in Südwestindien? Du mußt mir unbedingt eine Landkarte kaufen, damit ich mich unterrichten kann, eine wilde, bunte, grelle, leuchtende Landkarte, uralt, von weisen Männern gezeichnet, von Sterngucker geprüft mit Bärten länger als der Turm, auf dem sie saßen, mit fliegenden Krokodilen drauf und Menschenfressern, die, schwarz und über alle Maßen hungrig, einen fetten weißen Missionar braten. Komm, wir gehen mal in diesen Laden, der ist so vornehm, da gehn sicher nur Marquisen rein, und fragen nach einem Büstenhalter für zwei Personen, für Mann und Frau, für eine ganze kinderreiche Familie. Komm doch. Und erkundige dich mal, was die Federrüschen kosten, und ich möcht' doch so gern Federrüschen tragen, du weißt doch, es ist der Traum meines Lebens, Federrüschen zu tragen und einen Mann mit, denke dir, zwei Holzbeinen zu heiraten, die er jeden Abend in einen Käfig sperrt, damit sie ihm nachts nicht alleine wegrennen; sie heißen Peter und Paul, das mußt du wissen, wie eine Festung in Rußland, in der viele abgemurkst wurden, die dem Zaren nicht gefielen, das mußt du wissen, Ania weiß es auch. Ach sei doch nicht so dumm. Du bist ein Lumpensack. Hinke doch mal ein bißchen, so mit dem Bein steif nach hinten raus und den Blick stier in die Höhe.« Und Friedrich hinkte, das Bein steif nach hinten raus und den Blick stier in die Höhe, und Sibylle lachte sich tot auf offener Straße, und die Leute blieben stehen, und Sibylle und Friedrich faßten sich an die Hände und tanzten mitten im Verkehr der Stadt, und die Leute waren selig und machten freundliche Gesichter und sagten: »Ach ja, die Jugendzeit«, und sie erinnerten sich, und alte Männer streichelten die Hände alter Frauen, es war wie wenn die Luft linder geworden, ein Gassenjunge rief: »Ach ja die Liebe, die Liebe ist eine Himmelsmacht«, und er zog die Melodie ganz lang, ganz lang, und sein Rad, auf dem er saß, drehte sich dazu, so gemächlich, so lieb, so schnurresurre wie ein elegant elektrisch betriebener italienisch vagabundischer Leierkasten – ach ja, und plötzlich ließen Friedrich und Sibylle voneinander und ließen ihre Hände sinken und hörten auf zu tanzen und zu lachen und blicken sich an, ernst und verlegen, rotwerdend und schon mit aufsteigender Empörung [wogegen nur], und der Wind wehte wieder rauher, und die Leute wechselten ihr Gesicht und sprachen: »Nein, denken Sie, wie alberne Kinder und sind doch schon erwachsene Menschen, nein wirklich, diese Fremden, was die sich rausnehmen, mitten in der Straße«, und der Gassenjunge schrie und gab seinem Rad einen Tritt: »Wohl vom wilden Watz gebissen, was?«

Ja, wirklich, was, vom wilden Watz gebissen? Konnte schon sein. Sie gingen essen. Es war schon spät. Das Restaurant am See hatte schon seine Lampen angesteckt. Es war charakterlos, von unpersönlichem, weltuniformem Geschmack in seiner Einrichtung. Sibylle bestellte Salate, lauter grüne und lustige Sachen. Friedrich forderte Wein. Man konnte grade noch von dieser Seeterrasse aus im Abendsonnenlicht die Berge sehen. Dunkelwuchtig mit weißen Schneehäuptern hoch im Himmel bildeten sie den Hintergrund und Abschluß des Sees. Auf den Hängen war, im Sommer, der Wein gewachsen. Er war gut. Friedrich trank ihn hastig und in großen Schlucken; es beruhigte. Er sagte: »Prost, Sibylle.« Da saß er nun, ein Herr in einer fremden, reichen und gerühmten Stadt, der Dame seines Herzens gegenüber und trank den Wein von den Bergen mit den Schneeköpfen. War er nicht zu beneiden? Wer führte ein solches Leben, wer durfte sich rühmen, gleiches in dieser Stunde zu tun? Und wenn es das Leben kosten sollte, die Stunde war das Leben wert. Man mußte Scheuklappen tragen, man durfte nicht alles sehen; schon brauten im Seespiegel und Ufergras die Nebeldünste sich zu Gespenstern zusammen, um bald wieder, unheimlich und kalt, ihren Tanz über den Wassern zu beginnen.

Und Friedrich nahm einen Anlauf und wollte über eine Hürde. Er wußte, es wird mir nicht gelingen, ich werde nicht rüberkommen, ich werde hängenbleiben, aber er nahm doch den Anlauf und versuchte es. Er sagte: »Es ist ein Zufall, ich habe für eine Arbeit etwas Geld bekommen, ich will mit dem Geld reisen, für mich wird es wohl drei Monate reichen, aber es wäre viel, viel schöner, wenn du mit mir kommen würdest und wir in einem Monat alles verwirtschaften. Ich denke mir das wunderbar, mit dir bis zum Ende, bis zur äußersten Spitze von Europa runterzufahren und nach Afrika rüberzublicken. Da unten ist es schon heiß, da blühen die Mandelbäume, da sind die Orangen reif und in Mengen an den Zweigen, du hast dieses Bild noch nicht gesehen, ich habe es noch nicht gesehen, es ist die Landschaft der Griechen, Homer hat keine anderen Haine besungen, komm doch mit, was willst du hier in dieser noch kalten, nebelvollen und teuren Stadt, was willst du bei diesem Kellerkabarett, was bei den Russen, wie kommst du überhaupt in diese Sweatergesellschaft, fahr doch mit mir.« Es war eine gute und überzeugende Rede, die er gehalten hatte, er war ordentlich warm geworden, sein Optimismus war erwacht, im Laufen glaubte er beinahe über die Hürde zu kommen, er sah sich schon mit Sibylle auf Felsen stehen und über die schäumende Brandung der Tyrrhenischen See gebeugt, und er sah auch mit Freude und Glück, daß Sibylle nachdenklich schaute und überlegte. Schließlich fuhrwerkte sie in ihrem Salat herum, schüttelte die Schüssel, mischte das Ganze noch mal, goß Öl und Essig hinzu, schüttete Salz und Pfeffer hinein, es mußte längst zu scharf und ungenießbar sein, und sagte dann: »Es geht ja nicht. Ich habe ja einen Vertrag. Ich kann ja nicht weg.« »Ach was Vertrag!« Friedrich tat eine Handbewegung, groß und weit, als wolle er das Weltall mit ihr wieder in Ordnung bringen. »Ach was Vertrag. Was ist das überhaupt für eine Gesellschaft. Du solltest wieder Theater spielen. Richtiges großes Theater. Weißt du noch, wie wir die Julia übten, und wie ich weinen mußte, heulen wie ein Hund, so rührtest du mich, als du auf dem Tisch in meinem Zimmer, der immer wackelte, standest und die Verse sprachst: ›Verbannt ist Romeo, aus jenes Todes Hinterhalt gesprochen, bringt Vater, Mutter, Tybalt, Romeo und Julien um! Verbannt ist Romeo!‹ Arme, betrogene Julia, du mußt sie spielen, richtig auf dem Theater, noch nie wird man eine so wahrhaftige Prinzessin Capulet gesehen haben. Komm mit mir, und wir üben wie Demosthenes am Strand den Text, es wird alles wunderbar werden.« »Nein, nein, es geht nicht«, sie wehrte sich heftig, strampelte mit den Füßen wie jemand, der wohin gezogen werden soll. »Es geht nicht. Die Truppe braucht mich. Ania braucht mich. Fedor braucht mich. Magnus auch. Und dann kommt der Bosporus vielleicht hierher. Sein Bein tut ihm wieder weh. Da muß ich doch für ihn da sein. Das siehst du doch ein, nicht?« Ja, er sah es ein, es war nicht zu machen. »Aber was ist denn das«, sagte er noch, »die hängen alle an dir, Ania, Fedor, der Magnus, die ganze Truppe, was bedeutet das?« Und wieder glaubte er vor einem Gewitter zu stehen, das unter bleiernen Wolken einen festen Block von Schwüle vor sich her treibt, in den man hineingedämmert wird und aus dem man vielleicht, es ist noch überaus fraglich, wieder lebendig und nicht erstickt herauskommen wird.

Sibylle versuchte ein paar Schritte Tigergang. Das Restaurant war leer. Die Kellner schlummerten in den Ekken, es ließ sich ganz gut promenieren, die Tische rum und durch, vor dem wieder wehend gewordenen Nebelspiel des Sees. Sie setzte an zu sprechen und versuchte doch wieder auszubrechen, genau wie am Morgen in ihrem Zimmer. Und wieder meldete sich bei Friedrich das Entsetzen: war sie feige geworden, auf dem Abstieg in Verstrickungen geraten, deren sie sich schämte, nicht mehr Herrin der Situation? »Ach laß es doch, bis zum Abend, du wirst ja alles erfahren, warte doch bis du Magnus triffst und die andern.« Sie sprach diese Worte ganz leise. Er machte Andeutungen, ihr Haar zu streicheln, sie duldete es eine Weile, wandte dann den Kopf und sagte: »Komm, wir gehen noch etwas an den See, bevor ich in das Theater muß.«

Sie stiegen von der Terrasse Stufen herab und kamen auf einen Kaiweg, der zum Hafenplatz der Stadt führte. Im Sommer waren hier Badeplätze, Eisbuden und Zelte zu finden. Zu der Zeit dieses Abends aber lag der Kai, unterhalb der Autostraße, die zu Friedrichs Hotel führte, verlassen da. In der Dämmerung der Nacht und des Seenebels waren Friedrich und Sibylle alleingelassen und wie abgeschnitten von der Stadt und von der Welt im ganzen. Sie kamen vorbei an Ziegelhaufen, die, aus großen Kähnen entladen, zu schiefen, roten

Mauern, zu kleinen gedrückten und kompakten Bauten aufeinandergeschichtet waren. Unter ihren Füßen knirschten Mörtel, Kohlenreste, alte Eimer, weggeworfene Haushaltsachen, Asche, Schutt und Dreck. Zuweilen huschte und sprang was aus Ritzen und Löchern. Es mochten Ratten sein, zu erkennen waren sie nicht. Warum führte Sibylle diesen Weg? Es war möglich, daß Obdachlose hier kampierten, Bettler, Ausgestoßene, Verzweifelte, die verdammt waren, wie eine Spinne zu lauern, daß ein Opfer ihnen in die bereiten Arme rannte. Sibylle dachte an Schnee. Sie dachte: weiße, schräg fallende Flocken und eine scharfe Kälte. Ein feuchter, gasiger Dunst kam aus der Tiefe des Wassers hervor. Auf der anderen Seeseite brannten wieder, flockig und milchig, wie die Flaumkugeln abgeblühter Dotterblumen die Nebellampen. »Wenn der Wind sie auspusten würde, könnte ich das delphische Spiel spielen: sie liebt mich, liebt mich nicht, liebt mich, bis zur Deutung der letzten Kugel, die übrigbleibt –, aber wir sind ja lange schon hinaus über den Spruch der in die Weite gepusteten Dotterblumenflocken.« Friedrich konstatierte es fröstelnd. Er versuchte seinen Arm wieder um Sibylle zu legen, wie am Mittag in der Stadt. Sie schrak zusammen und ließ den Arm ruhen. Friedrich glaubte sogar, ihr Leib legte sich in den seinen. Fürchtete sie sich? Als Kind war sie, behütet von Mutterachtsamkeit und Wollsachen, ein kleines Mädchen gewesen, zart und zierlich, das Christkindche, wie die Leute sie genannt hatten in ihrer Heimat am Fluß zwischen den Bergen mit Rebstöcken bepflanzt. Schrecklich und zuwider, erniedrigend vor den Kameradinnen, war es ihr erschienen, behütet und bedeckt zu werden. Der Satz:

»Erkälte dich nicht!« war ein Höllenruf. Eine Verfluchung, die den Tag vernichtete. Sie hatte einen wirklichen, furchtbaren Kinderkummer erlitten und sich nie von ihm erholt, heute noch kamen ihr die Tränen, wenn sie an ihn zurückdachte, an den Schmerz, nicht, wie ein anderes und derberes Kind in ihrer Schulklasse, auch im Winter in Wadenstrümpfen gehen zu dürfen. Die nackten, verfrorenen Beine ihrer Kameradin waren ihr Wunsch und Qual in einem gewesen. Sie hatte in der Schule den Platz neben dem Mädchen, das so gehen durfte, sich erobert, und Sibylls Hände wurden während des Unterrichts unter der Bank nicht müde, die kühle, nackte Haut der Anderen, Beneideten zu berühren. Sie hätte hineinbeißen mögen in dieses aufreizende Fleisch. Es war ihre erste, unbewußte Liebe. Eine Winterleidenschaft; das Glück, Königin zu sein oder Fee oder Prinzessin, mußte verblassen vor diesem Gipfel aller Lust, mit nackten Waden durch die Wintertage zu gehen. Ihre Mutter versagte sich ihrem Flehen. So konnte Sibylle sich nur zuweilen die langen, wolligen, kratzenden, ganz und gar widerwärtigen, ekelhaften Winterstrümpfe von den Beinen reißen, um so, unbedeckt nun und heimlich den Reiz des prickelnden Frostes auskostend, durch dunkle, wenig begangene Abendgassen zu laufen. Einmal hatte sie dort ein Fremder im Laufen aufgefangen und angehalten. Zu Tode erschrocken, hatte sie wie Espenlaub gezittert. Doch als der Fremde sie gefragt hatte, »frierst du nicht, so mit deinen nackten Beinen«, und mit seiner Hand drüber hingestrichen war, da hätte sie umsinken mögen vor Glück und Seligkeit. Jetzt lehnte sie sich gegen Friedrich. Es waren noch mehr Nebelschwaden aus dem See aufgestiegen und der

Kai noch beschatteter geworden. Sie hob ihren Rock etwas an und ließ sich den Wind gegen Knie und Schenkel kommen. »Einmal«, sagte sie, »habe ich Jungens gekannt, die badeten noch im Oktober, während schon der erste Schnee fiel.« Wirklich, sie lehnte sich gegen ihn, stemmte sich gegen seine Brust, wie eine Katze, die noch kräftiger das Streicheln der menschlichen Hand verspüren will. Friedrich hielt sie. Hielt sie in seinem Arm. Hielt sie fest und nie wollte er sie wieder aus dieser Umarmung entlassen. Weit und breit war kein Mensch zu vermuten. Ob man einen Schrei, der hier geschrien wurde, auf der Autostraße hören konnte, war fraglich. »Ihr Mund steht vor meinem Mund. Ihre Lippen sind gespalten, wie bereit, zu laben. Ich muß sie jetzt küssen. Ihr Atem weht zu mir auf. Der Brunnen ist freigegeben. Der Quell fließt. Ich kann trinken, kann den tiefen, befreienden Trank tun, den Rausch von Götterwein erwerben, aus dem es ein Erwachen in diese Welt nicht mehr gibt!« Er war ein Wolf an ihrer Gurgel. Mit den Augen schätzte er die Entfernung zum Wasser. Er hatte es sich oft gewünscht, mit Sibylle gemeinsam zu sterben. Einmal, es war hoch oben auf der letzten Stufe einer weit geführten Wendeltreppe und am Rande eines knietiefen Geländers, hatte er gedacht: ich brauche mich nur fallen zu lassen, meine Hände fest an ihrem Hals. Auch jetzt bleckte der Triumph in seiner Kehle, der letzte wenigstens zu sein, der diesen, ihm nie gewährten Mund austrinken konnte. Nur zwei Schritte standen sie von dem steilen Abfall des Kais entfernt. Sie zitterten gemeinsam wie ein Baum in allen seinen Zweigen. Des Mädchens Augen standen offen, weit offen und ließen in ihrem Spiegel eine Unendlichkeit sehen, so weit und tief und gar nicht mit den Sinnen eines Menschen zu erfassen, wie der Riß in einer schweren Wolkendecke, die plötzlich über dem unter ihr dahinjagenden Flieger sich öffnet, so daß er, geblendet von so viel Licht, selig und singend in das Trudeln des tödlichen Sturzes gerät. Sie waren wieder schwimmend, ihre Augen, wie zerfließendes Feuer, es waren die Augen der ganz jungen Sibylle, die Augen eines dem Nest entlaufenen wilden Tieres, die Iris glänzte und wie zwei leuchtende Bälle bewegten sich die Pupillen auf dem weißen Meer zwischen Lid und Decke. Sibylle weilte an außermenschlichen Gestaden. Sie fieberte im Traum. Ihre Hände rankten sich um Friedrichs Hals und lagen da fest wie ein Kettenschloß und zart zu fühlen wie ein Strick aus geflochtener Seide. Sein Gesicht neigte sich im stetigen betrachtenden Fallen über ihr verwehtes Antlitz; er dachte noch, es müßte einer kommen, uns mit ruhiger Hand in den Tod zu stoßen, da sagte er schon, und diesmal formten sich die Worte und wurden ein Klang in der Stille: »Kleine Sibylle«; und da erwachte sie, war aus dem Zauber gefallen, die Stunde der Dämmerung war vorbei, und sie sagte: »Komm, laß mich und nimm deinen Arm von mir, er liegt so schwer auf meinem Rücken.« Und ohne ein weiteres Einverständnis begannen sie zu laufen, wild, blind, stolpernd, im höchsten Maße gefährdet, sinnlos liefen sie, als gelte es, das Leben noch zu erreichen, und sie beide fürchteten sich mit einemmal vor Stößen hinter den Ziegelhaufen, vor Schlägen, Würgmalen und scharfen Rattenzähnen. Sie taumelten, als sie in das Licht der Fahrstraße und in die scheinbare Geborgenheit der Zivilisation wieder eintraten.

Der Weg führte in die Altstadt, durch die winkligen Gassen, die Friedrich am vergangenen Abend auf seiner Suche nach dem Diana-Varietétheater gesehen hatte. Es war um sieben Uhr. Die kleinen Krämer der Gegend machten Feierabend. Mit Riegeln und Gittern schlossen sie furchtsam die Türen ihrer Läden. Jalousien rollten ruckend und surrend vor die fliegenbeschmutzten Schaufensterscheiben, und Finsternis schluckte die todbleichen Waschmittelreklamen in den Auslagen. Es war die Stunde des Appells. Die Straße, in der während der Nacht nur der große zu Boden träumende Schutzmann gestanden hatte, war voll von Menschen. Sie traten an. Es waren die Musikkapellen und die Singmädchen, die Ausschänker und die Kellnerinnen der Lokale rings um den Gassenrand. Die Gehäuse der großen Baßgeigen schwebten im Arm kleiner und dicker Männer wie schwerbelastete Ballons in geringer Höhe über dem Bürgersteig. Pauken dagegen kamen wie die aufgerissenen, breiten Münder in Stellung gerissener Schiffsgeschütze näher und vorbei, während sie in den magerroten Händen von langarmigen und schwindsüchtig hustenden jungen Männern hingen. Eine Gesellschaft von Frauen stand vor dem Haupteingang des Diana-Varietés. Sie hatten sich gegen die Mauer der Einfahrt gedrückt und waren so notdürftig vor dem Zugwind geschützt. In ihren schmucklosen blauen Cheviot-Jackenkleidern und mit ihren stumpfen, ergebenen Gesichtern konnten sie ein Haufen von Hausfrauen sein, die auf die billige Ware eines Ausverkaufs warten. Sibylle grüßte sie, und einige von ihnen erwiderten den Gruß, zurückhaltend, gemessen und wie stolz auf eine untere Beamtenstellung. »Grüß Gott,

Frau Steuervollstrecker«, wollte Friedrich schon rufen, da sah er, daß diese Frauen die Mädchen waren, die kaum noch bekleidet in dem Schaukasten photographiert hingen. »Sie werden streng gehalten«, sagte Sibylle. »Sie müssen pünktlich um sieben Uhr hier sein, aber das Tor wird ihnen immer erst um viertel acht geöffnet. Magnus sagt, sie sollen Luft schnappen, denn freiwillig gehen sie am Tag nicht aus den Betten, die sie am Morgen, wenn das Licht schon graut, aufsuchen wie abgehetzte Nachtmäuse ihre Löcher.« »Gehört denn Magnus das Varieté?« Friedrich war erstaunt. »Ja, er ist der Besitzer, aber nicht der Direktor. Er haßt es. Er sagt, er geht manchmal hinein, um sich zu übergeben. Aber er lebt von den Einnahmen. Die ganze Stadt, behauptet er, habe sich freiwillig ihm zu einem Tribut ergeben. Wir zehren von der Dummheit, spricht er zu Ania, wenn sie essen. Magnus' Vater war ein reicher Mann, ein Arzt und ein Menschenfreund, der sein ganzes Vermögen einer Stiftung für die Verfolgten hinterlassen hat. Magnus, dem Sohn, sind nur drei Häuser zugefallen. Das Logierhaus zum Heiligen Petrus, über das er aber nicht verfügen darf, dies Varietégebäude und noch ein kleines Chalet vor der Stadt, in dem er wohnt. Einmal wohnte auch Ania da, sie ist seine Frau, aber dann ist sie doch wieder in den Heiligen Petrus gezogen.« Das waren Neuigkeiten. Friedrich dachte: Warum interessiert mich dieser Mensch? Sie standen etwas abseits von der Frauengruppe, und Sibylle redete weiter: »Magnus verabscheut diese Frauen. Sie sind Kühe, sagt er, Köchinnen, die nicht zu kochen verstehen, Trauermädchen, die das Gewerbe ihrer undelikaten Tänze aus bürgerlichem Ressentiment betreiben. Er hat einmal den Versuch gemacht, als er noch selber die Leitung des Varietés hatte, Mädchen zu engagieren, die, so erzählt er, wie junge, störrische, blankmäulige Bullen waren; wilde Kinder, achtzehnjährige, sonnenbraune, gelenke Turnerinnen, schlanke Rehe, Zufallszüchtungen wendiger Windspiele, die aus einer Abneigung gegen jedes Herkommen, die angeboren war, zu jedem Streich bereit waren, aus Trotz schon gegen die Langeweile einer elterlichen Plüschmöbelwelt, wahrhafte Freudenmädchen, Hetären wie sie bei Lukian im Buche stehen –; und der Erfolg dieser direktorialen Anstrengung war ein mit Mühen verhinderter Bankrott. Das Stammpublikum blieb aus, ging in andere Häuser, in die Schenken links und rechts. Nur einige Leute ohne Geld kamen, Studenten mit schief getretenen Schuhen und ausgefransten Hosen, und saßen die Nacht über mit weiten Augen vor einem Getränk, das ihre Lippen nicht berührten. Der kleine Mann, der Besitzer einer Milchfiliale, eines Grünkramladens, eines Aufschnittvertriebes wünscht das Weib seines Nachbarn, die Frau, die ihm auf der Treppe seines Hauses begegnet, das Mädchen, das bei ihm angestellt ist, die Dienerin, die den Schmutz von den Stufen seines Ladens kehrt, diese Gestalten seiner kleinen Umwelt wünscht er, einmal am Abend bei Bier und Schoppenwein, in den kurzen, weißen Flitterhosen der entkleideten Varietétänzerinnen zu sehen. Das ist das Geheimnis des Geschäfts, das aus dem Vergnügen ein Gewerbe macht, eine Lehre, die Magnus persönlich zu dirigieren nicht in der Lage ist, die er aber [wir leben von der Dummheit] von anderen besorgen läßt. Er ist ein merkwürdiger Mann, du wirst ihn gleich sehen, er muß jetzt kommen; nur daß er die armen Mädchen im Wind warten läßt, ist eine Rache, die ich klein und eines verschrumpften Zwerges nicht mal würdig fände.«

Von der anderen Seite der Straße kam das grelle Signal eines Pfiffes. Fedor trat in das Licht der Laterne über dem Fahrdamm und kam zu ihnen. Sein Gang war müde und nicht mehr so unbekümmert und springend wie am Morgen. In der Hand hielt er einen kleinen Koffer. Eine Hotelmarke klebte in einer Ecke. Es mochten wohl seine Schminksachen drin sein. Viel waren es nicht. Er sah aus wie ein Reisender, der heimkommt, nachdem er alles, und ohne den geringsten Erfolg davonzutragen, zugesetzt hat. Über dem Sweater hing ihm eine Jacke. Sie war überaus eng und führte in einem Schlittschuhbogen in die Taille. Der steife Hut, den er merkwürdigerweise anstelle einer Mütze, die gepaßt hätte, aufgesetzt hatte, gab seinem Auftritt etwas von der falschen Vorstellung, die man, ohne sie zu kennen, sich von der Eleganz eines Zuhälters in düsteren Straßen macht. Sein Gesicht aber war zu wenig rosig. Es ist russisch, dachte Friedrich, wahnsinnig russisch. Es drückt die Melancholie dieser schwermütigen Melodien aus, die von den Balalaikakapellen ehemaliger Offiziere gespielt werden. Fedor gab beiden die Hand, herzlich, freundschaftlich, rückhaltlos. Er roch aus dem Mund nach leichtem Alkohol, was vorzüglich zu seiner Erscheinung paßte. »Was habt ihr gemacht«, fragte er, »ich bin so viel rumgelaufen.« Er war staatenlos und suchte eine Nationalität, um einen Reisepaß zu bekommen. Magnus, der Ania durch eine Heirat [und das war wohl der Grund dieser Ehe gewesen] zur Bürgerin seines Landes gemacht, hatte Fedor versprochen, ihn zu adoptieren. Nun aber stellten die Behörden dem Schwierigkeiten entgegen. Der Einfluß Magnus' schien nicht weit genug zu reichen, um sie umgehen zu können. Vielleicht wollte er auch nicht im Ernst die Adoption übernehmen. Fedor vermutete es. Er sagte: »Das Spiel ist nicht sauber.« Er war düster gestimmt. »Kommt, wir gehen runter, es ist kalt. Hast du mit Friedrich gegessen?« das sagte er noch zu Sibylle.

Im Vorraum legten die Garderobenfrauen ihre weißen, steif gestärkten Schürzen an. Am Vorhang neben dem Durchlaß zum Saal saß schon die kleine elsteräugige Kassiererin. Ihre spitzen Finger streichelten die kanariengelben Platzkarten. Auch sie schien sich die Nacht über nicht vom Fleck gerührt zu haben. Die Vorstellung, daß jedermann in der Welt kein anderes Verlangen trage, als ohne zu bezahlen an ihr vorbei in den Saal zu schlüpfen, verbitterte ihr den Schlaf und die freien Stunden. Fedor und Sibylle begrüßten sie. Als sie mit Friedrich vorbeigehen wollten, schnappte die Wächterin zu. Fedor ereiferte sich: »Friedrich wird doch nicht zahlen!« »Dann muß er eine Bescheinigung von Magnus zeigen.« Magnus also war ihr Gott, ihn ließ sie gelten, ihm gehorchte sie. Friedrich zögerte; der Auftritt war ihm unangenehm; er wollte ein Billett kaufen, überlegte aber, daß es vor den andern ihn herabsetzen würde; er sagte: »Ich begleite sie nur in die Garderobe.« »Dann aber ist es leicht, von der Garderobe ohne meine Kontrolle in den Saal zu kommen.« »Sie sind von der Darbietung überzeugt!« Friedrich sah eine Möglichkeit, den Disput ins Ironische zu ziehen. »Ich zolle Ihrem Eifer die Anerkennung.« Münzen klapperten, es wurde gegeben, genommen und gewechselt. Fedor sagte: »Du bist ein Idiot, Magnus gibt dir doch einen Schein.« Gewiß, es war schwach gehandelt, trotz aller Verkleidung, aber Friedrich wollte nicht bei Magnus schnorren. Im Saal, der nun erobert war, standen die Stuhlreihen grade wie Soldaten vor dem General. »Es sieht ganz ordentlich aus«, Friedrich hätte es beinahe laut gesagt. Es war ihm selber komisch, sobald er mit Fedor zusammentraf, empfand er sich diesem gegenüber als einen Bürger, der die Lebensart des sauber gekehrten Bodens, der Ordnung und der Anständigkeit und auch die Nüchternheit einer jedem Überschwang abholden Gesinnung zu wahren hat. Friedrich, der eine von jeder Bindung entbundene einsame Existenz führte und als Kind schon einen Hang zu allem Zigeunerhaften empfunden hatte.

Sie gingen über die schmale Bühne, über Blöcke, Nägel, Schnüre und Pappstücke, grüßten einen jungen Burschen im blauen Monteurkittel, der, wohl der Bedienung der Lampen wegen, Jupiter genannt wurde, und stießen die Tür zu einer Kammer auf, in der es nach Seife, Abwasch, ausgekämmten Haaren, Parfüm, altem Fett, Spiritus, Staub und Lappen dunstete. Die Garderobe der Truppe. Es war ein ziemlich großes Zimmer, das zwei Vorhänge in eine Damen- und Herrenabteilung teilten. In der Mitte, der größeren Fläche, herrschte neutrales Gebiet. Im übrigen waren die Vorhänge noch beiseite geschoben, und es schien Friedrich fraglich, ob sie überhaupt ihre Bestimmung, zu verbergen, zu erfüllen hatten. In der Mitte des Raumes, der Tür gegenüber, auf die Bank des Fensters gelehnt, das, ein schwarzes Rechteck, ihm den Hintergrund einer photographierten Person gab, stand der lange albinoblonde Mensch mit den Augen von verwässerter himmelblauer Tusche, die Friedrich schon bei der ersten Begegnung mit diesem Mann aufgefallen waren, und ließ seine beiden Hände auf Anias Schultern ruhen, die vor ihm stand, klein zu seiner Größe, in ihrem Zottelpelz eingeschlossen und Zigarettenrauch ausstoßend aus einem Gesicht, das man, da ihr Rücken den Eintretenden zugekehrt war, nicht sehen konnte. Und es zeigte sich, daß dieser Große Magnus war, der Sohn des Doktor Magnus von der alten Stiftung für »Die Verfolgten Aus Allen Ländern«.

Es war ein Streit im Gange. Zwietracht herrschte zwischen Magnus und Ania. Die Adern auf dem Rücken seiner großen Hände wurden breite, wuchtige Kanäle. In seinen Händen schien sein Wille sich zu erschöpfen; die Last ihres Griffes auf Anias gesenkten Schultern zitterte. Sein Gesicht aber blieb ruhig, sein Mund geschlossen; er sprach keinen Ton. Doch war die Unruhe allgemein, und andere redeten und schrien. Das Zimmer hatte sich gefüllt. Die Truppe war versammelt. Die Sweaterjünglinge, die Gestalt der breiten Bäuerin aus vergangenen Zeiten, der Römerkopf der damenhaften Erscheinung in schwarzem Tüll führte an, und auch Fedor stürmte vor und ließ seine Klage laut werden. In Sibylls Gesicht stiegen Schatten. Unwille verbreitete sich, und ihr Antlitz war die Fläche eines hellen Wassers, vom Widerschein des weit die Flügel schwingenden Fluges großer Nachtvögel betupft, die in den Sagen des Volkes im Gekrächze ihres Lockrufs den Hütten der Menschen das Unglück bringen. Sie wandte sich ab, ihrem Schminksitz und Spiegel zu. »Warum verweilt sie, mein Gott, warum weilt sie hier?« Friedrich dachte es, und auch: »Wenn ich ein Pferd hätte, ein starkes, mutiges Pferd! Wie würde ich geritten kommen und die Scheiben des schwarzen Fensters einschlagen und Sibylle nehmen und sie vor den Sattel legen und davonfliegen und Funken, sprühende Lichter vom Hufschlag der vier muskelfesten, eisenbeschlagenen Beine meines schnellen Läufers als einziges Zeichen hinter meinem Verschwinden in der Finsternis der Nacht lassen. Ach, hätte ich doch ein Pferd!« Beinahe wäre der Wunsch ein Ruf geworden. Sibylle hantierte mit Schachteln, Flaschen und Stiften. Eine Dose stürzte um, und der feine Staub des Puders zersetzte sich wie der weiße Rauch von Lokomotiven, wenn sie vor dem Schacht der dunklen Tunnel heulen, in der Luft des Raumes, und ließ die in ihm Streitenden dämmrig erscheinen, wie Leute, die in London an einem Nebelabend in dem Dschungel der Docks auf der Ostseite aus den Destillen treten, den Rauch des Weizenbranntweins in der Kehle, und geblendet taumeln, bevor sie in der schmutzigen und aufgerührten Milch ertrinken, die Gott, der ihnen auch das Messer für ihres Mitmenschen Kehle gab, in ihre Straßen geschüttet hat. Sie waren gefährdet, und das ließ sie ihre Zähne zeigen. Der Boden, auf dem sie standen, wankte. Die Fremdenpolizei hatte sich für ihr Unternehmen interessiert, und sie sollten ausgewiesen werden. Die Mitglieder der Truppe waren staatenlos wie Fedor, oder sie führten einen Paß, dessen Nationalität in dem Land ihres Aufenthalts nicht anerkannt war. Keine Diplomatie beschirmte sie. Sie konnten nicht, wenn der Befehl kam, das Land zu verlassen, hochmütig die Brust strecken und sagen: »Da müssen wir erst mit unserer Botschaft sprechen und möchten schon heute nicht verfehlen, Sie auf den peinlichen Eindruck, auf die mögliche Verdüsterung der politischen Lage, aufmerksam zu machen, die natürlichen Folgen eines solchen rigorosen Beschlusses.« Das konnten sie nicht. Ihnen war nur gegeben, demütig die Nacken zu beugen und das Mitleid mittlerer Kommissare anzurufen. Kein Land fragte nach ihnen. Und darum, weil ihre Lage so furchtbar war, so verzweifelt, so hoffnungslos, darum war auch ihre Klage so groß und der Schrei der Empörung so gewaltig und die Tränen so echt, die ihnen jetzt in die Augen traten aus Scham, Wut und Enttäuschung – denn Magnus hatte sich für sie verwenden wollen unter Berufung auf die alte Stiftung seines Vaters, auf die Vergangenheit des würdigen Ahnen, der das Recht des Obdachs, des Asyls geschaffen hatte. Versagte Magnus? Reichten seine Beziehungen nicht weit genug? War es ihm nicht möglich zu helfen, oder wollte er den Abzug der Truppe nicht hindern? Friedrich beobachtete es so: Er ist ein Sohn, nur der Sohn des alten Doktor Magnus von der Stiftung »Für Die Verfolgten Aus Allen Ländern«, und mit Söhnen hat er zu verhandeln. Da wird es keine Hoffnung für die Truppe geben. Die Söhne haben sich nie der Verfolgten angenommen in einer Welt, in der sie täglich selber verfolgt werden können. Denn wer von ihnen weiß, wenn er am Morgen sich erhebt, ob nicht in den Geschicken der Länder, in den Unordnungen der wirtschaftlichen Gesetze und in den Angstträumen der Oberen, der Könige, Minister und Herrscher über die Gruben und Fabriken – ob da nicht auch ihr Todeslos gefallen ist, ohne daß eine Botschaft ihnen zuteil wird? Die Söhne meistern das Leben nicht mehr, und ihr Gewissen liegt unter dem Alp ihrer Furcht begraben. Was ist ihnen ein Verfolgter aus einem anderen Land, solange sie noch nicht in ihrem Land der Verfolgung verfallen sind, solange sie noch nicht vor fremden Türen und in einer fremden Sprache betteln müssen. Sie sehen weg und nehmen Abstand von der Not ihres Nächsten, denn Not ist schon Verworfenheit und trägt den Bazillus des Todes in sich, daß niemand ihr die Hand zu reichen wagt. Und Magnus ist zu bedauern. Er ist der Sohn des alten Doktor Magnus, der wohl ein besonderer Mann gewesen ist. Nun schleppt er das Erbe dieser Besonderheit, dieser besonderen Güte und Einsicht vielleicht, wie eine Strafe hinter sich her. Er muß sich um die Stiftung kümmern und mit den Verfemten sprechen. Er ist nicht ohne Herz. Verurteilt ihn nicht! Er sucht Ania zu halten –. Friedrich erschrak. Magnus suchte Ania zu halten. Das war zu sehen. Er war nur im Raum, weil Ania vor ihm stand und ihn beschimpfte. Er hätte seinen Hut nehmen können und gehen. Anias wegen blieb er und wahrte durch seine Gegenwart, daß nicht an diesem Abend schon der Boden unter der Truppe sich auftat, sie in neue Untiefen zu schleudern. War Magnus wie Friedrich? Friedrich fühlte die Gleichheit der Motive. Er war hier, weil Sibylle hier war. Magnus war hier, weil Ania hier war. Das traf Friedrich wie ein Schlag. Er wollte nicht Magnus gleichen. Er haßte den Spiegel, der ihm da vorgehalten wurde. Eben noch war er bereit gewesen, Magnus zu verteidigen [er ist nicht ohne Herz!], jetzt schlug eine Welle unsinnigen Zorns in Friedrich hoch. »Warum verschaffen Sie den Leuten keine Bewilligung zu bleiben? Sie sind hier Bürger. Sie sind der Stiftung verpflichtet. Warum teilen Sie keine Pässe aus?« Friedrichs

Stimme langte wie eine überaus scharfe Schneiderschere zu Magnus hin. Das Bild des lang aufgeschossenen Menschen mit den Augen von verwässertem Blau verschob sich in seinem Blick zu der Gestalt eines untersetzten Kosakengendarmen, eines Polizeigewaltigen in einem Verbannungsort Sibiriens, er sah unsinnige Bilder, sah Magnus, den Sohn, in seiner Amtsstube sitzen, den Säbel umgeschnallt, und sah ihn Pässe verteilen, gewaltige schwarze Papiere mit einer Unzahl von roten Stempeln drauf. War er, Friedrich, wahnsinnig? Er fragte es sich, während des ganzen Auftritts. Es war der Rest von Besinnung, der ohne besonderen Willen in ihm weiterlief. Es war aber nur die Gier, die ungestüme Gier, auf keinen Fall Magnus zu gleichen. Der stand da, wie ein Mensch, der gelyncht wird. Eine Steppe war um ihn herum gewachsen und trennte seinen Platz von der ordentlichen, sauberen Stadt mit ihren wuchtigen Polizeiposten draußen in den Gassen. Mit den Schultern Anias, der kleinen Ania mit dem weichen Mund, hatten seine Hände den Osten berührt. Augen, die er nicht deuten konnte, brannten sich in sein Gesicht. Die Steppe stieg gegen ihn auf. Der Brand flackerte. Friedrich, der unbeteiligte Friedrich, hatte das Signal gegeben. Er wurde vorgeschoben und zu Magnus gerichtet, Auge in Auge. Es war das Gesicht des gepeinigten Sebastian, das sich ihm entgegenstreckte. »Sie lieben Ania«, sagte er, und der Zorn, daß noch einer in der Welt liebte, ließ seine Stimme nicht aus dem Ton des Bebens kommen. »Sie lieben Ania, Sie müssen, verstehen Sie, Sie müssen alle hier um uns herum halten, wenn Sie Ania behalten wollen. Begreifen Sie es doch: Ania gehört ihren Kameraden, erst ihren Kameraden, dann vielleicht Ihnen.« War er verrückt? Dachte er nicht an Sibylle? Er sah sie außerhalb des Kreises. Sie schminkte sich, verhäßlichte ihr Gesicht zu der Maske eines dürftigen Kindes, das in den Höfen singt. Er wollte nur das Spiegelbild seiner Person im Wesen Magnus' zertrümmern. Dann wollte er Sibylle nehmen und mit ihr fortgehen, so wie sie war, von Schminke verschmiert. Magnus ließ seine Hände von der starr stehenden Ania, an die er sich geklammert, sinken, in einer Geste, als wolle er sie freigeben. Er bewegte die Lippen, müde: »Was wissen Sie von den Umständen und den Verhältnissen unseres Lebens? Ich tue, was ich zu tun vermag, und ich begreife nicht, daß Sie sich, ein mir unbekannter Fremder, in einen Streit eindrängen, den Sie gar nicht begreifen können.« Ich muß ihm die Hand reichen, dachte Friedrich, es ist so wie er es sagt. Aber auch er ist kein guter Mensch. Friedrich sah die Reihe der dürftigen Tanzfrauen vor dem Varieté im Zugwind warten. Die Frage nach dem guten Menschen bedrängte ihn. Wir alle quälen uns; muß es so sein? Ein Schwindel erfaßte ihn. Er wurde unsicher, rückte aus der Anführerpose und versuchte sich in den Hintergrund zu schieben. Eine Hitze überwältigte ihn. »Wie dumm, ich werde rot«; die Scham war es, deren er sich nicht erwehren konnte.

Es war ihm gelungen aus dem Gedränge raus und zu Sibylle zu kommen. »Bereite deine Koffer vor. Ich hole dich morgen früh um sechs Uhr aus dem Heiligen Petrus. Du fährst mit mir.« Sibylle zog einen schwarzen Hungerstrich ihre Stirn lang. Die Falte lag drohend wie eine dunkle Wolke auf der Haut. »Du siehst doch, es geht zu Ende. Magnus kann euch nicht helfen, warum willst du bleiben. Am Ende wirst auch du ausgewiesen, und du hast doch nichts mit diesen Leuten auf der Flucht zu tun. Du hast einen Paß, ein Land und einen Gesandten hinter dir, du kannst was anderes beginnen; sieh es doch ein, es wäre töricht von dir, zu bleiben.« Sibylle antwortete noch immer nicht. Sie schaute ernst in den Spiegel und prüfte die Maske. Eine gelbe Schicht auf den Lippen gab ihrem Mund etwas Verfallenes. Da löste sich der erregte Kreis vor dem Fenster und Ania trat gegen Friedrich vor. Eine Glocke schellte, Jupiter riß die Tür auf und rief: »Kinder macht euch fertig, der Saal ist ja schon voll.« Wirklich, man hörte die Brandung von vielen Stimmen. Die Elsteräugige an der Kasse hatte gute Arbeit getan, sie war brav und unberührt von dem Chaos, dem sie die Mittel schaffte zu sein. Ania öffnete den Mund. Sie sprach laut und deutlich, jeder sollte es hören, kein Zigarettenrauch wischte ihr Wort ins Ungewisse: »Magnus soll nicht glauben, daß ich bei ihm bleibe, wenn die andern ausgewiesen werden. Jeder von uns wird sich eine Zuflucht suchen müssen, zusammen können wir nicht bleiben, und ich werde mit Friedrich reisen. Er ist der einzige unter uns, der in Frage kommt.« Das war eine entschlossene Rede. Ein Streichholz flammte als ihr Schlußpunkt auf, und wieder zog Ania heftig und in Stößen den Rauch der Zigarette in ihre Lungen. Was konnte Friedrich tun? Wie sollte er sich verhalten? Gab es eine Möglichkeit, sich zu wehren? Nie hatte er daran gedacht, sie mit sich zu nehmen. Wie konnte sie ihn so bloßstellen? Wie schwierig wurde seine Lage zu Magnus. Er sagte: »Aber, aber...« Es war ein Gestammel. Er sah keine Möglichkeit, eine Erklärung zu geben, ohne Ania zu kränken. Bot sie sich ihm an? Was waren ihre Motive? Suchte sie Schutz, brauchte sie Hilfe, oder war er ihr nur der Ausweg, der sie aus der Versorgung durch Magnus führte? Er sagte: »Ich weiß nicht, ob es gehen wird, des Geldes wegen. Ich besitze nicht viel, nur etwas, und ich reise schon mit Sibylle.« Seine Stimme hatte nicht so fest geklungen wie die Anias. Fedor drängte von Magnus fort und zu Friedrich hin. Alle blickten ihn an. Die jungen Männer hatten ihre Sweater ausgezogen und standen in kurzen Trikots vor ihren Schminkschränken. Auch die Frauen standen im Hemd oder schon in halb angezogenen Kostümen da. Wieder schrillte die Schelle zum Saal. »Auftritt, Auftritt, die erste Nummer!« Der Jupiter, der das Bühnenlicht schon eingeschaltet hatte, zeigte zum zweitenmal seinen Kopf in dem Spalt der Tür. Sibylle, fertig geschminkt und im zerfetzten Kleid der Hofsängerin, warf im Aufsprung ihren Stuhl zur Seite. »Bist du toll? Wie kannst du über mich verfügen?« Sie zeigte ein vollkommen geschlossenes Gesicht. Unter der Maske mußte ihre Haut bleich wie Marmor sein. »Sibylle!« Er setzte an, sie zu überzeugen. Da war Fedor neben dem Mädchen, und sein Gesicht war wieder das des Mannes, der heimkehrt nach einer langen, ergebnislosen Reise und dem es leid ist, nun den Hund schlachten zu müssen, der winselnd auf der Diele ihn erwartet. »Du bist ein Bürger«, wandte er sich zu Friedrich, »ein Bürger bist du? Mensch, empfindest du nicht die Verpflichtung für Ania da zu sein?« Seine Haut war grau, wie mit Grieß bedeckt, Bartstoppeln wucherten in dem Sand. War es nicht lächerlich? Friedrich legte seine Hände gegen die eigene Brust; er ließ sie fallen und die Konturen seines Leibes abtasten. Er wollte sich vergewissern. War es nicht möglich, daß er träumte, ein Mann, der im Bett liegt, war, und der sich selber mit Furcht und Grauen in einem Traumspiel agieren sieht? Oder war es die von den Gerüchen und Dünsten kommende chemische Verwandlung der Luft, das sauerstoffarme Gemisch, in dem er atmete wie im Innern eines Gasometers, die ihm die Sinne verwirrte und ihn Worte hören ließ, die nicht gefallen sein konnten? Gewiß schien nur, daß die Szene zum Lachen war, so oder so, und daß der Mut zu einem Schrei einem kommen mußte, um aus dem Traum zu weichen und den Alp von Bildern, die ja nicht wirklich sein konnten, loszuwerden. »Und Sie«, war der Schrei, »Sie, der Sie das Wort ›Bürger‹ als Schimpf gebrauchen und sich vor Ekel winden, indem Sie es mir entgegenschleudern, warum leben Sie in den Ländern bürgerlichen Stils, den Ordnungen fremder Gesetze, die Sie hassen, statt heimzukehren in Ihr Land, das, wie ich meine, unbürgerlich ist und Ihrer Gesinnung enspricht? Warum kehren Sie nicht heim und helfen mit, die Welt zu bauen und einzurichten, die Sie in tausend Worten fordern? Erschöpfen sich Ihre Kräfte im Tragen eines symbolischen Sweaters? Sie leben in der Revolutionsromantik des Emigranten, der sich vor jeder Revolution scheut, weil sie ihm seine Welt der Dämmerung zertrümmern würde, die Stunde aller Kindermärchen in den kleinen Lokalen mit der heißen heimatlichen Suppe auf dem Tisch, die in der Fremde so traurig-traulich schmeckt.« Diskutierte er? War er politisch gesonnen? Wie kam er zu dieser Stellungnahme? Sein Gefühl gab sie ihm ein. Ein dumpfer Rausch des Moments. Waren seine Worte ehrlich? Er bezweifelte es. Er wurde rot wie nach einer getanen Lüge, die erst jetzt in sein Bewußtsein ging. Fedors Welt war ein Totenreich. Die Schauer, die Friedrich empfand, waren echt. Er lehnte diese Welt ab. Aber lebte in ihr nicht Sibylle? Er wollte sie befreien. Aber konnte man einen Menschen befreien, der nicht befreit sein will? Was waren das für hohe, phrasenvolle Worte? Befreien? War nicht dies der Grund seiner Schärfe, daß er bereit gewesen war und nur der Aufforderung geharrt hatte, eintreten zu dürfen in diese Welt Fedors, sich gemein machen zu dürfen mit den anderen, um bei Sibylle zu sein, und waren es nicht die Enttäuschung und das Grauen, nicht aufgefordert zu sein und abreisen zu müssen, und war es nicht der Haß, der mann-männliche Haß zu Fedor, der ihn mit Beschuldigungen aufstehen ließ [mit Beschuldigungen, die vernünftig und sauber und grade darum verwerflich waren, wenn man gerecht sein wollte], weil Fedor bleiben durfte? Die Gesichter von allen im Raum gingen gegen Friedrich vor. Die nicht zu Ende geführten Masken der Komödianten zeigten das blutgierige Gesicht fetter Oger in chinesischen Erzählungen. Fedor rollte ein Wort in seinem Mund zusammen, daß es groß werde, bevor er es ausspuckte; »Halts Maul!« brüllte ihn Sibylle an, als der Ball über Fedors Lippen wollte. Sie war wie ein Fuhrknecht. Eine strahlende Energie verwandelte ihre zarte kindliche Erscheinung. Sie stand breitbeinig da, mit den Ellbogen nach außen. Sie war wie ein junger Ringer in einer römischen Arena, dessen schlanker Leib in gewaltigen mörderischen Umschlingungen glatt und muskelsträngig wie der Leib einer Schlange geworden ist. »Und du geh jetzt in den Saal und schau zu, wir fangen an.« Sie schob Friedrich in den Gang.

Wieder stolperte er über die Schuttsammlung hinter den Kulissen. Er kam in den Saal und blickte in hundert aufgereihte, wartende Gesichter. Kein Stuhl war mehr frei, und Friedrich setzte sich auf einen Hocker neben den Klavierspieler vor dem Flügel und zu Füßen der Bühne.

Der Klavierspieler schlug harte Takte an. Seine Hände bewegten sich wie die eines Nervösen, der in leerer Verzweiflung ein Konzert in die Tischplatte hämmert. Der Klavierspieler war ein femininer junger Mann, und Friedrich wunderte sich über die Brutalität dieser eifrigen Finger. Die Vorstellung hatte Erfolg. Es wurde gelacht und gejubelt und der Atem wurde angehalten, wenn ein »Aha« der Entdeckung und der Zustimmung, das aber nicht laut wurde [man war nicht im Parlament], die Brust der Zuschauer füllte. Man bevorzugte die Satire. Sie paßte in den kellerniedrigen Raum. Es waren Bilder in grellem Plakatstil, die zur Schau gestellt wurden. Die alten Moritaten in die Ingenieurkonstruktion einer Stadt aus Beton gefügt. Die Gestalt der Bäuerin aus vergangenen Zeiten brachte ein Lied von Villon. Sie stand wie ein Monument da, gewaltig aus Stein gehauen, Rodin hätte sie bewundert, und sie erfüllte das Geheimnis aller Schauspielkunst, da zu sein, über die Rampe zu dringen wie eine Wolke und auf jeden Zuschauer sich zu legen. »Sie kann was, mein Gott sie kann was; die Lemuren erwachen und leben, wenn sie im Licht der Scheinwerfer stehen.« Friedrich wußte: dann ist Sibylle verloren. Und was mochte erst hinter den Kulissen, in den Pausen zwischen den Auftritten, in den Augenblicken der gehaltenen Erregung, vor sich gehen. Es war die uralte Frage des ersten Liebhabers der ersten

Schauspielerin. Kein Mann erträgt das. Er weiß, er unterliegt. Er müßte Schauspieler werden, um den Wahn aus seinem Blick zu wischen, daß die Mimin, die im Licht des Tages den Mimen verachtet, im Moment ihres Abgangs von der offenen Szene, erschöpft und nicht sogleich sich wieder findend in der Welt der Realität, in die Arme ihrer Partner sinkt, die in den Drähten des Kulissenganges wie Lurche hängen, um mit ihr, die sich ausgegeben hat und nervenstrampelnd ist in stoßenden, harten Gliedern, in den Staub zu sinken von Schweiß und Leimfarbe auf den Bohlen der Hinterbühne.

In welche Hölle hatte er sie gegeben. Friedrich dachte an Sibylls erstes Auftreten vor einem Publikum. Es war eine Vorstellung der Schauspielschule gewesen. Er hatte sie hingebracht. Das heißt, er hatte sie hingeschleppt, ein Schlachtopfer zur Richtbank. Natürlich hatte sie, wie jede Schülerin des alten Direktors, die »Lulu« zu spielen, den ersten Akt, die Szene im Pierrot im Atelier des Malers. Sie war ein wildes Tier gewesen vor Angst, Erregung und dem unbestimmten Schmerz, sich preiszugeben. Am frühen Morgen schon hatte sie Friedrich aus dem Bett geholt, vom Bosporus kommend, dessen Geruch sie noch auf der Haut trug, und war schon ein helles Feuer. Sie hatte Friedrich zu einem »Tag der ungezogenen Sibyllen« aus dem Bett getrieben. [An solchen Tagen nannten sie sich die Geschwister S. und fühlten sich wie eine Varietétruppe schwingend auf dem Trapez im Wintergarten.] In Straßenbahnen hatten sie sich, fremde Leute, die sich nicht kennen, beschimpft. In Kutscherkneipen sich in fremden Sprachen unterhalten. Auf der Rolltreppe des Warenhauses war Sibylle mit Geschick ohnmächtig geworden und

Friedrich hatte sie irre gestikulierend rückwärts runter getragen, was ein Kunststück war, und gerufen: »Sehen Sie, meine Frau kriegt immer diese Anfälle, wenn sie die Gehröcke der Rayonchefs sieht.« An amtlichen, bewachten Gebäuden hatten sie geheimnisvolle und überaus verdächtige Messungen vorgenommen. Leute, die sie flüchtig kannten, wurden ihre Opfer, indem sie zu ihnen kamen und behaupteten, zu einem Festessen eben aus Asien eingetroffener Haifischflossen telephonisch bestellt zu sein. Ein solcher Tag war herrlich, aber nicht billig. In Kinos gingen sie rein, guckten mal zur Leinwand, sagten: »Soso, wie unschicklich, der nackte Hals dieser Dame« und gingen wieder raus. Auf dem Verdeck der Autobusse reisten sie kreuz und quer durch die Stadt zum Zweck des organisierten Gegendiebstahls. Sie hatten sich mit billigen Kinderuhren versehen und versuchten, sie anderen Leuten unbemerkt in die Tasche zu stecken. Sie dachten, wieviel aufregender muß es sein, eine fremde Uhr zu finden als die eigene zu vermissen. Die »Tage der unartigen Sibyllen« waren die Tage des Glücks für Friedrich. Sibylle hatte gelacht, Sibylle war froh gewesen, was tat es, daß er erschöpft, fiebernd, arm, hungrig, ohne einen Pfennig Geld und ohne die Aussicht, Geld zu erhalten, nach Hause wankte? Am Tage ihres ersten Auftretens aber trieb Sibylle nicht die Lust, sondern die Unruhe zu solchen Streichen. Sie waren in Sibylls Wohnung gefahren und Sibylle hatte sich auf ihr, zu dieser Zeit des Bosporus meist unbenutztes Bett geworfen. »Fühl mal mein Herz«, hatte sie gesagt. Und ihr Herz hatte unter seiner Hand gelegen. »Kleine Sibylle« –; und doch hatte er sie ausgeliefert. Sie waren in einem Taxi zu dem Theatersaal im Zentrum der Stadt gefahren. Sibylle, die sich, zum Spaß, hemmungslos vor dem Publikum mancher Bälle in den gewagtesten Improvisationen gezeigt hatte, bebte vor ihrem ersten Auftreten so hin und her, daß er sich über sie legen mußte um ihr einen Halt zu geben. Sie hatten Kognak in einer Reiseflasche mit, und Sibylle trank ihn und wurde betrunken, ohne ein Held zu werden. Im Gang zur Garderobe war die Furcht aus ihr raus geströmt. Sie hatte sich übergeben, während Friedrich ihren zuckenden Kopf stützte. Ihr Haar war zu seinem Mund gekommen. Sie war ein kleines Wesen und ihm zugetan. Im Garderobengang hinter der Bühne hatte er sie verlassen.

Im Saal war der Bosporus. Sie hatten sich nebeneinander gesetzt. Der Mantel des Bosporus hatte keine Flekken getragen. Friedrich hatte das wichtig gefunden; von der Regung, die er empfunden, war nicht zu sagen gewesen, ob sie dem Schmerz oder dem Stolz zugehörte. Friedrich und der Bosporus waren Freunde. Sibylle hatte das gewünscht. Friedrich schätzte den Bosporus, aber er hätte ihn, zuweilen, gerne umgebracht. Was weiß er von Sibylle, es ist ein Irrtum [sie ist nicht für ihn bestimmt!], das waren seine Gedanken in solchen Stunden. Und dann war sie aufgetreten, nach dem schrillen Klingeln einer Weckeruhr, und hatte keinen Ton aus der Kehle geholt, besoffen und verstört, aber ihre Bewegungen hatten sie durch den Akt getragen, die Bewegungen einer Gazelle, die kühn über die Abgründe springt. Sie ließ sich jagen, überrannte Dekorationen und Requisiten, die dritte Wand stürzte um, die Flamme brannte, man war befremdet, aber Friedrich erlebte die Offenbarung der Schauspielkunst, das Genie zeigte sich nackt, ein Füllen, das scheut und in seinem Durchgehen die künftigen Siege verrät, und Friedrich fühlte sich gerechtfertigt, als am Ende des Spiels der Regisseur der Kammerspiele seine Karte zu Sibylle geschickt hatte: »Mit dem Ausdruck meiner Bewunderung.« Sie waren dann zusammen fortgegangen, der Bosporus, Sibylle und Friedrich. Friedrich hatte den Bosporus um Geld bitten müssen; es war ihm nicht leicht geworden, aber leichter doch, als aus der Nähe Sibylls zu gehen und auf den Wein zu verzichten, der im Glas mit ihrem Glas sich berühren sollte im Anstoßen »auf den Erfolg«. Vor der Wohnung des Bosporus am Grünen Kanalufer erst hatten sie sich getrennt. Sibylle und ihr Liebhaber [und dennoch war sie nicht für ihn bestimmt], sein zerschossenes Bein kaum wahrnehmbar nachziehend, stiegen im Licht des Treppenhauses die Stufen zu seinem Lager empor. Durch die Glasfenster der Haustür hatten Friedrichs Augen sie verfolgt. Ließ ein lautloses unbändiges Lachen ihre Rücken erheben? Ihre Köpfe, ihre Schultern, ihre Rücken schoben sich über den Rahmen des Fensters hoch und verschwanden, zuletzt ihre Füße. Die Hand auf dem schweren Packen des von Verbrechern erworbenen Polizeirevolvers in seiner Tasche hatte Friedrich, die Stirn gegen die Scheibe des Fensters gepreßt, ihren Abzug hingenommen.

Es war ertragen worden. Er hatte sie geliebt, und wenn man sich erinnerte, schienen die Tage schön. Er liebte sie weiter und wieder, nun, da sie über ihm stand vor der Rampe; durfte er das Haus verfluchen, in dem sie weilte? Sie brachte den Leuten ihr Lied, ein kleines Kinderlied, traurig und zart, und im Refrain wurde das kleine Mädchen aufgefressen. Rotkäppchen geht durch den Wald. Kein Rotkäppchen von einer Mutter mit Wein zum Großmütterchen geschickt. Ein verwaistes Ding, und die Bäume des Waldes stellten sich in zwei Reihen auf, und siehe, da waren es lauter Bürohäuser mit Paragraphen als Fahnen auf dem Dach und Schreibmaschinengeknatter aus allen Fenstern, und der Wolf kam im Auto angefahren und war der Wolf von Wolf & Co. und sagte: »Nicht unter zweitausend Silben, mein schönes Kind«, und hatte eine ausgezeichnet fundierte Sarghandlung im Souterrain. Und die Bewegungen waren ihr geblieben, die Sprünge der Gazelle über den Abgründen, und jedermann im Publikum fühlte sich gerührt, eine gute Tat zu tun auf dem Nachhauseweg, aber dann hatte er es schon vergessen, und die Bettler streckten vergebens ihre Hände vor, und niemand bot den Obdachlosen ein Lager an.

Nach Sibylle stand Ania im Licht, der Clown der Truppe, das Kind des Fürsten. Ihr Pelz war in der Garderobe geblieben, und sie hatte sich in einen Sack gehüllt. War richtig hineingekrochen und hatte ihn am Hals zubinden lassen unter einer Maske aus Pappe, dem starren Bild eines Kobolds, die ihr Gesicht deckte. Sie schwankte in Sprüngen. Sie wollte ein Sack voll Korn sein. Der Kobold über dem Sack hat alles Korn im Land gefressen. Nun ist ihm schlecht geworden, und er hat Angst. Ihm wird schwindlig, er taumelt und fällt zu Boden. Die Tragödie eines Satten. Sie wirkte durch das Unpersönliche der Maske. Man schrie und lachte. Aber war es so komisch? Warum hatte man kein Mitleid? Ania verbeugte sich im Beifall. Sie nahm die Maske vom Gesicht in die Hand. Sie wirkte in dieser Beleuchtung noch blasser, kindlicher und ihr Mund schien noch weicher als im gewöhnlichen Licht des Tages. Das war Ania, die mit Friedrich reisen wollte. Wie verirrt ist sie, dachte er. Die Welle eines Gefühls der Zärtlichkeit, die er schon einmal für sie empfunden, stieg wieder in ihm hoch. Und Magnus, was war mit Magnus? Konnte Friedrich die Karten sich anders legen, wenn er gegen Magnus, den er in einer Lage glaubte der seinen ähnlich, sich verwandelte und auf die Seite der Herren sich stellte, die mit der Braut davonfahren? »Wenn ich die für einen anderen immer harten Zufälle des Lebens nütze, kann ich vielleicht ein anderer werden.«

Eine Stimme strengte sich an und füllte den Raum mit Gesang. Fedor stand unter einer Laterne. Am Rand einer Stadt. Die Laterne und ein Knäuel alter Zeitungen sollten das Bild geben: Peripherie. Der Mann unter der Laterne nahm die Blätter der alten Zeitungen vom Boden auf. Sein Gesang sollte ein Lesen sein. Die Tage gingen weiter und die Wahrheit wanderte mit ihnen. Sie gab sich jedem hin und war immer von der Weisheit, die man grade hören wollte. »Das ist Fedor, der Bänkelsänger einer billigen Wahrheit, seine Kraft reicht grade zum Singen.« Friedrich spürte neuen Widerwillen. Ich habe mich den Tag über nicht gewaschen, dachte er, und er sah mit Unbehagen auf seine Hände, die Schmutzrillen zeigten. Das Kabarett interessierte ihn nicht mehr. Der Nachtwandel der Kunst, der in dem Auftreten der Gestalt einer Bäuerin aus vergangenen Zeiten, dem Lied Sibylls und dem Sacktanz Anias noch gebannt hatte, schleppte sich einem kümmerlichen Ende zu. Friedrich wünschte sich Wind.

Die Straße zeigte das Bild vom vorigen Abend, als er

zum erstenmal vor den Kästen des Haupteingangs mit den Bildern der Mädchen gestanden hatte. Kaum, daß ein Mensch außer Friedrich zu sehen war. Er zog seinen Mantel um sich und ging wie ein Schutzmann, der patrouilliert, vor dem Haus auf und ab. Das Licht »Diana-Varieté-Theater« kletterte über ihn weg. Er bedauerte, am Rauchen keinen Geschmack zu finden. Eine Zigarette hätte das Nachdenken durch eine Geste unterstützt. Er wollte zu einem Entschluß kommen. Es war falsch gewesen, die Stufen zum Keller runterzugehen. Es war alles falsch gewesen. Er war aus der Rolle gefallen. Aus der Rolle des Herren, der vorüberreist, uninteressiert im Grunde, aber höflich. Er krampfte die Fäuste und stampfte mit dem Fuß den Boden. »Ich muß sofort abreisen, sofort weiterreisen, ich bin dem nicht gewachsen, ich habe kein Rückgrat mehr, wenn ich bis zum Schluß der Vorstellung hierbleibe, werde ich in die Garderobe kriechen, ein Hund, der den Dreck von den Schuhen leckt, eine widerwärtige Kreatur, die winselt, im Duft der Röcke bleiben zu dürfen.« Seine Beine gingen einen Gang. Er kam vom Fleck, rannte vorwärts, weg. Dies war es: er sah sich am Ufer eines dünn befrorenen Sees gehen, in dessen Mitte Sibylle Schlittschuh lief, und er rannte fort in den Wald, um sie nicht retten zu müssen im Augenblick ihres Einbruchs in die Tiefe.

Er war wirklich ins Laufen gekommen. War das Bild nicht ein Teufelstrug? War es nicht immer das andere gewesen, daß er Sibylle gerettet hatte, und daß er immer ertrunken war, bei jeder Rettung, und längst gestorben, so daß er kein Recht mehr hatte, zu retten? Er lief jetzt an dem Standbild des zu Boden starrenden Schutzmanns vorbei. Der hob den weißen Stab: »Wohin?«

»Durst«, keuchte Friedrich.

Seine Füße schleppten ihn noch die vier Steinstufen rauf. Dann war er wie in den Rauch eines Kamins gestellt. Um ihn herum bewegten sich menschliche Schatten. Er hielt sich an dem Messingring einer Bartheke fest. »Branntwein, Soda.« Er bekam ein Glas und schluckte den Inhalt wie eine bittere Medizin. Er lebte wieder. Eine Besinnung kam. Er sah ein dickes Mädchen, das hinter dem Bartisch zu ihm lächelte. »Wie heißt dies hier?« sprach er, »ich meine, das Lokal, den Namen, die Adresse.« Das Mädchen hielt seine Worte für eine Annäherung. Sie sagte: »Aber der Herr muß doch wissen, wo er ist«, und lachte, als habe sie noch nie so was Komisches erlebt. Friedrich schlug mit der Faust gegen die Messingstange: »Los, schnell, antworten Sie mir doch!« Das Mädchen war träge, was wollte der Fremde? Sie gab gutmütig die Auskunft, nannte den Namen des Lokals, die Gasse und die Hausnummer. Friedrich notierte es. Dann: »Ich möchte telephonieren.«

Der Apparat hing an der Hinterwand des Gastraums und war ungedeckt. Friedrich mußte zwischen zwei Paaren stehen, die ihre Umarmung unterbrachen und ihn unwillig anstierten. Es schien Friedrich eine Ewigkeit, bis das Amt sich meldete. Er verlangte das Diana-Varieté, die Nebenstelle des Kellerkabaretts. »Sie müssen die Nummer nennen«, wies ihn eine strenge Stimme zurecht. »Ich kann das nicht, ich weiß sie nicht, bitte hängen Sie nicht ein.« Friedrich drängte und bat, »es ist das Diana-Varieté, Sie werden es leicht feststellen.« Die strenge Stimme blieb korrekt, sie ließ sich nicht rühren: »Ich verbinde mit der Auskunft«, sagte sie.

Wieder verging eine Ewigkeit. War das Telephon zur Marterung der Liebenden erfunden? Die Auskunft meldete sich, neue Erklärungen, neue Einwände, endlich die Nummer, zurück zu der strengen Stimme, wieder eine Ewigkeit, dann ein Klicken in der Muschel im Ohr, eine neue Ewigkeit, endlich ein voller Baß, der Wirt des Kabaretts, Gott sei Dank der Wirt und keiner von der Truppe. Friedrich nannte Sibylls Namen. »Hören Sie, es ist wichtig, sie muß an den Apparat kommen, sofort, gleich, es eilt.« Tausend Ewigkeiten und tausend Geräusche in der Muschel, an der das Ohr horcht, gespannt, gierig, ängstlich, während die freie rechte Hand zuckt, um den Lärm des eigenen Standpunktes zu beschwichtigen.

Sibylle meldete sich mit einer nachdenklich zögernden Stimme. »Du bist es«, sagte sie, »ja warum bist du nicht hier?« Friedrich sprang sie an. Es war ein Versuch durch das Telephon zu beißen. Er wollte sie packen und davontragen. »Sibylle«, schrie er, »ich warte hier, du mußt mit mir kommen, du mußt, du darfst nicht hierbleiben, ich erwarte dich, ich warte, ich warte, wir reisen noch heute nacht.« Er malte die Landschaften, die kommen sollten, er schmückte aus, er übertrieb, er stürzte sich in den Luxus von Hotels, die er bei weitem nicht hätte bieten können, er überrumpelte sie mit einem Wasserfall, der sie besinnungslos machen sollte. Sie sagte: »Warte einen Moment, bleibe am Apparat.« Und wieder schien es eine Ewigkeit. Er lauschte wie jemand, der sein Ohr in die Erde gräbt und hören will, wie das Geheimnis des Lebens in ihr atmet. Er vernahm Schritte, sie kamen zögernd, dann war ihre Stimme da, sie klang verweint [das sagte Friedrich sich später], unsicher und war sanft wie streichelnd: »Friedrich, es geht ein Nachtzug. In einer Stunde. Sei auf dem Bahnhof. Und löse eine zweite Fahrkarte und nimm zwei Plätze, ein Abteil, im Schlafwagen. Und ...« Es waren vielleicht noch Worte, die zu ihm wollten, aber sie waren nicht mehr zu verstehen. Ein Rauschen wie von einer Wasserspülung füllte sein lauschendes Ohr. Vielleicht hatte Sibylle die Verbindung abgebrochen.

Er lauschte auf ein Knarren und Rücken des Bettes über sich. Dann war die Stille im Abteil wieder total. Nur der Brand einer Zigarette warf noch lange seinen glühenden Schimmer gegen die weiße Täfelung der Wagendecke. Wenn für Sekunden Licht in den Raum fiel, Licht von den Bahnhöfen, Licht von den Schneefeldern, Licht von den Sternen, waren auf dem Boden des Abteils Mädchensachen zu sehen, verstreut und in Unordnung lagen sie da, mausgraue Strümpfe, ein zartes, gelbes Hemd mit einem gestickten Tierkopf auf der Herzseite der Brust und eine Borte von Spitzen an dem Dreieck eines porösen Akrobatenhöschens. »Ich reise mit einem Mädchen, ich reise über die Berge. Ich reise mit einem Mädchen, ich reise über die Berge.« Der Satz rollte mit den Rädern mit. Er paßte sich dem Rhythmus ihrer Umdrehungen vollkommen an. Ein einfacher und klarer Gedanke, ewig konnte man ihn wiederholen: »Ich reise mit einem Mädchen, ich reise über die Berge.« Es lallte sich gut.

Friedrich hatte seinen Aufenthalt in der Fremdenstadt schnell und bestimmt beendigt. Von dem Ort seines Telephongesprächs war er in das große Hotel am See gefahren und hatte dem Herrn der Halle, dem schwarzen

Gott im Gehrock, vor dem Spalier seiner scharlachrot und atlasweiß gekleideten Pagen, zugerufen, daß er seine Rechnung zu bezahlen, und zwar sofort [dies mit erhobener Befehlsstimme eines Direktors] zu bezahlen wünsche, er reise ab, jawohl, gleich, in einer Stunde mit dem Nachtexpreß. Dann war er, ein Sieger, ein Triumphator, ein Bekränzter und Liebling der Götter, in seine Armenzelle in der Herberge der Reichen geeilt, hatte die Gitter vor dem Fenster verlacht, seine Sachen zusammen und das Telephonbuch gegen die Decke geworfen. Die Namen mochten zur Erde fallen; was kümmerten ihn die fremden Namen? Mochten sie Zahnarzt sein oder Spengler und mochten sie in der Fremdenstadt leben und sterben, ihm war es gleichgültig, er reiste ab, das Glück war gekommen, er lebte wieder und in dem Glauben, mit Sibylle zu reisen, sah er sich zum zweitenmal mit ihr im Licht der Griechensonne auf dem Felsen der Hirten stehen, vom südlichen Meer umgeben. Seine Koffer hatte einer der Pagen genommen, und im Übermut der Stunde verschmähte Friedrich Fahrstuhl und Treppe und rutschte im Reitsitz und mit fliegenden Armen das Geländer abwärts, so daß er am Ende die schnelle Fahrt nicht mehr halten konnte und grade zu den Füßen des wie plötzlich erfrorenen schwarzen Gottes niederstürzte.

Auf dem Bahnhof kaufte er die Fahrkarten, ein Abteil mit zwei Schlafplätzen, genau nach den Weisungen von Sibylls Stimme am Telephon. Dann stellte das Warten sich ein. Keine Sibylle. Aber sie würde ja kommen; sie mußte ja kommen; sie hatte ihr Kommen ja verkündet. Doch wo sollte er sie finden? Der Bahnhof war enorm. Vielleicht war sie schon da und wartete gleich ihm und in Furcht. Der Bahnhof schien zu wachsen. Er dehnte und streckte sich und ging in die Breite. Halle reihte sich an Halle. Friedrich sah sich als Ameise in einem Termitenbau. Die Furcht, sie zu verfehlen, erregte ihm Übelkeit. Schließlich eilte er auf die Perrons. Die Bahnsteige waren nicht gesperrt. Er fragte nach seinem Zug. Eine Uhr zeigte ihr leuchtendes Rund. Der große Zeiger rückte gegen die Minute der Abfahrt vor. Es war eine ausgesprochen unangenehme Uhr, bösartig wie die Kontrolluhr im Tor der Lampenfabrik. Sie fraß die Minuten, knackend und mit Gier. Der Zeiger schnappte wie ein Zahn in die Zeit. Reisende liefen von keuchenden Trägern gefolgt an Friedrich vorüber. Er wurde von Koffern gestoßen, und er verwandelte sich in Wachträumen, die über ihn kamen. Er sah sich als fremder Reisender und in eilenden Geschäften. Er sah sich auch als Kofferträger und keuchend: der Mann unter der Last und der Mann, der immer dableiben muß. Ich habe es doch gut, dachte er, ich darf mit Sibylle wegfahren. Die immer gehetzteren Schreie der Verkäufer von Zeitungen, Obst und Zigarren, die strengeren Rufe der Kondukteure und das Gekreisch versuchter Bremsen jagten ihm Wellen von Schweiß über den Rücken. Er stürmte die Linie des Zuges vorwärts. »Sibylle! Sibylle!« Den Namen rief er schon laut. Fremde schauten ihn an. Da tauchte vor dem blauen Wagen der Schlafwagengesellschaft Ania auf, das Kind des Fürsten, klein in ihrem zottligen Schafspelz, eine Zigarette im weichen Mund, einen runden, rissigen Lederkoffer neben sich [und noch mit einem zerschrammten Schild »Romanoff Grand Hotel Petrograd«], einen Brief in der Hand und lässig gegen die Wagenwand gelehnt.

»Was ist, was gibt es, was ist mit Sibylle, ist sie schon im Wagen?« Friedrich hastete stotternd die Worte. Anias Gesicht war vollkommen ruhig. Sie streckte ihm die Hand entgegen, in der sie den Brief hatte. Die Aufschrift zeigte Sibylls große, klare, lateinische und wie gedruckt gezeichnete Kinderschrift. »Sie kommt nicht!« Auch Friedrich mußte sich gegen den Wagen lehnen. Er zerrte an dem Umschlag, und es verging Zeit, bis er den Bogen in unruhigen Händen hielt. »HI-HI-HI, HO-HO-HU, HA-HA-HA«, lautete der erste Abschnitt in großen, gedehnten Buchstaben quer über den Bogen geschrieben. Dann kamen drei schnell, flüchtig hingeworfene Zeilen, so, als wenn Sibylle vor ihnen fortgelaufen wäre. »Leb nur von deinem Kopf«, stand da in Anlehnung an ein Chanson, »von deinem Kopf lebt höchstens eine Laus. Ich muß bei Fedor bleiben und Ania muß mal von Magnus wegreisen. Es wünscht eine angenehme Fahrt: die Sibylle.« Und dann folgte unten am Rande des Bogens noch ein Absatz und wieder klarer in Druckschrift und wie zum Trost dahingesetzt: »Wenn du es noch nicht ahnen solltest: ich bin die alte Frau von nebenan, obwohl ich's nicht einmal beweisen kann – das ist unser Garderobenlied, und du darfst es, Sibyllchen und die Direktion, wir erlauben dir das, darfst es nach einer flotten, fröhlichen Weise singen.« Hämmer fielen vom verrußten Glashimmel der Halle. Friedrichs Blick war erloschen, und er sah weder Ania noch den Zug. »Einsteigen, die Herrschaften, einsteigen«, riefen die Schaffner. Die Türen klappten zu. Hände stießen ihn Stufen hoch. Seine Koffer rutschten nach. Klickklapp machte noch eine Tür, die Maus saß in der Falle, der Zug rollte an. Im Ampelschein auf dem

Bahnsteig blieben winkende Arme zurück.

Friedrichs Hand umklammerte noch immer den Brief. Ohne eine Form wahrzunehmen, schauten seine Augen in die erleuchteten Zimmer der Häuser neben den Schienen. Dann war der Brief nicht mehr da. Er hatte ihn wohl irgendwo hingetan. Es war ja auch gleichgültig. »Die Plätze«, sagte der Schaffner, »die Plätze, darf ich mal sehen, bitte, die Herrschaften haben Bett vierzehn und fünfzehn, bitte.« »So sind wir also Herrschaften«, dachte Friedrich. »Und, wie komisch«, dachte er weiter, mit einem ernsten Versuch, zu lachen. Und auch dieses noch: »Ob der Schaffner wohl weiter ›Herrschaften‹ sagen würde, wenn ich mir hier im Gang die Schuhe ausziehen und sie als Hämmer in den Händen haltend mit affenartiger Geschwindigkeit alle Fenster des Wagens einschlagen täte?« Seine Kraft reichte aber nicht so weit, auch nur die Bänder seiner Schuhe zu lösen. »Die Fahrkarten, bitte«, sagte der Schaffner wieder, »es wird in der Nacht kontrolliert, die Herrschaften brauchen aber nicht aufzustehen.« Wie angenehm, man braucht nicht aufzustehen! Der Schaffner erhielt die Fahrkarten. Er erhielt auch ein Trinkgeld; natürlich, seine Fürsorge verdiente ein Trinkgeld, es ging alles seinen geregelten Gang, wie es bei Herrschaften sich gehört.

Sie waren allein. Die Tür war hinter ihnen geschlossen. Noch hatten sie kein Wort miteinander gesprochen. Hier in dem engen Gehraum vor den Betten konnten sie einander nicht entweichen. Sie standen sich gegenüber. Was erwartet sie? dachte Friedrich, erwartet sie, daß ich sie schlage? Daß ich sie nehme und sie zum Fenster rauswerfe? Ania blickte ihn an. Ihr Gesicht veränderte sich nicht in seiner vollkommenen Ruhe. Ihr Blick schien über Friedrich hinaus und in unendliche Fernen zu gehen. Das ist das Ende, dachte Friedrich, das Ende. Er hob seine Hände gegen Ania, sie flogen hoch und legten sich wie zwei Vögel auf ihre Schultern. Wie Magnus, als er sie zu halten suchte! Sie standen so eine Weile und waren beide sehr ernst. Schläft Sibylle mit Fedor? Er glaubte es nicht mal; es schien ihm zu wenig für Sibylle; er wollte den Verlust einer Königin beklagen. Er nahm Anias Kopf in seine Hände und küßte sie auf den Mund. Er tat dies, in dem Gedanken, es muß ihr gesagt werden, daß ich sie nicht hinauswerfe. Ihre Lippen schmeckten nach Tabak und waren kühl und trocken wie die Lippen eines Kindes. »Oben oder unten«, fragte er sie und machte eine Bewegung zu den Betten hin. Sie sagte: »Oben.« Da legte er sich, so wie er war, auf das Unterbett, und sie zog ihr Kleid aus. Sie hatte den gefälligen Körper eines kleinen Mädchens und eine feste Brust. Friedrich hatte sie sich von jungenhafterem Wuchs gedacht. »Gute Nacht«, sagte sie und kletterte in das Oberbett. »Gute Nacht«, sagte Friedrich. Er erhob sich noch einmal, öffnete das Fenster und löschte das Licht; dann wickelte er sich, angezogen, in die Bettücher ein.

Zuweilen ist es gut, wie ein Bankier zu reisen, oder wie ein Defraudant. Auf federnde Polster gebettet, erreichen auch besorgte Seelen das Ziel der Fahrt. Während Gemarterte auf dem harten Brett der dritten Klasse niemals den freundlichen Bahnhof der Endstation zu sehen bekommen. Härte fördert die Erkenntnis von der Nichtigkeit menschlicher Vorhaben und stärkt die Kräfte der Einsicht und der Einkehr. Die Nachtwache ätzt die Lüge der Zuversicht vom Antlitz. Nackten Gesichts und zerschlagen tritt der Reisende am Morgen in den Seitengang des Wagens und wird vom jungen Tage überfallen, der, ein fahles, flinkes Gespenst, über die Wiesen dem Zug nachläuft, in die Fenster springt und den erschöpft nach Luft Ringenden umstellt, so daß er bereit ist, zu beichten und sich anzuklagen. Friedrich erlebte aber, indem er im Nachtzug [und eben wie ein Bankier oder wie ein Defraudant] über das Gebirge reiste, eine Orgie großer Art. Er ruhte, und der blaue Wagen kletterte die Berge hoch. Der Vorgang war zu verfolgen. Wie die Zeitrafferaufnahmen in einem phantastischen Film stürmte die Nacht in Friedrichs Blick, der aus dem Innern des lichtlosen Abteils gegen das Viereck des offenen Fensters sich richtete. Seinen Sinnen wurden die Eindrücke zuteil vom Brausen und Wiegen der Fahrt, von steil überhöhten Kurven, von eilenden Schatten und springenden Lichtern, von Schneefeldern, Eiswänden, kristallenen Wassern, veilchenfarbenen Nebelschluchten, von Löchern im tiefen Himmel, von Wolkengaloppaden, von Sternen, von Signalen grün und rot, von weißen Ampelscheinen über den verlassenen Perrons einsamer Bergbahnhöfe, von den glänzenden Schieferplatten der Tunnel, von unendlichen Winden, von stürmischen Brandungen der Luft, von reinen und starken Gerüchen, von Schneestaub, von manchem Wirbel im Auf- und Abstieg der Fahrt. Es war eine Reise wie ein Rausch, und als Rausch am ehesten zu vergleichen mit dem Taumel, in den ein für die Wirkungen der Musik Empfänglicher beim Anhören gewisser Klangfolgen gerät. Dennoch waren diese Klänge, die von außen über ihn kamen, nur die

Begleitung, die Verstärkung und die Lockerung der Melodie, die in seinem Herzen war.

Der schwache Schein vom Glühen einer Zigarette war unter der Decke des Abteils erloschen. Ob Ania wohl schläft? Friedrich lauschte. Ihr Atem war nicht wahrzunehmen. Und Sibylle? Gegen den Gedanken, Sie könnte mit Fedor zusammen schlafen, brauchte er sich nicht zu wehren. Dieser Gedanke schien ihm vollkommen absurd. Es war nicht mal die Überzeugung, daß er Fedor für zu minderwertig hielt; Sibylle hatte schon mit, nach Friedrichs Urteil, Minderwertigeren flüchtige Verhältnisse gehabt, und Sibylle hatte diese Minderwertigkeit ihrer Zeitfreunde sogar zugegeben. »Es macht mir grad Spaß«, hatte sie gesagt. Fedor aber schien Friedrich dürftig. Es ist doch kein Spaß, einen armen Mann heimkommen zu sehen. Friedrich konnte sich Fedor nur in der erschöpften Haltung des kleinen Mannes ohne tiefere Einsicht in die Dinge vorstellen, der, heimgekommen oder im Kreis von Gleichgesinnten, gegen *diese* Welt mit Worten tobt, um Schuld und Verantwortung von sich zu weisen. Sibylle konnte Fedor nicht lieben. Das schien festzustehen. Friedrich erklärte sich ihre Kollegenschaft, wie er es nennen wollte, mit Sibylls Anhänglichkeit an die Hauptstadt ihres Landes, in der Fedor aufgetreten war und Leute gekannt hatte, und von der er Namen und Plätze und Straßen und Ereignisse zu nennen wußte. Er wird ihrem Erinnerungsglück mit einem Stichwort die Bühne freigeben müssen. So spielte Fedor auch keine Rolle in dem Streich, der Friedrich widerfahren war. Friedrich haßte Fedor nicht. Er beneidete ihn nur, so wie er jeden Menschen beneidete, der in Sibylls Umgebung leben durfte.

Sonst war Fedor ihm gleichgültig. Der Streich kam nur von Sibylle. Vielleicht, daß Ania eine passive Figur in dem Plan war. Ania hatte von Magnus fortgewollt, und Sibylle liebte es, sich jungen Mädchen gegenüber als Kavalier von großen Möglichkeiten zu zeigen. Warum sollte sie Ania zu keiner Reise verhelfen? Vielleicht war das Ganze auch nur ein Spaß. Es schien ihm möglich, daß Sibylle sich gedacht hatte: wie ulkig, ich schicke ihm ein Ersatzmädchen. Die Verabreichung einer solchen Medizin war ihr zuzutrauen. Vielleicht war es von Friedrich dumm, sie nicht zu gebrauchen. Vielleicht war Mädchen gleich Mädchen zu setzen, und sein Kummer und seine Erregung waren biologisch zu beschwichtigen. Er lauschte wieder auf Bewegungen des Schlafs oder der Nachtwache über sich, aber der Raum blieb ohne Ton. Friedrich fühlte sein Herz. Es war wieder der erschreckte Vogel in einer großen, fremden Hand. Er dachte: Wenn Ania bei mir liegen täte, ich würde ihr ja nichts tun, aber sie könnte mir die Gewißheit eines anderen Menschen geben, der bei mir ist und der mich wärmt und der mein Herz aus der fremden Hand nimmt und es wieder einsetzt in meine Brust. Er wußte, daß dieses Bild eines Nebeneinanderliegens sentimental war, aber das störte ihn im Moment nicht. In gewissen Erschütterungen sehnt sich, seinem die Sentiments schmähenden Jahrhundert zum Trotz, der Mensch nach einem Wesen, das er streicheln kann. Und Katzen oder Hunde oder andere Tiere werden ja selbst in den Schlafwagen der Internationalen Gesellschaft noch nicht an traurige, wache Gäste für die Dauer der Reise verliehen, aber Ania war zu ihm gekommen und da. Doch scheute er sich, sie zu wecken. Nur wenn das Licht auf die Mädchensachen am Boden fiel, Licht von den Bahnhöfen, Licht von den Schneefeldern, Licht von den Sternen, dachte er für Augenblicke wieder daran, Ania zu rufen; aber der Ruf ging schon im Hirn in anderen Vorstellungen unter. Wenn nun Sibylle gekommen wäre? Wenn es ihre und nicht Anias Sachen wären, die da am Boden lagen? Und wenn ihr Atem es sein würde, den er wahrzunehmen versuchte? Wie wäre sein Dasein dann? Nicht in der lügenden Vorstellung des Glücks, ich reise mit Sibylle, sondern in der Vorstellung der, wenn sie gekommen wäre, eingetretenen Wirklichkeit, in dem Bett oben schläft Sibylle? War es ihm nicht gegeben in größeren Räumen zu denken, und war es nicht gleichgültig, ob Sibylle im selben Schlafraum oder in derselben Welt mit ihm lebend war? Was hätte ihre Nähe ihm gegeben? Eine stärkere Erregung. Gab ihre Ferne sie ihm nicht auch? Also war diese Nachtfahrt mit solchen Gedanken das Ende seiner Liebe zu Sibylle? Indem er diese Liebe als eine schwere Mühe erkannte, deren er nun überdrüssig war, konnte er ihr vielleicht Einhalt gebieten, wenn er nochmal ein Register der Qualen anlegte, sie aus dem Feld der vergangenen Zeit, in dem sie wucherten, zusammenharkte zu einem Scheiterhaufen über dem Schmerz der letzten Enttäuschung.

Er war wie in einer Lethargie. Ihr Name saß ihm hinter den Lippen. Er wurde aber nie in dieser Nacht zu einem wahnsinnigen brüllenden Schrei über dem Fahrtdonner, dem Rädergeratter, dem Lokomotivenpfiff, dem Echo der Bergtäler hin. War das Herrenherz des Mannes im Schlafwagen schon nicht mehr jung genug, zu lieben, zu rasen und zu brennen? Damals, als er nach der Nacht im Lampensaal, nach dem erlittenen Schlag vom Sturm der kleinen Blitzpfeile in der plötzlichen Hölle aus erloschenem Licht und nach dem Morgengespräch mit Beck, der leider nicht mit ihm gerungen hatte, am Nachmittag zu Sibyll gegangen war um seine Schlüssel zu holen, damals war er noch kein Herr gewesen, der mit einem fremden Mädchen bei sich im Abteil nachts über die Berge reist.

Als Beck aus dem Zimmer gegangen, war Friedrich von seinem Bett aufgesprungen. Ich muß mir Geld verschaffen, das war sein Gedanke gewesen. Er hatte sich noch unsicher auf seinen Beinen und benommen im Kopf gefühlt, schwach überhaupt an allen Gliedern und besonders schwach im Schlag des Herzens, aber das nächste konnte man auch wie ein im Schlaf Wandelnder erledigen. Er schnürte alles, was er an alten vertragenen Kleidern besaß, nun konnte er sie ja doch nicht mehr anziehen, zu einem Paket zusammen und ging in die Straße am Wall, um sie den Althändlern, die dort wohnen, anzubieten. Die Althändler betrachteten die Ware, die Friedrich auf ihren Tisch ausbreitete, wie ekle Krötentiere, die man mit Feuerzangen sich vom Körper fortzuhalten hat. Friedrich, verlangend nach dem Geld, war zu unerfahren im Handeln an sich, um zu erkennen, daß die Althändler nach dem Brauch ihrer Geschäfte vorgingen und seine Sachen zu kaufen begehrten. Als sie ihm am Ende einer Schmährede Pfennige – aus Mitleid, »Sie haben sich nun mal den Weg gemacht« – anboten, war er so überrascht, daß er sich überschwenglich wie für ein reiches Geschenk bedankte. Erst auf der Straße wurde ihm klar, daß er so arm wie vor dem Handel geblieben war. Er glaubte aber, daß alles vom Gelde abhängen würde. Er wollte vor Sibylle wie ein Prinz aus dem Morgenland erscheinen, mit wunderbaren Geschenken im Arm und dem Vermögen, Wünsche zu erfüllen, lachend und sofort, wie der Besitzer von Aladins Wunderlampe zumindest. An keinem Hungertag, den er schon erlebt hatte, war ihm der Gedanke, arm zu sein, so furchtbar wie ein Verhängnis erschienen, als die absolute Verstoßung vom Antlitz Gottes und von den Freuden seiner weltlichen Tafel. Einmal war ihm ein Satz von La Bruyère aufgefallen: »Es ist ein Unglück, ohne ein großes Vermögen zu lieben!« Er hätte sich in die Steine des Straßenpflasters einwühlen mögen, um zu dem Mittel zu kommen, Wünsche zu erfüllen und lieben zu können. Er eilte, alle Möglichkeiten zu nutzen. Wo vor kurzem noch Scham und Erziehung ihn gehindert hätten, sich hinzuwenden, schienen ihm Zeichen der Verheißung zu stehen. Er dachte, Kassenboten verlieren doch manchmal ihre Geldtaschen, und er strengte sich an, den Kot des Rinnsteins in die Augen zu bekommen. Er verfluchte eine Welt, in der man sich dem Teufel nicht mehr verkaufen konnte [doch war er später der Ansicht, daß er dem Teufel sich verschrieben habe, und daß nur die Bedingungen des Verkaufs für den Menschen sich verschlechtert hatten]. Dann ging er schnorren. Er tat dies vollkommen gewissenlos und mit einem naiven Geschick. Er lebte das Sprichwort vom Zweck, der die Mittel heiligt. Er besuchte einige Personen, denen er seinen nächtlichen Unfall und die Notwendigkeit einer teuren Kur schilderte. Der Ertrag dieser Überfälle waren um die Mittagsstunde annähernd fünfzig Mark. Die Erpreßten erzählten von seinem Besuch, sie hätten ihm helfen müssen, weil sie noch nie vordem einen Menschen mit einem so verlangend gehetzten Gesicht gesehen hatten. Und Friedrich glaubte, mit fünfzig Mark reich zu sein. Er ging zu einem Friseur um endlich den unrasierten Bart loszuwerden, und er ließ sich auch die Haare schneiden, den Kopf mit parfümiertem Wasser waschen und das Gesicht durch heiße Tücher erfrischen. Auch ging er in ein teures Lokal, um zu essen. Er sprach es nicht aus, aber er wurde von dem Willen getrieben, in bester Form vor Sibylle zu erscheinen. Er trank auch ein Glas Burgunderwein, um Herz und Nerven ruhiger und beherrschter zu machen. Dann kaufte er große, gelbe Chrysanthemen und ging zu Sibylls Wohnung am Platz vor dem westlichen Kaufhaus.

Auf der Treppe noch sagte er sich, vielleicht kann ich für Beck was erreichen. Er sagte sich dies, und blieb stehen, trotz des Gedankens, hell und hoch, ein Stern am Himmel: sie ist für mich bestimmt! Er läutete, und das Zimmer, in das man ihn führte, war ein Saal. Aber es war nicht die Wohnung des Filmmädchens, von der er zu Beck, nach dessen Beschreibung des Zimmers, höhnend gesprochen hatte. Es war ein Saal, in dem jemand wohnend sich so ausgebreitet hatte, daß er den Raum beherrschte, während die meisten Mieter die Sklaven ihrer Kammern sind. Das erste, das Friedrich bemerkte, waren Bücher. Sie lagen überall umher, auf Tischen, Stühlen, Koffern, Kissen und auf dem Boden. Und dann sah er Tiere. Braune Kinderbären, graue Wollesel, weiße Flaumziegen, Elefanten auf Rädern und mit prächtigen rotgoldenen Sattelzeugen über sich. Und Bilderbücher. Und ausgebreitete Farben. Und eine Eisenbahn, die schnurrte. Und Kleider. Und Stoffe. Bänder und Tücher. Und Flaschen und Flakons mit Puder, Schminken und farbenfrohem Wasser. Chinesenpuppen. Ein Theater, in welchem Tod und Teufel sich in den Armen lagen. Und viele, viele Bälle. Und auf einem kleinen Teppich in der Zimmermitte lag Sibylle vor einer elektrischen Heizsonnenlampe. Sie hatte kaum was an. Nur ein weißes Seidenhemd, das die Wärme in die Haut strahlen ließ, und darüber um die Zipfel aufzufangen ein kurzes Badehöschen, das Dreieck eines Schwimmchampions. Als sie aufsprang, ihn zu begrüßen, kniete er zu Boden. Er machte eine Szene aus der Begrüßung. Betont theatralisch um seine Verlegenheit zu kaschieren. Den Strauß der Chrysanthemen hielt er hoch. Er sah, daß sie Beine hatte wie zwei schlanke Säulen, glänzend, elfenbeinern und fest. Sie ist so gewachsen, daß sie vollkommen ist wie ein junges Tier. Sie ist Gott gelungen, das dachte Friedrich, indem er kniete.

Da bewegte sich jenseits der Glutzone der Heizsonne, jenseits des Äquators, wie Sibylle den von der Hitze getroffenen Zimmerstrich nannte, ein Mensch. Er trennte sich von einem Schreibtisch, über den er gebeugt und mit dem Rücken zur Tür hin gesessen hatte und wandte sein Gesicht Friedrich zu. In diesem Gesicht lebte die Arbeit weiter, die der Mann zu unterbrechen im Begriff war. Friedrich stand betroffen vor der Verheerung der Anstrengung, die in kleinen Flammen um die Augen des fremden Mannes flackerte. Er war höchstens vierzig Jahre alt, aber der leicht nach vorn gebeugte Leib, die grauen Wangen und das schüttere Haar sprachen von einem Verbrauch der Kräfte über die Jahre hinaus. »Das ist Walter«, sagte Sibylle. Friedrich wollte dem Rezensenten die Hand reichen, aber der kam ihm keinen Schritt entgegen. Er rührte sich von dem Schreibtisch nicht fort und bot das Bild einer Spannung, die wie ein Krampf in ihm zu sitzen schien. Er ist nicht glücklich, dachte Friedrich und war erschrocken. »Er ist bekannt, geschätzt und angesehen; in seinem Reich ist er eine Macht, die Theaterleute und die Dichter zittern vor dem Erscheinen seiner Kritik; er verdient Geld genug, sich zu nähren und zu kleiden und diesen Saal zu unterhalten mit seinen Büchern und seinen Tieren; und er darf bei Sibylle sein, er geht mit ihr in die Theater und die Lokale, er lebt mit ihr, die nicht für ihn bestimmt ist, und er ist nicht glücklich.« Friedrich war von Walter enttäuscht und über ihn wütend. Er hatte, ohne es zu bedenken, erwartet, daß dieser Mann springen und jedem um den Hals fallen würde: »Schauen Sie, ist sie nicht schön!« Und da rief Walter ihren Namen: »Sibylle«, und es war ein Aufschrei, und Friedrich erkannte, dieser Mann liebt sie, und er sah ihn in einer Qual, in der er schon sich selber wußte. Walter hatte, wie es in den Kreisen, in denen sie verkehrten, hieß, Sibylle gehabt, und er blieb immer eine Person ihrer Achtung, aber da er sie liebte und sie nicht nur diesem Modewort nach haben, sondern für sich haben wollte, mußte auch er als Verlierer von ihr gehen. Der Schrei »Sibylle« verdiente nicht die Antwort, »Wenn du grimmig bist, dann geh.« Friedrich errötete, als er einem solchen Abzug beiwohnen mußte. Es ging ihm noch contre cœur, daß ein Mann nur einen Aufschrei wagte, und es hinnahm, und aus seiner Arbeit und aus dem Zimmer trat.

Sibylle gab eine Erklärung. Sie sagte: »Er springt nicht rasch über den Tisch. Er braucht einen Anlauf. Er ist ehrgeizig und schuftet wie ein Abiturient vor dem Examen. Es ist unerträglich. Er behauptet, nur noch in meinem Zimmer Vorzügliches leisten zu können. Ich muß bei ihm sein. Immer will er mich in seiner Nähe haben. Erst sollte ich vor ihm am Fenster sitzen, jetzt im Winter darf ich wenigstens hinter ihm auf dem Äquator liegen. Es ist ja soo langweilig. Ich lade Leute ein, mich zu besuchen, und dann ist er so wütend, daß er keine Zeile mehr fertig bringt. Dann geht er weg und trinkt und hat nachher Krach mit seiner Zeitung.« Sie rechtfertigte sich, obwohl sie niemand anklagte: »Er ist so eifersüchtig, daß ich ihn betrügen muß. Ich habe gar nichts davon, aber wenn er abends mich nach Hause bringt und dann vor der Tür steht und wie ein Hund mich ansieht und fleht, ich möchte nun doch auch wirklich in mein Bettchen gehen und dableiben, ja dann zwingt er mich doch, nach einer Weile im dunklen Treppenhaus die Stufen wieder herabzuschleichen und irgendwo hinzugehen. Nachher kommt das raus. Natürlich, ich will es ja gar nicht verheimlichen. Einmal sah ich ihn, als ich wieder aus dem Haus ging, versteckt hinter dem Kiosk stehen. Er verfolgte mich. Ich wußte das. Ich hätte ihm mit einem Taxi davonfahren können, oder wieder umkehren und so tun, als ob ich nur nochmal ein paar Schritte hätte gehen wollen. Vielleicht wollte ich auch gar nicht mehr. Aber er trieb mich durch seinen Schatten auf meinem Weg zu einem Mann zu gehen, der mich darum gebeten hatte, und auf den Walter eifersüchtig war wie ein Kannibale auf eine weiße Jungfrau.«

»Und wird er auch mich hassen?« fragte Friedrich. »Natürlich, er sieht mich mit jedem in Umarmungen liegen. Sein Freund Franz sagte mal, am liebsten würde er mich in seinem Portemonnaie bei sich tragen.«

Die Liebe des Rezensenten Walter zu Sibylle war an diesem Tage noch für Friedrich ein Weg zu Sibylle. Man brauchte ihr nur das Bild zu malen, daß Walter in der schlechtesten Kneipe der Nachbarschaft die Berührungen ihrer Lippen schmeckte, die in der Vorstellung seiner beunruhigten Liebe dauernd und obszön waren. Sibylle hätte dem Zwang seiner irrenden Vorstellung entsprechend handeln müssen. Sie war immer freien Willens mit der einzigen Ausnahme, das Schlechte tun zu müssen, das man von ihr erwartete. Dieses Gesetz war zu nutzen. Friedrich aber war noch zu erschrocken vom Gesicht und vom Aufschrei des großen Mannes und unfähig eine Tat gegen ihn zu tun. Er wollte nur seine Sache, und auch Becks Sache, neben Walters Sache stellen. Sibylle mochte dann entscheiden. Er glaubte sich gerecht und weise und war von jünglingshaften, romantischen Irrtümern befallen. Er wußte nicht, daß er gegen seine Rivalen mit Falsch [in seiner Vorstellung klug, tatsächlich dumm] handelte, indem er der Kraft seiner Liebe [sie ist für mich bestimmt] vertraute und voll Hoffnung war, sie mit den Mitteln, die er fair nannte, zu erringen. Walter liebte Sibylle sicher, aber seine Liebe war bestimmt nicht so allumfassend wie Friedrichs, denn wie, so dachte Friedrich damals, konnte Walter sonst eifersüchtig sein auf andere Männer, wo Friedrich schon der Luft im Zimmer es neidete, Sibylle zu berühren.

Der Abend war in seine Rechte getreten. Auf der Fassade des Warenhauses tanzte eine Lichtreklame und ein roter Schein wie von einem Feuer sprang in unruhigen Stößen in Sibylls Zimmer. Sie lagen auf dem Äquator.

Auch Friedrich hatte sich zu Boden gelegt. Seine rechte Hand berührte ihre linke. Er faßte sie, und sie fühlte sich fest an, obwohl sie schmal war und zierlich. Er sagte ihr: »Ich liebe dich, Sibylle«, und er glaubte, die Leidenschaft, die solche Worte ihn sprechen ließ, müsse von seinem Herzen her über den Kontakt ihrer Hände in Sibylls Herz gehen. Er höhnte sich später selber mit einem Geschmack von Bitternis im Blut: »Ich muß in jener Stunde ein guter Mensch, ein offener Charakter und somit ein wehrloser, nackter und jedem Gelächter preisgegebener gewesen sein.« Er hielt es für nötig, von sich zu sprechen, sich vorzustellen, sich zu demaskieren. Er erzählte ihr aus seiner Schulzeit von einem Knaben, den er geliebt hatte, er sprach von der Studentin aus Schweden, deren helles Haar unter einer weißen Mütze wie eine Welle der Sommersee vor der Stadt am Meer gewesen, er redete von den Erregungen der Empfindsamkeit, von Lieben zu einer Handbewegung, zu einem Schritt, zu einem Duft, zu einem Lachen, gestand die Versuchungen weher Träume in der dunklen Stunde vor dem Schlaf der Nacht und berichtete von der Lust einer Bereitschaft zur Liebe, die immer unter der Zucht des Willens gestanden. Er beschönigte und färbte nichts. Er schilderte die jungen Jahre, die Entsagungen und Entbehrungen, die Askese, die freiwillig war, weil sie zu stolz ist, teilzunehmen an den Vergnügungen der phantasielosen jungen Leute auf den Universitäten, und zu arm, die schöngliedrigen Tänzerinnen zu empfangen, die vom Olymp des Galerieplatzes aus angebetet werden. Und er sprach von Arbeiten, die er sich vorgenommen, von Problemen, die ihn zu einem guten Broterwerb nicht freigaben, von seinen Hoffnungen und Wünschen und Zukunftsträumen über alle Maßen, und daß die Summe dieses Bildes und seiner Tage nun nicht mehr wichtig und jedenfalls umgeworfen, zerstört, in andere Richtungen gebracht sei, durch diese Erkenntnis, Sibylle zu lieben, ja durch die Sicherheit seines Gefühls, sie, grade sie, nur sie lieben zu müssen. Es war nicht das Porträt eines jungen Mannes aus dieser Zeit, das da vor Sibylle gestellt war. Es war auch nicht ähnlich dem Bild und der Art, die jungen Jahre zu verleben, irgendeines Jungen aus Sibylls großer Bekanntschaft. Sie fühlte den Anspruch, der in der Forderung, du bist für mich bestimmt, lag. Nie leugnete sie in Zukunft, die Leidenschaft, die Friedrich erfüllte und der er sein Ich, sein Wesen unterworfen hatte, nicht erkannt zu haben. Sie fühlte sich angesprochen. Sie war es, die ihre Hand hob und seinen Kopf zu sich herabzog, aber sie war es auch, die mit festem Griff und bestimmt diesen ihr zufliegenden Kopf von sich stieß und ihn fallen ließ, in der erwachten Furcht, sich zu verlieren. Einige sagen, sie war nicht bereit zur Liebe, hatte noch nicht genug herumgeschlafen, Friedrich aber glaubt, daß in dem Augenblick, in dem er die ihm bestimmte Braut empfangen sollte, sein Teufel über den Geist des Mädchens Gewalt bekam und sie ausstattete mit morgen immer noch prächtigeren Reizen als gestern und heute und mit Verstand und Klugheit, Spaß und Güte und Mut und allen Eigenschaften, die uns verführen zu lieben, umfassend zu lieben, uns hinzugeben ohne Rückhalt zu vollem Einsatz, nicht nur dem fremden Leib verfallen, der hübschen Larve, die vergeht, den Brüsten, deren Rose welkt, der zarten Haut, die unter dem Schmelz der siebzehn Jahre schon das graue Pigment des Alters trägt, den Armen, Beinen und Schenkeln und Leibteilen, deren festes Fleisch an einem Morgen schwabbliges Fett oder eine blutleere Dürre sein wird, nicht nur diesem Augenschein verfallen, sondern der Seele der Geliebten noch mehr, der Gier in ihrem Atem zu sein, in ihrem Blut, ein Kind in ihrem Bauch.

»Bitte, rufen Sie doch Beck an. Es ist nett, zu dreien zu sein, und wir können zusammen essen.« Sibylle war aufgesprungen. Sie griff nach einem Mantel, den sie sich überwarf. Sie sprach das »Sie« einer Dame. Sprach es mit dem Ton: ich bin nicht die Dame zu diesem »Sie«, aber ich gebrauche es, Ihnen gegenüber. Spielten sie »Verwechselt das Bäumchen?« Nein, der Krieg war ausgebrochen, und es war nicht nur eine Kleinmädchenrache, gestern verschmähtest du und heute ich das Du. Der Krieg war ausgebrochen und verloren. Friedrich rief Beck an. Sie verabredeten sich für die Weinstube. Er hatte nicht mehr die Kraft des Entschlusses, wegzugehen und Sibylle mit Beck allein zu lassen. Sibylle wünschte es auch nicht. Sie wünschte Beck so wenig wie Friedrich. Sie fand, in der Folge, beide zusammen ein angenehmes Gespann. Und Beck bewährte sich. Er stand in jenen Tagen in hervorragender Weise seinen Mann auf dieser Mensur. Friedrich und Beck wollten nicht mehr sie selber sein. Vor dem eigenen Gefühl war das peinlich. Sie verwandelten sich, redeten sich mit fremden Namen an, führten Dialoge in Sprachen, die sie nicht kannten. Das Russische ließ sich vorzüglich imitieren. Sie erreichten die Meisterschaft, auch wenn sie allein durch die Straßen gingen oder in einem Lokal weilten, sich in ihrer imaginären Sprache zu unterhalten und zu verständigen. Sibylle war selig wie ein

Kind auf einem Karussell. »Ich habe schon ganz nasse Hosen«, schrie sie und ließ sie befühlen, denn sie konnte, lachend, den Anstand nicht mehr wahren, sie war glücklich und wirklich ein Kind und weder Beck noch Friedrich empfanden ihre Worte anders oder obszön. Sie spielten die Besoffenen. Sie tranken Wasser aus kleinen Wodkagläsern und schüttelten sich bei jedem Schluck. »He, he, he«, sagten sie taumelnd und griffen gegen die Decke des Tischs, daß alles zu Boden fiel. »Ach war das schön!« Lange hatte Sibylle nicht so einen Abend verbracht. Sie fuhren im Taxi und riefen den Passanten was zu. Sibylle streckte ihre Beine zum Fenster raus: »Man muß den Leuten was bieten«, oder Friedrich und Beck grüßten mit ihren Hüten in automatischer Folge, wie fremde Potentaten, die durch ein Spalier von Bewunderern fahren. Sie tanzten in einer Bar, und es kamen Leute zu ihnen, die Sibylle kannten, und es waren gleichgültige, sachliche Männer, und sie verachteten sie zu dritt und spielten ihnen Streiche, und wenn einer mit Sibylle tanzen wollte, dann stand Beck auf oder auch Friedrich und ging in die Arme des Herrn als wenn es so gemeint sei und führte den Verwunderten, eine traurige, hilflose Figur, über das Parkett. Heimlich aber blickten Friedrich und Beck sich in die Augen. Beide berechneten sie nun doch eine verzweifelte Chance. Sie waren nicht mehr Verbündete. Sie waren solche, die mit Dolchen gegeneinander vorgehen müssen, aber die Achtung, die Sympathie oder die Freundschaft für den andern und das Verständnis für den Zwang, unter dem der Gegner seine Stöße macht, nicht verloren haben. Sie wichen nicht von Sibylls Flanken. Friedrichs Hände führten in der Luft Tänze der

Ekstase auf. Ihre Liebe nur beherrschte noch ihre Glieder. Sie waren Wölfe, sie fletschten das Maul, sie hatten den Geruch des Wildes in der Nase, aber es war das Gesetz ihrer Liebe, dem Kind nichts zu tun. Sie brachten sie heim. Ihr Wunsch war, nicht von ihr gehen zu müssen, nicht hinausgestoßen zu werden in die Nacht; vor ihrem Bett nur zu liegen in der Art eines Hundes, das schien schon Seligkeit zu sein. Es war aber Licht in ihrem Zimmer. Es schimmerte durch die Vorhänge der Fenster in die Nacht. »Das ist Walter«, sagte Sibylle. »Er kontrolliert mich, alles was geschieht, ist seine Schuld.« Ihr Gesicht wurde böse. Ihre Stimme hart. Sie sagte: »Ihr müßt mit mir kommen, wir trinken noch einen Likör, es ist noch früh.« Beck und Friedrich gingen mit, in der Vorstellung, sie zu schützen. Sie vor einem Angriff Walters zu schützen. Friedrich auch mit der Absicht, ihm das kindlich alberne Geschehen des Abends zu erklären. Walter stand betroffen. Er war heiser. »Ich möchte dich sprechen«, sagte er. Er betonte das »dich«. »Nein, ich habe Freunde eingeladen. Ich bin nicht so unhöflich wie du, der du nicht mal ›Guten Tag‹ sagst. Trink mit uns einen Schnaps, wenn du Lust dazu hast.« »Sibylle!« Wieder dieser Aufschrei. Schamlos entblößt. In Sibylle brach ein Sturm los: »Ich habe es satt, satt, satt, bis über den Hals hinaus, ich bin nicht dein Geschöpf, dein Sklave, dein Hund, ich tue was ich will, und wenn du nicht willst, daß ich es hier vor deinen Augen treibe, mit irgend jemandem von der Straße, hier mitten im Zimmer zu deinen Füßen, dann geh jetzt und laß mich in Ruhe.« Es waren furchtbare und rohe Worte, die gesprochen wurden. Sibylle war in eine Erregung geraten, über die sie keine Gewalt mehr hatte.

Friedrich versuchte zu vermitteln. Er sprach: »Es war harmlos.« Und sie fiel, gegen Walter gewandt, ein: »Ja, natürlich, es war harmlos, aber du bist ja ein Dreck, was um dich ist, ist Dreck, wir kommen alle drin um.« War es der Schrei eines verführten Mädchens? Die Vorstellung einer Bewußtheit dieses Gedankens war absurd. Aber das Unbewußte? Brach hier eine Sehnsucht nach einem Zustand durch, der, einem Irrtum zufolge, nicht mehr vorhanden und auch nicht wieder herbeizuführen war. Es waren Worte, die Friedrich gegen Walter stellten, mit dem sein Mitgefühl im übrigen stark war. Später erst, nach Wochen, bewunderte er den Rezensenten, der in dem Chaos dieser Nacht die Kraft der Befreiung gefunden hatte [aber Sibylle war ja nicht für ihn bestimmt]. Er erging sich in einem Toben. Redete zu ihr wie zu einer Dirne. Zertrümmerte Tische und Stühle und Grammophonplatten und spielte mit den Büchern Fußball. Sibylle lachte, sie lachte unaufhaltsam. Es war ein Lachsturz, der aus ihrem Mund brach. Beck lachte mit. Friedrich setzte ein. Es war diesem Lachen nicht zu widerstehen. Die Hölle brannte. Walter schlug die Tür zu und hastete die Treppe abwärts. Es war das Ende ihres Verhältnisses mit Walter. Sie war frei. Beck und Friedrich blickten sich in die Augen. »Geht, geht, geht doch schon«, rief Sibylle. Sie weinte. Schluchzen warf sie zu Boden. Beck und Friedrich stürzten hin, ihr zu helfen. »Geht, geht, nehmt eure Hände fort, ich hasse euch.« Und wirklich gingen sie. Ein Stück Wegs noch zusammen durch die Nacht. Eine Frau sprach sie an und wich erschrocken vor Gesichtern zurück, welche die strengen Züge der Sittenkommissare zeigten. Friedrich und Beck verabschiedeten sich vor der eleganten Kirche des Viertels der vornehmen Geschäfte mit ein paar höflichen und ernst gesprochenen Worten ihres imaginären russischen Idioms.

Es kam eine wilde Zeit für Sibylle. Mit der Verabschiedung des Rezensenten hatte ihr Leben jede Richtung verloren. Sie wirkte in einem Film mit, der, bevor er fertig war, aus dem Grunde fehlender Mittel von der Drehgesellschaft verworfen wurde. Sie besuchte Bälle, ohne sich zu amüsieren, sie kannte tausend Menschen, ohne von einem etwas zu halten, sie war Gast in vielen Wohnungen, ohne die Vorstellung eines Zuhause zu haben. Friedrich und Beck waren ihre Freunde. Mit ihnen ging sie aus, mit ihnen kochte sie, mit ihnen jagte sie sich im Wald vor der Stadt. Es wäre eine Idylle gewesen, wenn die Jungen das Mädchen nicht hätten für sich haben wollen. Schließlich löste Beck [Sibylle war nicht für ihn bestimmt] sich aus dem Dreibund. Er fand nach vielen Demütigungen die Fähigkeit, sich anderwärts zu binden. Friedrich blieb. Blieb bei ihr. In ihrer Nähe. Vor dem Bett, in dem sie lag. Er reichte ihr den Tee, die Suppe, wenn sie krank war. Er war in einer Wüste vor der Wolke einer ständigen Fata Morgana. Er verdurstete nach ihrem Mund. Er war blaß, heruntergekommen, geldlos, hohlwangig und verzweifelt. Aber er kämpfte. Kämpfte mit zusammengebissenen Zähnen und noch immer »fair«, wie er glaubte, und daran hielt er fest. Er weigerte sich, sie gegen ihren Willen zu nehmen. Er schlug nach jedem, der dieses Wort »nehmen« gebrauchte. »Sie ist keine Sache, sie ist ein Mensch«, sagte er. Er verteidigte sie mit Leidenschaft gegen alle Verdächtigungen. Er konnte in solchen Momenten ein hochmütiges, ruhiges Gesicht tragen. Er sagte: »Oh, Sibylle, Sie kennen sie nicht.« Der Satz war unbedingt. Kein Einwand war gegen ihn zu stellen. Kein Ring war Friedrich zur Rettung zuzuwerfen. Und dann war er entschlossen, zu sterben. »Ich kann ohne dich nicht mehr sein.« Sibylle blieb stumm. Was sollte sie erwidern. Ein alter Satz. Unendlich oft gesprochen seit den Tagen der ersten Menschen. »Ich kann ohne dich nicht leben!« Welche Forderung! Welch ein Anspruch! Welch ein Raub! Würde er sich nicht schämen, zu sagen: »Ich kann ohne dein Geld nicht leben, nicht ohne deine Uhr, nicht ohne deinen Ring?« War sie geringeren Wertes als Uhr oder Ring? Welch ein Anspruch. »Ich kann ohne dich nicht leben!« Welch ein Anspruch ohne Hoffnung und ohne Hilfe.

An einem Abend, als Sibylle mit einer Bekanntschaft des Mittags zusammen war, ging er in den Norden der Stadt und suchte die Freundschaft illegaler Waffenhändler. Ein schwerer großer Polizeirevolver war das Resultat seiner Bemühung. Wie ein Kilogewicht lag er in seiner Tasche. Friedrich besaß ein natürliches Gefühl für die Komik einer Situation. Mit diesem Revolver rumzulaufen, war komisch. Die Patronen, die ihm der Händler beim Einstecken des Magazins gezeigt hatte, mußten, aus der Nähe gegen die Brust gefeuert, enorme Löcher in Fleisch und Knochen reißen. »Eine Schweinerei«, dachte Friedrich, »eine widerliche Schweinerei.« Dann kam ihm ein Einfall. Er konnte mit der Waffe kämpfen und den Krieg mit dem sichtbarsten Einsatz der leiblichen Existenz zu Ende führen. Er eilte zu Sibylle. Ihre Fenster waren dunkel, das Haus verschlossen. Er hatte kein Geld mehr für den Telephonautomaten, um sie anzurufen. Das Fehlen des Groschens wurde zu einer Zwangsvorstellung. »Zehn Pfennig«, wimmerte er, »zehn Pfennig«. An den zehn Pfennig hing das Glück. Sagt der Liebhaber nicht, daß er alles tun wird für die Geliebte? Also trat Friedrich vor einen Passanten der Straße hin. Er sagte: »Zehn Pfennig.« Der Mann fürchtete sich. Er schrie auf und rannte weg. Friedrich stand unter dem Zwang: »Ich muß betteln!« Die Idee, jemandem mit ruhigen Worten zu erklären, daß ihm grade in jenem Moment, aus einem dummen Zufall, zehn Pfennig fehlten und wichtig waren, kam ihm nicht. Er zitterte, als er wieder auf einen Fremden zuging. Seine Stimme setzte eher zu einem Röcheln an als zu einem Satz. Der Fremde war betroffen. Ekel stieg ihm ins Gesicht. Er warf ein Geldstück zu Boden und eilte weiter. Als Friedrich sich nach dem Geldstück bückte, sah er, daß es eine Mark war, und er wurde von einem Entsetzen geschüttelt wie von hohem Fieber. Was half ihm eine Mark. Er brauchte ein Groschenstück. Nie würde der Automat ein Markstück fressen. Automaten sind die mitleidlosesten Wesen in der Welt. Niemand vermag, sie zu überreden, und sei es selbst zu ihrem Vorteil, von der Vorschrift, die ihnen ins Leben mitgegeben, abzuweichen. Friedrich sah zu den Fenstern von Sibylls Zimmer empor. Er rief, laut, gellend in die Höhe: »Sibylle! Sibylle!« Nichts bewegte sich dort, wo er hinblickte, und nur in der Häuserfront ringsum knarrten Fenster und tönten Rufe nach Ruhe auf die Straße. Erst am Morgen, als die Menschen schon wieder aus den Häusern traten, gab Friedrich seinen Posten auf. Wo mochte Sibylle geschlafen haben? Friedrich wankte, ein Wrack, im Strom des beginnenden Verkehrs. Er ging zu Beck. Vor dem

Bett, in dem er noch schlief, schlug er ohnmächtig zu Boden.

Beck fühlte sich verpflichtet, mit Sibylle zu sprechen. Er glaubte, es im Interesse Friedrichs zu tun. Er sagte: »Er wird sich erschießen, ich habe die Waffe gesehen.« Er sagte auch, da sie stumm blieb: »Du warst doch bei dem einen und bei dem andern, du hast es mir erzählt, warum glaubst du, heute abend nicht zu Friedrich gehen und bei ihm bleiben zu können?« Sibylls Gesicht blieb visiert. »Darum geht es nicht«, sagte sie.

Friedrich erreichte sie, als sie die Fahrstuhltür zuschlagen wollte. Der Korb zog sie in die Höhe. Ihre Lippen zuckten, als sie ihm so nahe gegenüberstand. Er wollte jeden tragischen Klang vermeiden und das, wie er glaubte, Notwendige heiter sagen. »Du riechst wieder wie eine Fee«, sagte er, während sie in ihr Zimmer traten, »aber riechen Feen überhaupt? Du bist mir lieber.« Er sagte auch: »Sibyllchen«. Sie erging sich in dem Tigerschritt. Die Spannung zwischen ihnen war unerträglich. Sibylle berichtete später, sie sei damals überzeugt gewesen, daß er gekommen sei, sie zu erschießen. So deutete sie seine straffe Blässe, hinter der mehr verborgen war als ein Freitod. Er griff dann an, um den Knoten zu zerhauen. Er fragte: »Weißt du mir einen zu nennen, der dich mehr, dich inniger liebt, als ich dich liebe?« Sie sagte: »Nein«, wie sie überhaupt im Lauf der Auseinandersetzung ihre schöne, klare Stimme in einer ruhigen Tonhöhe, und ohne sie erbeben zu lassen, hielt. Sie führte sich auf wie ein Held. Kein Heroe konnte tapferer sein. Sie war makellos in ihrer Haltung und gefaßt. Sie schweifte auch nicht in frauenhafte Sackgassen der Flucht. Sie stellte sich. Er bewunderte sie rückhaltlos. »Gut«, sagte Friedrich, und auch er war ruhig in Stimme und Haltung, »ich liebe dich und, du gibst es zu, am meisten unter allen Menschen, die dich kennen. Ich glaube an diese meine Liebe als an eine Tatsache, die irgendwie determiniert und mir bestimmt ist; ich kann mich jedenfalls nicht entschließen, sie für eine fixe Idee aus dem Katalog des Irrsinns zu halten. Was geschieht, ist meiner Überzeugung nach ein Mißverständnis. Ich muß es lösen, oder an ihm zugrunde gehen. Die Leute sagen mir, du willst genommen werden. Ich finde diesen Satz so dumm wie das meiste, das die Leute ohne zu denken in den Tag sprechen. Es ist eine Weisheit, die auf der Hand liegt, und ich halte nichts von ihr. Wärst du ein Mädchen, das man schlagen kann und das einem dann die Hand küßt, würde ich dich nicht lieben. Ich halte dich für einen Menschen, und es gibt kein Siegerglück, das über eines anderen Menschen Würde, indem es sie vernichtet, gewonnen wird. Ein solcher Sieg macht den Sieger verächtlich. Es ist ein Sieg des Menschen gegen des Menschen allgemeine Sache. Aber das Mißverständnis zwischen dir und mir, das Mißverständnis ruht ja, du bist eine Frau, begreife es recht, ich meine, eine Frau in diesem Fall, in deiner Furcht vor der Berührung deines Leibes gegen ein Verdikt deines Willens, den man nur dadurch, daß es geschieht, dennoch geschieht, ändern kann. Möglich, daß es sophistisch klingt. Eine Wahl bleibt mir nicht. Ich werde dich vergewaltigen. Ich werde es zu diesem Zweck tun, das Mißverständnis zu beseitigen. Ich werde aber deinem Willen eine gerechte Chance geben, sich materiell, Gewalt gegen Gewalt, zu behaupten. Hier ist eine Waffe. In ihrem Lauf stecken zwölf Schüsse. Ich löse die Sicherung, und ich gebe sie dir. Du kannst dich, und ich wünsche es, gegen meinen Angriff verteidigen. Wenn du mich erschießt, ist das Recht auf deiner Seite, das Recht der Moral und das Recht des Gesetzes. Niemand auf der Welt wird dir einen Vorwurf machen können.« Er reichte ihr die Waffe. Sie ruhte wie eine Kanone in ihrer kleinen Hand. Sie machte eine Bewegung, wie um sie zu wiegen. »Wenn sie doch schießen würde«, dachte Friedrich, »würde sie doch schießen.« Er war bereit, von ihr getroffen zu werden. Der Tod trat ihm in einer ungeahnten Glorie entgegen. Friedrich schritt voran. Da hob sie die Waffe und drückte ab. Sie zielte gegen den Spiegel, in dem sie beide zu sehen waren. Das Glas splitterte. Sie schoß einen Schuß, zwei Schüsse, drei Schüsse. Die Kugel jagte immer an Friedrich vorbei. Sehr nahe. »Sie hat eine sichere Hand«, dachte er noch und ging weiter vor. Da warf sie die Waffe hin. Er umfaßte sie; sie rührte sich nicht; er sah ihr Gesicht; es war ruhig, geschlossen; er fühlte ihren Herzschlag; sie öffnete ein wenig die Lippen, die waren blaß, und sagte: »Ich mag nicht.« Sie sagte es ohne jede Betonung. Ein wenig traurig. Sie hatte gesiegt. Er ließ sie aus seinen Armen los. Da kamen die Tränen ihr aus den Augen. Sie weinte, und er weinte. Sie saßen zusammen und weinten und hielten sich aneinander fest. Erst der Lärm von Stimmen schreckte sie auf. Polizisten schlugen gegen die Tür und verlangten Erklärungen. Friedrich mußte mit ihnen gehen. Er wurde wegen unbefugten Waffenbesitzes und groben Unfugs vom Schnellrichter verurteilt. War es wirklich nur ein Versehen der Beamten, oder war es ein seltsames Sicheinmischen des Schicksals in den Gang der Geschäfte; man vergaß, die Waffe zu beschlagnahmen, und Friedrich konnte sie im Fortgehen mit sich nehmen.

Es war ihm kein anderer Weg geblieben, als der, abzureisen aus der Hauptstadt, in der Sibylle lebte. Beck hatte ihm Geld gegeben, und Friedrich sah sich deportiert. Er verbrachte eine Zeit auf dem Klostergut einer Insel in der Ostsee. Die Stürme des Frühjahrs brausten über das Meer. Friedrich schickte Telegramme aus, bis er keinen Pfennig mehr für den Beamten am Schalter hatte. Der Beamte hielt Friedrich für wahnsinnig. In den Telegrammen stand immer nur der Name: »Sybille, Sibylle, Sibylle!« Es waren die Schreie Walters, der Nüchternheit des postalischen Verkehrs anvertraut. Dann brüllte er ihren Namen über die Äcker und die Wogen. Er stürzte sich in Arbeiten, gingen hinter dem Pflug her, schloß Freundschaften mit den Pferden und den Kühen. Er erzählte ihnen von Sibylle. Er sprach von seiner Liebe. Die Pferde senkten ihre Köpfe, die Kühe machten »muh«; sie waren ernste Zuhörer, und sie waren geduldig. Ein Fohlen kam zur Welt. Kaum konnte es stehen, war es schon zutraulich. Friedrich nannte es »Sibylle«. Er küßte ihm das flaumig rosige Maul. Die Mutter sah mit großen Augen zu und billigte Friedrichs Überschwang nach einer Pause der Überlegung mit einem vertrauenden Scharren des linken Hufes. Sibylle kam zu Friedrich ins Zimmer. Sie folgte ihm nach über die Wiesen und Felder und den Strand der See. Ihr Futter nahm sie aus der Fläche seiner Hand. Sibylle war sanft und schmiegsam und wurde eine herrlich fuchsfarbene Stute, klug und gut in allen Gängen. Dem Hengst, dem sie zugeführt wurde, schenkte sie wiederum ein sauber blankes, munteres Pferdekind.

Es kamen aber Tage einer neuen Verzweiflung, die in Gedanken der Wut gegen das liebe, gute, unschuldige und vollkommene Stutengeschöpf Sibylle sich richteten. Hatte er Zeit verlieren dürfen? Warum hatte er sich gefügt, in die Verbannung gewilligt; war er nicht geflohen, geflohen schon am ersten Tag? Als er nach Monaten zurückkam in die Hauptstadt, da war Sibylle sommerbraun und aus den Streifen der Rohseide, die ihr Kleid und Hemd in einem waren, kam ein neuer Duft. Sie fuhren in einem Wagen durch die Stadt. Sie strahlte Glück aus und war in einem unsichtbaren Haus der Freude; eine Schnecke, die behaglich bei sich ist; eine junge Katze, die sich, zusammengerollt, mit Wollust selber fühlt und Gott ein Loblied schnurrt. Sie liebte einen Mann, und diese Liebe steigerte ihre Schönheit in das Reich des reinen Begriffs »sie ist schön« und war überhaupt nicht mehr zu erfassen und nur noch zu verehren wie eine Gnade der Genien, deren Vorhandensein einmal sichtbar wird am Beispiel eines Menschen wie sonst in einem Klang aus des Orpheus Kehle oder in einem Wunder der Farbe oder in der Offenbarung eines Gedichts. Die Fahrt endete in einem Haus am Grünen Kanalufer. »Komm mit«, sagte sie, und er lernte eine Wohnung kennen, in der alte Sachen standen, Truhen und Schränke und Tische mit weiten Platten, auf die es gut war die Hand zu legen, und alles Holz war reich geschnitzt, und an den Wänden hingen alte, dunkle Bilder, die Gesichter von Menschen, die eine Würde hatten, und dann waren Waffen da, Säbel und Pistolen und dazu ein Ritterhelm; der war aber aus der letzten Zeit des Krieges. Der Bosporus begegnete Friedrich höflich.

Er holte aus einem der alten Schränke Flaschen mit buntem Schnaps und setzte sich erst wieder, nachdem Friedrich einen Stuhl genommen, obwohl er der Ältere war und sein durchschossenes Bein ein wenig nachschleppte. Der Bosporus war arm, verstand es aber, durch eine Geste eine Atmosphäre von Reichtum um sich zu schaffen. Er verstand es auch, durch wenige, beiläufige Worte, einen Kreis von Geheimnis um seine Geschäfte zu ziehen. Im Zentrum der Stadt unterhielt er ein Laboratorium für chemische Versuche; das Schild vor der Tür des Labors war aber ein angenommener Name; als dies von Sibylle entdeckt war, hieß es von ihm: er fabriziert Giftgas. Der Bosporus trat diesem Gerücht nie entgegen. Wußte er was von Sibylle? Er hatte sie bei sich aufgenommen. Mehr war nicht zu erfahren. Es war sicher, daß er sie liebte, aber es war auch sicher, daß er sie zu behandeln verstand. Er gab ihren jungen Wünschen Gewährung und sich den Anschein, sie nicht halten zu wollen. Er war klug und hatte Erfahrungen und Gefahren hinter sich. Die Leine, an der er Sibylle hielt, war lang und kaum zu sehen. Friedrich, der viel Gefühl für den besonderen Fall aufbrachte, fiel dennoch in den Trugschluß, sich Schuld beizumessen. Sie war bereit, zu lieben, sagte er sich, und ich war nicht in ihrer Nähe. Auch für den Bosporus war Sibylle nicht bestimmt. Das schien ihm sicher. Er wiederholte, ein wenig anders, die Frage der Schießszene: »Glaubst du, der Bosporus liebt dich mehr als ich dich liebe?« Sie sagte: »Nein.« Sie spielte sogar mit echten Tränen die Tragödie der unglücklich Liebenden. Der Hauch von Wehmut lieferte ihr noch einen Reiz. Sie war ein braves Kind. Sie kam oft zu Friedrich. Verbrachte Tage in seinem Zimmer, oder er agierte in der Partie des Schnellläufers, der auf den Telephonruf hin durch die Stadt rast mit keuchenden Lungen. Es war die Zeit, in der Friedrich sie dem Theater auslieferte, sie auf die Schauspielschule schickte und das Glück genoß, mit ihr die Mädchen des klassischen Schauspiels durchzunehmen. Sie zeigten sich abends zu dritt, der Bosporus, Friedrich, Sibylle. Friedrich zog die Braut an, sie kleidete sich nach seinem Willen, dem Bosporus wurde sie zugeführt. Die Leute kamen mit Gerede. Friedrich trat ihnen entgegen. »Sie irren sich«, sprach er, hochmütig und entschlossen, »Sie irren sich. Sibylle, das ist ein anderer Fall als alle anderen. Sie ist eine Göttin.« Seinem Ernst war nicht zu widerstehen. Sibylle war die geschützteste Frau in der Hauptstadt. Friedrichs Haltung wäre makellos gewesen, wenn er nicht weiter den furchtbarsten Durst gelitten hätte. Den Durst nach ihren Lippen. Da wurde er wieder der Bettler und stand vor ihr und war eine verdammte Seele außer dem Leib und sagte krampfig gepreßt: »Deinen Mund, Sibylle, deinen Mund«, und sie ließ ihr Lachen fallen und nahm das Glück von ihrem Gesicht und sagte: »Nein, ich habe dich gern.« Da war es wieder sein Teufel in ihrer Gestalt: unverletzlich! Konnte man sie schlagen, wenn sie ruhig war und vernünftig und klug? Sein Teufel leistete sich den Spaß einer Zofe. Friedrich diente Sibylle. Er hob sie aus dem Bad und frottierte die Lachende mit rauhen Tüchern bis sie rot war wie ein gesottener Krebs, ein netter, scharfscheriger junger Krebs; wehe aber, wenn Friedrich die rauhen Tücher fallen ließ, wehe über ihn, wenn seine Hände auf ihre Haut sich senkten und in Bewegungen über sie liefen, die zart, streichelnd und voll Liebe waren. Es geschah eine Verwandlung, eine Metamorphose der angebeteten Gestalt, es war wie wenn sie einen Zauberschild der Tarnkappe gleich nicht sichtbar über sich zog und gepanzert vom Haupt bis zu den Füßen vor ihm war. »Geh«, sprach sie und war gemeißelten Gesichts und ein Epitaphium des betrogenen Lebens. Dann wanderte Friedrich durch die tausend Straßen der großen Stadt, den Tag über und in die Nacht hinein, wanderte blind in dem Szenenbild, das alle, die mit ihm waren in der Gleichheit der Zeit und des Ortes, wirklich sahen, und hielt Gericht. Er klagte gegen Gott! [Nie wieder war er so gottesgläubig wie in dem Strudel der Qual um Sibylle, und es geschah, daß er in die Kirchen ging und niederkniete vor den Standbildern der Heiligen, sie um das Heil zu bitten und den Segen.] Er zeigte sich Gott, wie er rannte und keuchte, wie er verstört war und unbegreifend, er sagte: »Ich hole doch das Holz für den Ofen des Bosporus, ich kehre die Stuben und senke mein Haupt zu Boden, damit man die Striemen nicht sieht und erschrickt vor dem faulenden Fleisch, mein Blut würde ich hingeben für Sibylle, mich dürstet, dürstet nach ihrem Mund, nur einmal, o Gott, diese Lippen!« Und Gott gibt keine Antwort während man sein Wort herbeiruft. Wohl ist es möglich, daß uns Zeichen geschenkt werden und Deutungen, aber wir übersehen sie in der Wut des Eifers, mit dem wir unsere Sache schlecht betreiben. So träumte Friedrich den Traum des Mädchenraubes. Auch dieser Traum ist so alt wie der Mensch, und Friedrich baute einen Turm auf einem Acker, der meilenfort von jedes Menschen Ohr und keinem Schrei ein Echo geboten hätte. Dorthin verschleppte er sie [im

Traum, o nur im Traum] und stellte seinen Teufel in ihrer Gestalt und kämpfte mit ihm und trieb ihn aus dem Leib Sibylls und sprach: »nun sei verdammt in diesem Turm zu schreien bis an das Ende deiner Tage«.

Doch ging es weiter. Er diente. Diente um Sibylle. Wohl hob er manchmal die Waffe gegen sich, aber was vermochte denn ein Schuß gegen die Gewißheit: sie ist für mich bestimmt? Friedrich durfte sich nicht aus einem Leben schaffen, in dem Sibylle war. »Wenn sie stirbt«, sprach er, »dann ist es erlaubt.« Wünschte er ihr den Tod? Wer möchte seinen Teufel nicht vernichtet sehen? Er wachte in einer Nacht auf und glaubte, sie sei gestorben. Der Gedanke war so grauenvoll, daß er zu ihr eilte und der Erschrockenen unter Tränen die Hände küßte. Wenn das Leben neben Sibylle furchtbar war, dann war es als furchtbar hinzunehmen, bis das Mißverständnis, bis die Verzauberung sich lösen würde. Und es gelang ihm sogar sich von ihrer Nähe, von ihrem täglichen Zusammensein zu entwöhnen. Er ließ sie abreisen in ihr erstes Engagement, und er glaubte unter den Rädern zu liegen als der Zug aus der Halle fuhr; doch bestand er die Prüfung in dem Gedanken: sie ist in der Welt, sie atmet dieselbe Luft.

Das war gewesen. Und war die Prüfung doch nicht bestanden, und war ein Ende möglich? Jetzt galt es aufzupassen – Friedrich reckte sich im Abteil hoch, seine Arme stützten ihn, der Tag war angebrochen, Sonnenlicht fiel durch das Fenster und eine mildere Luft – aufzupassen, daß man sich nicht irrte, und daß nicht das Mißverständnis die Treue zu einer Liebe war, die allein von den Kräften der Vergangenheit lebte. Hatte er sich in den Monaten, da er sie nicht gesehen, von Sibylle gelöst? War es doch nur die Gegenwart ihrer Gestalt, die ihn narrte? Dann, ja dann war er ein Narr, und es war seine Pflicht, aus dem Narrenhaus des Mißverständnisses im eigenen Fühlen in das Leben zu springen, solange noch ein Rest von Glück und Freude zu erjagen war. Hatte er die Nacht nicht ertragen? Überschätzte er nicht den Schmerz, der ihn befallen? Oder war er grade diesen Schmerz zu sehr gewohnt und immun schon gegen seine tödlichen Wirkungen? Man mußte sich Rechenschaft geben. Man mußte vielleicht die Jahre opfern und ihre verbrauchten Kräfte als vergeudet buchen. War er nicht in die Fremdenstadt gefahren, Sibylle doch noch zu erringen, aus Trotz und mit dem Trick des in Geschäften Vorüberreisenden? »Sibylle, ach Sibylle!« Das Sonnenlicht stand voll im Rahmen des Fensters. Und im Schein dieses Lichts sprang Ania von oben herab, und ihr Körper war vergoldet, da sie so beschienen wurde. »Die Toskana«, rief sie, »die Toskana, wir sind in Italien!«

Sie waren in Italien. Das war der Süden. Das war die Sonne. Es war die berühmte Landschaft der großen Maler. Vor ihm war Ania noch immer klar vor dem Fenster. Auf ihrer Brust lag der Fahrtwind. Von Schatten wurde das Licht auf ihrer Haut gemustert. Sie stand verzückt: »Italien, Italien! Weißt du, warum ich mit dir fahren mußte? Ich wollte nach Italien, ich wollte einmal nach Italien reisen. Nur dies war es, daß ich von Magnus fort mußte. Dies: die Sonne, dies Land, dies Grün!« Es gab sich ohne Bemühung, daß sie einander gut waren von diesem Ausblick. Die Sturmwelle eines Gegenzuges warf sie in seine Arme. Im kalten Geheul eines Tunnels mußte er die Nackte wärmen. Sein Kuß ging über ihre trockene Kinderlippen; er sagte nicht »kleine Ania«, denn er dachte »Sibylle«; und da sie ihn umklammert hielt, lenkte er ihren gemeinsamen Fall gegen das Bett.

Sie waren in Rom, und Ania lebte, wie sie rauchte, mit Hast und Gier, und sie nahm jede Stunde als die letzte [das Kind des Fürsten, das Moskau hatte brennen sehen oder eine andere Stadt an der Wolga] und suchte ihren Gehalt an Lust bis zur Neige zu erschöpfen. Friedrich war erstaunt und belustigt. Es war nett, es war einfach, es war ein Spaß, Mädchensachen, die bei ihm rumlagen, und jemand, der »schlaf auch gut« sagte, wenn die Nacht kam, und »los, die Sonne scheint« am Morgen, während zwei Beine mit kleinen, blanken Zehen die Decke schon zur Seite strampelten. Aber: »Bin dieser Mensch ich?« fragte er sich, während sie in einer Droschke mit einem Pferdchen im kleinen Trab aus dem Verkehrsstrom des Corso über die Piazza Venezia in die Via del'Impero einbogen. »Bin dieser Mensch ich, der mit einem Mädchen im Wagen vorbeifährt an der Kulisse der historischen Jahrhunderte dem Colosseum zu, um hinter dem Palatinischen Hügel die Thermen des Antonius zu sehen?« Stieg das Unglaubhafte, das er deutlich spürte, aus der Schau des Horizonts wie eine Flut um ihn hoch, oder fiel es mit den Strahlen der Sonne, die warm im Winter schien, auf ihn herab, oder war es nicht dies, daß ihm etwas widerfuhr, sondern das andere, daß er handelte, daß aus ihm ein Gehen kam, ein Vorwärts oder ein Seitwärts, ein Sichbewegen in Richtungen, wie Irren im Dickicht eines Waldes, wenn man fühlt, ich gehe einen falschen Weg, aber den richtigen Pfad dennoch und jedem Gefühl zum Trotz nicht einzuschlagen weiß? Er träumte, aber er wurde der Traumhandlung nicht froh. Es war auch kein Alpdruck, der ihm die Luft klemmte. Es war der Traum einer Ohnmacht. Die verschwimmenden Bilder am Rande der Wirklichkeit. Liebte er Ania? Es war wollüstig, nicht allein zu sein, aber war es nicht feige und mindernd? Es kam vor, daß er Ania Geld für den Kutscher gab und aus dem Wagen sprang und in einem Gewirr kleiner Gassen sich verlor. Er besuchte die Viertel der Armen, die grauen Hütten am Ufer des Tiber. Er wollte gut sein, weil er sich ungut fühlte. Er kaufte Früchte und verteilte sie an schmutzige, halbnackte Kinder. »Sie sind schön«, dachte er, »unter der Kruste von Staub sind sie schön.« Er beugte sich zu einem Knaben herab und küßte die Wangen, die das Blut straffte, das in den Legionen die Macht der Cäsaren getragen hatte. Er wurde beschimpft, und er verstand die Worte nicht. Er sah ein Büro der Telegraphenregie und schrieb einen Text: »Ich liebe dich, nur dich, dennoch, immer« und begriff es erst als Tatsache, daß er eine Depesche an Sibylle aufgegeben hatte, als sie schon im Drahtnetz der Verwaltung Sibylle zueilte. Er folgte Matrosen und Soldaten nach in das Abenddunkel eng gebauter Straßen und glaubte, sie gingen zu den Mädchen in die Bordelle. Er dachte: »Wäre ich wie sie, auf einem Schiff in Arbeit, und im Hafen voll Vertrauen zu den Vergnügungen der Stunde.« Er haßte das Denken. Er mißtraute ihm. Er dachte an Sibylle, an Ania, an Fedor, an Magnus, und er sagte sich: »Ich denke nichts anderes als meine Wünsche. Es ist keine Wahrheit dadrin.« In der Größe der Ewigen Stadt war er ein Punkt. »Selbst dies ist Hochmut«, dachte er.

Ania beherrschte nicht den straffen, in jedem Gelenk federnden Tigerschritt Sibylls, in dem sie rauchte und überlegte. Sie hockte auf der Fensterbank ihres Hotelzimmers, mit weichem Mund und hastig, gierig die Zigarette aussaugend, den Rauch durch die Lungen jagend und ihn in heftigen, kurzen Stößen in die Luft paffend, und blickte in die Via Sallustiana und zu der kleinen Kirche an der Ecke der Via Piemonte hin. In Friedrichs breitstreifigen Bademantel gehüllt, glich sie einer rotweißen Katze, die am Mittag wunschlos und träge in der Sonne liegt. Sie war in Italien, sie hatte es erreicht, der Blick in die Gasse und zur Kirche hin befriedigte sie vollkommen und gab ihrer Phantasie eine Bühne, auf der sie in manchen Verkleidungen abenteuern konnte. Nur das Verlangen, an jemandem sich anzulehnen, ein anderes Leben zu fühlen und warm neben sich zu wissen, das Bedürfnis der Haut, von fremden Händen gestreichelt zu werden, und die Sehnsucht der Hände, eine fremde Haut zu streicheln, ließen Ania, wenn sie allein war, an Friedrich wie an einen lange Ausbleibenden denken. »Vielleicht sind wir nur zusammen, weil wir keinen Hund zu uns genommen haben, der mit seinen netten egoistischen Schmeichelsprüngen uns die Täuschung geben würde, geliebt zu werden.« Friedrich erkannte dies als er ins Zimmer trat und dachte: »Wenn ich allein wäre, würde ich, hart vor mich und die Leere, in der ich hier schwebe, gestellt, vielleicht zu einer Erkenntnis gelangen und das Richtige tun.« Er sah die Nacht kommen wie einen Nebel. Es erschreckte ihn ihr bürgerlicher Verlauf, der sich sicher voraussagen ließ. Wieder würde er neben Ania liegen; wieder würde das Fenster offen sein und die Kühle aus der römischen Vorfrühlingsnacht wie Samt und schon von Blüten parfümiert über ihr Lager streichen; wieder würden sie auf die Rufe der Straße hören, die alle ansteigend und wie gesungen waren, und auf den Säbelschritt der Stadtpolizisten, die im bestickten Frack hoher Kammerherrn die Runde machten; wieder würde sein Mund den Mund des Mädchens finden und den Tabak auf ihren kühlen Kinderlippen schmecken; und wieder würde er an einen anderen Mund und andere Lippen denken [er war noch immer verdurstend und in einer Wüste und hingegeben mit dem Blick einer ewigen Fata Morgana weit hinten am Horizont]; während Ania, hastig und mit Gier und als ob es die letzte wäre, alle Lust aus der milden Stunde in sich einziehen würde. Erschlafften sie nicht in einem lauen Wasser und waren sie nicht schon alt und müde wie Petronius, da er, die Pulse offen, alles hinter sich hatte? Auch Friedrich steckte den Kopf in den Sand und beging, indem er vor seiner Seele nicht fliehen konnte, den Irrtum, aus dem Ort zu entweichen, in dem Unbehagen ihn schüttelte. Er wollte keine römische Nacht mehr. Er wollte kein weiches Lager mehr. Er wollte die Erregung einer Weiterfahrt und einer anderen Stadt. »Wir fahren«, sagte er, »wir reisen südlicher. Wir fahren noch diese Nacht.«

In Neapel regnete es. Aus dem Bahnhof wurden sie wie in ein Aquarium ausgesetzt. Die Droschke, in der sie tief verdeckt saßen, war naß und kalt wie ein Boot auf windiger See. Sie schaukelten durch die lange Straße des Corso Umberto. Man sah keinen Menschen. Man sah nur den unteren Umriß von Gestalten, die in der Art von sturmgeblähten Unterhosen unter den Ballons schwarzer Schirme hingen. Die Fliesen auf der

Piazza del Pretis waren so bespült, daß man glaubte, auf einer dünnen Schicht von schmelzendem Eis über die schreckliche Untiefe eines Sees zu reisen. Endlich rollte ihr Wagen eine Straße abwärts zum Meer, und der Anblick der bewegten Wogen gab ihnen das Gefühl wieder, auf festem Grund zu sein. Sie sahen beide zum erstenmal das Mittelmeer. Sie waren enttäuscht und verwundert, und gegen das eigene Empfinden erbost, weil sie enttäuscht waren. Die Palmen am Ufer zitterten vor Frost. Der Vesuv war in der Ferne eine bleigraue Wolke. Dies war die Sonnenstadt der Santa Lucia? Sie hielten vor einem Hotel der Via Partenope und wurden ausgeladen. »Wir werden kein Geld mehr haben«, dachte Friedrich. Ein Gehrock begrüßte sie in einem weich gesungenen Französisch: »Sie bringen schlechtes Wetter mit, meine Herrschaften, aber es wird vorübergehen. Mein Haus steht Ihnen zur Verfügung. Sie sind die einzigen Gäste bis auf den Attaché einer japanischen Gesandtschaft in Europa. Der Herr wartet auf ein Schiff. Er will heimreisen. Es ist noch früh, noch keine Saison in diesem Jahr. Wollen die Herrschaften auch mit einem Schiff fahren?« Er tat ergeben und geheimnisvoll in seinem Geschwätz. Er schien sagen zu wollen: Ich kann Ihnen leider nicht das Neapel der heißen Tage bieten; ich bin untröstlich, aber einen Diplomaten aus Japan, sehen Sie, den können Sie noch alle Tage bei mir haben. Sie nahmen ein Zimmer dem Castel del'Ovo gegenüber; sie öffneten die Tür des langen Fensters, um die Brandung der See zu hören, das Brechen der Wellen gegen die Mauern des Wasserforts; und sie drehten an dem Griff der Zentralheizung, den Dampf in die Schächte zu lassen, um sich an ihnen zu wärmen.

Am Nachmittag ging Friedrich allein in die Stadt. Ania hatte sich eine Kissenburg vor dem Gestell der Heizung gebaut und sagte, sie wolle auf die Sonne warten. Der Regen sprühte nur noch, und Friedrich kam, den Kragen seines Mantels gegen den Wind hochgeschlagen, ziemlich trocken über die Piazza del Plebiscito in die Via Roma, die zum Bersten voll war von zwei Menschenströmen, von denen der eine voranging, während der andere entgegenkam, und über ihnen war in der Luft ein Stimmenlärm wie der Flügelschlag großer Vogelschwärme. Friedrich war es recht, daß er von den Worten der italienischen Sprache keins verstand und so nicht begreifen konnte, um was es sich handelte. Er hatte den Eindruck einer Wildheit und die Vorstellung, daß alle balzten: die jungen Herren in ihren schicken Anzügen und den schräg gesetzten olivengrünen Hüten auf dem wie gewichst glänzenden Haar, die Matrosen mit ihren kurzen Jumpern, dem wiegenden Gang, dem Bärtchen auf der Lippe, die Offiziere zu dem Klingen ihrer Sporen und Säbel unter den kühn nach hinten über die Schulter geworfenen Umhängen, und auch die Frauen, die ihre blau getuschten Augenlider züchtig über dem knallenden Rot ihres Mundes zu Boden senkten. Sein Verlangen, Sibylle bei sich zu haben, wuchs ins Ungeheure. »Würde es sie erregen«, fragte er sich, und er sah sie, verliebt in eine Straße, und ihre Augen waren groß und voll Glanz, und er fühlte, fühlte es richtig als körperlichen Ruck, wie sie seinen Arm mit ihrer Hand griff und sprach: »Da, schau mal die Frau an, möchtest du sie haben?« Und links öffnete sich ein Gewirr von Gassen. Sie waren so eng, daß man, wenn man die Arme ausbreitete, die Mauern ihrer beiden Häuserreihen mit den Fingerspitzen berühren konnte. Auch sie waren voll von Menschen und Lärm. Das Leben wurde auf der Straße gelebt. Vor den Türen brannten Holzfeuer. Die Hausbewohner sammelten sich um einen Scheiterhaufen herum, zu dem alle beigetragen hatten. Die Kälte war feucht und stechend. Der Rauch beizte. Das war die Winterarmut des Südens. Die offenen Verkaufsstände aber zeigten reiche Pracht. Fleisch, Käsesorten und Brote lagen zu Bergen gestapelt auf den Tischen. Die Fruchtverkäufer schrien. Orangen wurden verschwendend ausgepreßt und zu Boden geworfen, den sie, wie Humus den Grund des Waldes, bedeckten. »In diesen Dschungel müßtest du dich wagen!« Sein Denken blieb bei Sibylle. Er reagierte auf den Eindruck des Neuen erst durch die Vorstellung ihrer Begeisterung. Er bemühte sich, mit ihren Augen zu sehen. Er unterhielt sich mit ihr in langen Dialogen, und er dachte: »In dieser Gasse würde ich sie küssen!« Er vergaß das Hotel und Ania in ihm vollkommen. Er kaufte sich ein Stück Wurst und einen Kanten Brot und aß es im ziellosen Wandern auf. Er ging zu einem Weinstand und ließ sich aus einem trüben Faß einen roten Wein einschenken, der schwer war und wie Tinte schmeckte. Auch biß er in Orangen hinein, schleckte den Saft und warf das Fleisch fort in der Lust des Überflusses. Er sah einen Affen auf einer Drehorgel sitzen und schenkte ihm eine Banane. Der Affe aß sie mit feinen Manieren, und der Herr des Affen, der die Orgel drehte, sprach einen höflichen Dank. Die Nacht war gekommen und Neapel stand wie in tausend Bränden.

Da kam Friedrich, aus dem Labyrinth der kleinen Gassen tretend, auf das lange Rechteck der Piazza Municipio und wurde von einem schmächtigen Herrn im kurzen Mäntelchen und einen Schirm schwingend angesprochen: »Inglese, Francese, Tedesco?« fragte der kleine Herr und sagte: »Ich weiß den rechten Weg.« Der Herr war sehr naß und sehr durchgefroren. Er schien den langen Regentag über, vom Morgen bis zum Abend, auf der Piazza Municipio gestanden und auf einen Fremden gewartet zu haben. Nun aber klammerte er sich an Friedrich an und ließ seine Rede, die in ihm gesessen, wie eine Patrone im Lauf, schießen. Die Rede zielte grade gegen Friedrichs Leib, so ungewöhnlich klein war der Herr, und warf ihn beinahe um. »Oh, er sprekke deuts und alle Sprakken. Er wollen helfen fremden Herren, die nicht wissen was sein Napoli. Er können anbieten Mädchen, Girls, Campanieserinnen, Caprieserinnen, billig, serr billig, il tempo, signore, il pessimo, oh, er wissen Bescheid, billig also, serr billig, aber jung, Liebe!, nicht schlechte Frau, o nein, er haben Adressen, nur piccolo Provision für Führen, sonst niente, serr anständig, e tutta compreso.« Er schwang seinen Schirm in eine Richtung und setzte sich in Marsch. »Wirr gehen«, sagte er. »Nein«, sagte Friedrich und bekümmerte den kleinen Herrn, indem er stehenblieb. »Es tut mir leid«, sagte er, »aber ich habe keine Lust. Es tut mir wirklich leid, Sie enttäuschen zu müssen. Aber vielleicht darf ich Ihnen Ihre ›piccolo Provision‹ einfach für die Tatsache, daß Sie hier im Regen auf mich gewartet haben, auszahlen.« O no, no, no«, erwiderte der kleine Herr, und er machte mit seinem Schirm Bewegungen als wenn er mit ihm fliegen wolle, »no, der Herr nix verstehen. Napoli! Sehenswert! Tarantella, berühmte Tarantella, echt! Nackt! Zwei

Mädchen. Der Herr nur zusehen. Alle Positionen. Diéci Positionen! Diéci!« Der Herr ließ in vollkommenster Aufopferung seinen Schirm fahren und ein Stück über die Piazza segeln und streckte die Finger seiner beiden Hände in die Luft, um die Verführung anschaulich zu machen. »Du bist ein armer Hund«, dachte Friedrich. Aber warum folgte er dem Mann nicht und verschaffte ihm das Gefühl eines ehrlichen Verdienstes statt der Verletzung der kleinen Person durch ein Almosen? Friedrich fürchtete sich vor dem angebotenen Anblick. Er ahnte die dicke Trauerluft in einem schmutzigen Bettzimmer mit fliegendreckigen Spiegelscheiben und das entehrend Unwürdige der käseweißen Fleischschau stumpfer Sexualautomaten. Er war nie neugierig nach diesen Dingen gewesen, und jetzt fühlte er sich, in seiner eigenen Trauer, ihnen nicht gewachsen. Sein eigenes Ein-armer-Hund-Sein stand vor seinen Augen. Nie war die Hoffnungslosigkeit so allumfassend. Die Stadt Neapel war eine Wolke, die ihn zu Schuttfeldern der Abfuhr tragen wollte. Er wollte den Arm heben zu einem Gruß für den kleinen Herrn, dem er nicht helfen konnte, und wollte gehen, aber der Herr ging mit und neben ihm her. Doch Friedrich bestimmte den Weg, dessen Richtung er dunkel wußte, und sie gingen zu Friedrichs Hotel hin.

»Oh«, sagte der Herr und kämpfte gegen den Wind an und bemühte sich, Schritt zu halten, »oh, ich verstehen, der Herr nicht lieben Frauen. Ich haben bedient Lord inglese. Ich wissen antike, nackte Ganymed. Wie in Museo Nazionale. Diéci Lire sénza provvigióne!« Friedrich dachte, »er schwitzt jetzt. Er überstürzt sich in seiner Angst, ich könnte ihm entwischen. Er wird hinfallen, er wird Schaden nehmen. Er spricht schon italienisch.« Da kam Friedrich die Idee, selber in die Rolle des Schleppers zu kriechen, sich krumm zu machen und klein und ein teuflisches Spiel gegen den zu treiben, den er nicht loswerden konnte. »Gut«, sagte Friedrich, »zehn Lire. Kommen Sie nur mit.« »Nein«, schwenkte der Mann in wildester Erregung seinen Schirm, »nein dort, dort, dort, wirr müssen gehen.« »Nein«, sagte auch Friedrich, »wir gehen richtig, ich weiß jetzt den Weg«, und er schlug eine noch schnellere Gangart ein. War das nicht das Abenteuer dieser Stadt? War es nicht ein Spaß, der Sibylle behagen mußte, den man ihr erzählen konnte, mit vielen Ausschmückungen und ins Detail gehend, wie das Männchen rannte und verwundert war, und wie sie schließlich vor das Hotel kamen, und das Männchen stehenblieb, und Friedrich ihn bei den Händen nahm und wieder sprach: »Nein, kommen Sie nur, es kostet wirklich nur zehn Lire«, und den Widerstrebenden zum Erstaunen des einsam in der Halle träumenden Empfangsherrn in sein Zimmer führte. Es war das einzige Abenteuer, das für Friedrich in Neapel zu erleben war. Er verwechselte wieder mal das Bäumchen. Er spielte das Spiel immer gern. Er sagte zu Ania, die in der Kissenburg vor der Heizung saß, als wenn sie sich die Zeit über nicht gerührt hätte, er sagte zu Ania: »Da habe ich einen in der Stadt gefischt, der will mich als antikes Standbild des Ganymed sehen und ist bereit, zehn Lire dafür zu bezahlen!« Er rief es fast und begann, sich auszuziehen, wie einer, der Angst hat, daß ihm ein unverhoffter Gewinn entgehen kann. Das Männchen stand in seiner Kleinheit kerzengerade vor der Tür und von der gesenkten Fahne seines

Schirms rieselte ein Bach in die Dielen. »Setzen Sie sich doch«, sagte Friedrich, »machen Sie es sich bequem. Ich werde auch die Tarantella tanzen, wenn Sie es wünschen. Oder wollen Sie, daß sich die Dame auch ihrer Kleiderlast entledigt. Das kostet aber noch einmal zehn Lire, ich möchte Sie vorher drauf aufmerksam machen.« Ania, die erst nicht verstanden hatte, begriff allmählich die Situation. Sie wurde wach wie ein Kaninchen, dem die Nase schnuppernd in einem Bündel frisch gepflückten Löwenzahn zittert. »O ja«, rief sie und sprang auf, »der Herr ist so nett. Es kostet nur fünf Lire, für ihn nur fünf«, und schon zerrten ihre Hände an der Schnur des Bademantels. Da kam aus dem Männchen ein Schrei. Ein gellender schriller Schrei. Es war ein Schrei, der einem durch Mark und Bein ging, und der alle Mauern des Hotelbaus wegwischte. Dann schleuderte er seinen Schirm wie einen Torpedo gegen Friedrich. Das Männchen rannte aus dem Zimmer. Es rannte über den Gang. Es riß eine gegenüberliegende Tür auf, als wollte es sich dort verschanzen. Im Rahmen der Tür stand unter dem Lichtfall einer hellen Deckenlampe ein Japaner in einem weißen Kimono. In seiner Hand hielt er eine Schriftrolle und ein kurzes Schwert. Seine Haltung war die eines Offiziers. Er war ernst und ungehalten über die Störung. Der kleine Mann prallte vor der Erscheinung des Japaners zurück als wäre er gegen hartes Glas gerannt, dann rutschte er in dem Gang aus und lag lang auf dem Linoleumbelag des Bodens.

Friedrich wußte später nicht anzugeben, was er sich bei dem Arrangement dieser Szene gedacht oder welche Erwartungen er gehegt hatte. Er versuchte es später dem Japaner so zu erklären, daß er sagte: »Ich handelte zwangsläufig. Ich wollte meinem Teufel in Sibylls Gestalt ein Opfer schlachten.« Er hob den kleinen Herrn vom Boden auf und verabschiedete ihn mit einem Schein über fünfzig Lire. Friedrich war kein böser Mensch. Er hatte sich nur so als armer Hund gesehen, daß er den andern armen Hund, das Spiegelbild, das ihn anbellte, nicht ungebissen auf dem Weg lassen konnte. Scham regte sich in seinem Herzen, so arm und so klein zu sein, aber es war nicht die Zeit, eine Regung reifen zu lassen. Noch immer zeigte sich hinter der offenen Tür seines Zimmers der Japaner in seinem weißen Gewand. »Ich habe seinem Auftritt das Stichwort gegeben«, dachte Friedrich, »ich muß mich entschuldigen, ihn gestört zu haben.« Er trat über die Schwelle der fremden Tür und stellte sich vor. Er bat um Vergebung; er versuchte zu erklären; er war von der Lust getrieben, sich auszusprechen, zu beichten, zu erzählen. Der Japaner nickte. Er hörte zu. Höflich, bescheiden, auffallend nur durch sein Kleid. »Er ist ein Gesandter«, dachte Friedrich und sprach: »Ich kann ohne Sibylle nicht sein. Sie sehen es doch, es geht nicht.« Der Japaner neigte ein wenig seinen klugen Kopf. Er verstand Friedrich, er erfaßte den Fall, und er billigte Friedrichs Feststellung, ohne Sibylle nicht sein zu können. Er sagte: »Ich habe mir Tee bereitet für eine Nacht, in der ich wach bleiben will.« Er trat zu einem Kessel, der über einer hellen Spiritusflamme summte. Er nahm ihn vom Feuer und stellte ihn auf den Tisch. Aus einem Koffer holte er drei flache Schalen und tat sie zu der Kanne. Dann ging er rüber in Friedrichs Zimmer und geleitete Ania, die in der Tür an den Pfosten gelehnt stehengeblieben war und mit weichem, traumverschattetem Gesicht die

Vorgänge verfolgt hatte, zu sich. Es war eigentlich nur eine einzige Geste, die er unternahm, aber sie war unwiderstehlich. »Es ist das Getränk meiner Heimat«, sagte er, »man bietet es dem Gast zum Zeichen des Willkommenseins an. Sie werden mir die Ehre erweisen«; er verneigte sich, vor Friedrich europäisch gemessen, vor Ania beinahe bodentief, mit ernstem Lächeln, und wie es Friedrich vorkam, ungeheuer östlich, asiatisch. Sie setzten sich und tranken den grünen Tee. Er war heiß, brühte die Zunge fast, und ging kräftig in die Glieder und Adern ein. »Sie sind Russin«, wandte sich der Japaner zu Ania und sprach einen Satz in russischer Sprache. Anias Gesicht wurde warm. »Ach«, sagte sie und dann ein paar Worte gebrochen, sie suchend, sie erst zurückhaltend und wägend auf der Zunge, in ihrer Muttersprache. »Es tut ihr gut«, sagte der Japaner zu Friedrich und entschuldigte so die Unterhaltung, der Friedrich nicht zuhören konnte. »Vielleicht ist Japan jetzt ihre Sehnsucht«, dachte Friedrich, »wenn er zu Ania von der Natur seiner Insel und von ihren fremden und seltsamen Dingen spricht, wird sie ihm zufallen. Ania hat keine Heimat, sie hat nur immer ein Land vor sich.« Er sah sie nun wieder wie an dem ersten Abend in der Fremdenstadt. »Sie kann so zärtlich sein«, dachte er und hatte wieder das Gefühl, »man muß sie lieben, wie ein weichfelliges Tier.« Er fand es selbstverständlich, daß sie nach Japan reisen wollte, obwohl noch kein Wort darüber gesprochen war; und er gönnte ihr die Reise, das Erlebnis, das Land und den Mann; er wünschte ihr das Beste; es war wohl gut, wenn es so endete; und doch war ein leiser Schmerz dabei, eine kleine Wehmut: nun geht auch sie wieder fort. »Sie ist müde«, sagte der Japaner. Also wollte er mit Friedrich von Mann zu Mann über den Kauf sprechen. Sie legten Ania auf das Bett, und ihr Blick ging unter ihren Lidern, die über ihre Augen sich senkten, unter. Friedrich dachte: »Ich handele mit Magnus' Gut.« Er war in einem Lauf, der ihn zu schlechten Taten trieb. »Ich habe immer die Väter verachtet, die, weil sie von ihrem Vater geschlagen wurden, ihren Kindern die Faust ins Gesicht stoßen.« Wer getreten wurde, tritt wieder. War er feige, weil er Magnus' Verlust nicht verhinderte? Aber durfte er Ania hindern? Wer gab ihm das Recht? Wie konnte er eingreifen? War das Gesetz? Kannte er das Gesetz? Gab es ein Gesetz, unter dem sie standen, sie, er, Magnus, der Japaner? Er war nicht feiger als andere gewöhnliche Leute auch, die das Gesetz suchen, aber es nicht zu erkennen vermögen. Er war nur nicht so borniert wie die dümmsten unter den gewöhnlichen Leuten, die, nur um überhaupt etwas zu tun und um sich in Positur zu setzen, eine Vorschrift gegen den Nächsten erlassen. Wer darf sagen: du darfst nicht!? Wer wagt, das zu entscheiden?

Der Japaner schenkte für Friedrich und sich wieder Tee in die Schalen. Seine Hände waren schnell und gewandt, wie die Hände eines guten Wundarztes. Er sagte: »Warum töten Sie sich nicht? Ich begreife Ihr Weiterleben nicht; wenn ich nach Ihrer Erzählung mir die Geschichte Ihrer unglücklichen Liebe beinahe als Bild deutlich vorstelle, finde ich, daß Sie eine Schattenexistenz nach Ihrem Tode führen.« Er sagte es mit so vollendeter Höflichkeit, daß jeder Einwand nur mit dem Anschein des Groben hätte auftreten können. »Erkennen Sie die Ehre eines Offiziers an«, sagte er weiter; »der Offizier kann Unglück haben, kann die Schlacht verlieren, aber, überzeugt seinen besten Einsatz geleistet zu haben, kann er des Schicksals oder Gottes – Sie sind ja Christ – Fehlurteil nicht ertragen. Es muß ein Irrtum geschehen sein. Ein Makel ist ihm widerfahren, den er nicht verdient hat. Er muß der Sache nachgehen, muß sie richtigstellen, Ordnung und Recht müssen wieder herrschen, und er tötet sich, um das Unrecht aus der Welt zu nehmen. Oder behaupten Sie, keine Schlacht verloren zu haben? Liebe und Krieg sind die ältesten Schrecken. Sie schaffen Elende oder Ritter; und wenn es auch leichter scheint, als Sieger ein Ritter zu sein, so überlegen Sie doch, ob Sie, der Verlierer, die Möglichkeit eines ritterlichen Sterbens nicht dem elenden Leben vorziehen sollten? Meine Worte mögen Ihnen fremd und wahnsinnig klingen. Der Europäer denkt anders. Meine Rede gehorcht nur dem uns unerklärlichen Zufall, der Sie zu mir führte mit Ihrer Geschichte in einem Moment, in dem ich das weiße Kleid der Nachtwache trage. Es ist ein Brauch meines Volkes. Ich fahre heim. Morgen trifft mein Schiff aus London ein, und in drei Wochen werden wir in Yokohama landen. In meiner Kajüte werde ich während der Fahrt die Tracht anhaben, in der Sie mich sehen. Ich werde Rechenschaft ablegen. Ich kam nach Europa, um meinem Land zu dienen, und ich habe mein Gesicht verloren. Wie Sie. Auch ich liebe. Auch ich liebe einen Menschen. Auch ich liebe ohne Glück und auch ohne Hoffnung. Und auch ich sage: ›sie ist für mich bestimmt; es ist ein Irrtum!‹ Aber wir sind noch nicht so weit gekommen in der Philosophie und den heiligen Schriften, daß wir diesen Irrtum ertragen oder gar mit Nutzen deuten können. Ich fahre heim, um mich zu töten.« Seine Stimme hatte sich nicht über die Höhe ihrer ruhigen, leisen, deutlich akzentuierenden natürlichen Lage erhoben, und sein Lächeln war ihm geblieben. »Ania«, er deutete nach einem Augenblick der Überlegung zu ihr hin, und seine Geste war so unendlich höflich und voll Anstand, daß jeder Einwand von vornherein beschämend und nicht zu wagen war, »Ania wird mit mir reisen. Sie möchte mein Land sehen; sie sagte es mir; und ich werde es ihr zeigen. Diese Zeit ist mir noch erlaubt. Und dann werde ich sie zurückschicken nach Europa.« »Aber«, sagte Friedrich, und Ania war schon weit von ihm fort, »solange Sibylle in der Welt ist, kann sich das Mißverständnis doch aufklären!« Der Japaner neigte den klugen Kopf ein wenig gegen die eigene Brust, und sein Blick lief an Friedrich herunter bis zu den Füßen; das Notwendige schien ihm gesagt zu sein, und er setzte Friedrichs hoffendem Einwand nur sein Lächeln entgegen. Schon fühlte Friedrich den Messinggriff der Zimmertür kühl in seiner Hand, als er noch einmal Ania sah, das Kind des Fürsten, schlafend auf dem Bett des Diplomaten, und ihr Gesicht, das in einem Tal des Gebirges aus weißen Kissen lag, schien ihm wieder ganz das Gesicht eines träumenden Kindes zu sein.

Und während Friedrich keine andere Erinnerung an Ania blieb, als nur das Bildnis der weichgeformten Züge hinter einem Schleier aus Rauch und das Nachempfinden von Liebkosungen, die, indem sie sich anschmiegten, anklammernd waren wie der Nackengriff eines Ertrinkenden, der, benommen schon aus dem Strombett und dem Zug des abwärts fahrenden Sogs nicht mehr weichen will und schwer an den Hals des

Retters sich hängt, sah Sibylle Ania in einer anderen Vision als stärkere Erscheinung, als ein Geschöpf von der Art der Mispel, die ihre Schwäche zu nutzen weiß, und Anias Treiben in der Drift des Zufalls, seit dem Tage, da sie, ein Wiegenkind noch, Moskau hatte brennen sehen oder eine andere Stadt an der Wolga, schien Sibylle nun wie das merkwürdig bewußte Steuern eines Wracks, das, unter die Wellen aber nicht auf den Grund der See gesunken, einen zähen und allen Schiffen gefährlichen Kurs fährt. War diese neue Meinung über Ania eine in Sibylle aufkeimende Eifersucht, weil Ania mit Friedrich reiste? Sibylle fühlte sich sicher, Friedrich nicht zu lieben. Sie liebte den Bosporus, aber Friedrich war ein Ding aus ihrem und keines anderen Menschen Besitz, das wieder Farbe bekommen und sichtbar geworden war, als es aus ihrer Nähe und von ihr vertrieben sich mit einer anderen entfernt hatte. Sibylle sah Friedrich mit Ania vor einer Wasserfläche wandeln, die blau war wie das Zuckerhutpapier in den Regalen kleiner Kolonialwarenhändler, unter einem Sonnenschein vom erhabenen Goldglanz einer großväterlichen Uhr. Sie selbst aber hockte in einem Dauerbad von ewigem, grauem Strichregen. Es war der Spätabend nach einem Feiertag. Das Schweigen untätiger Menschen war wie Watte in die Häuser gestopft und erstickte selbst das Gebell eines Hundes vor einer verschlossenen Tür zu einem kläglichen Winseln. Sibylle war nicht aus dem Zimmer gegangen. Sie stand hinter dem Fenster und blickte in die Straße. Kein Mensch kam vorbei. Schon seit einer Stunde war niemand in den weißen Lichtwurf der Laterne getreten. Unten im Schankraum des Heiligen Petrus saßen die Mitglieder des Kabaretts, das an diesem Tage nicht spielen durfte, und rauchten und tranken den Wein, den Magnus für sie bestellte. Fedor hatte Sibylle aufgefordert, mit hinunterzukommen. Er war unbekümmert gewesen. »Komm doch mit«, hatte er gesagt, »Magnus hält uns frei. Er weiß, daß Ania nur zu uns zurückkommen wird, und er läßt uns nicht mehr los.« Sibylle hatte sich abgewandt. Sie hatte ein Opfer gebracht und war nicht gesegnet worden. Was war ihr das Kabarett im Keller des Diana-Varieté-Theaters in der ältesten Gasse der Fremdenstadt wert? Wenn sie es überlegte: nichts! Wenn sie es jetzt genau bedachte, widerte es sie sogar an. Es war ein Anziehungsabgrund für Menschen, die mit nachtwandlerischer Sicherheit ihrem Untergang entgegen gehen. Es gibt einige solcher Abgründe in der Welt. Sie werden in unruhigen Zeiten von Leuten gegraben, die, ohne einen sichtbaren Vorteil davon zu haben, wie im geheimen Auftrag handeln und ein Grab auswerfen, um einige von den Flüchtlingen des Jahrhunderts auf besondere Weise zu bestatten. Sibylle nahm Friedrichs Telegramm aus Rom wieder vom Tisch und hielt es sich vor den Blick, ohne es eigentlich zu lesen. Sie schritt wieder im Tigergang durch das Zimmer. Das gelbe Formular der Nachricht senkte sich allmählich mit ihrer Hand zur Seite und wanderte im entgegenkommenden Schwung zu ihrem Körper den Tigergang mit.

Friedrich hatte die lange, schmale Tür des französischen Fensters vor seinem Hotelzimmer geöffnet, und wie gesenkte Fahnen wurden die Vorhänge und Gardinen von der Kraft eines regenfeuchten Zugwindes ihm entgegengeweht. Er fühlte sich, nachdem er Ania im Zimmer des Japaners zurückgelassen hatte, freier als in der Zeit vorher. »Ich darf wieder denken«, sagte er sich, »unentwegt und von keinem anderen, der mit mir eingesperrt ist zwischen die Wände desselben Zimmers, gestört, darf ich an Sibylle denken.« Der Bogen der Uferstraße vor seinem Blick war eine Folge von brennenden Laternenköpfen, die unter dem Druck der schweren Wolken sich duckten. Lichter hingen auch über dem Meer, das, an dem Fels des Kastells vorbei, in rollender Bewegung gegen die Kaimauer anstürmte. Es waren rote und grüne Signallampen und die wie gleichgültige Uhrzeiger ihre stetige, wachsame Runde laufenden Feuer der Leuchttürme. Von den grauen Schiffen im Hafen der Torpedoboote stieg zuweilen der schrille, befehlende Ton metallener Hörner auf. Eine Welle sprang in Abständen von Minuten über die Bordmauer und näßte die Promenade vor dem Hotel, wo eine vom Meer abgetrennte Bucht sich bildete, die den Geruch von Seetang, Fischen, Muscheln und Salz, den Geruch jeder Küste, ausströmte. Auf der äußersten Spitze einer Mole stand ein Mensch und sah einem Schiff nach, das im Begriff war, im Horizont unterzutauchen. Dieser Mensch war Friedrich, und hinter ihm waren der helle Sandstrand eines nördlichen Meeres, ein Turm aus rotem Backstein und die Giebelhäuser einer alten Hansestadt. »Dort und hier fressen die Wellen das Land.« Das Mittelmeer zeigte sich Friedrich in dieser Nacht in Neapel als nur eines von den großen Wassern in der Welt und seine Verführung war nur die Verführung jeder See und nicht die besondere Lockung zu neuen, ihm bewahrten Offenbarungen im Angesicht der alten Wunder. Friedrich konnte ihm widerstehen. Es wurde gleichgültig vor seiner Liebe zu Sibylle, und stark spürte er wieder das Glück, von einem einzigen Begehren erfüllt zu sein. Er war allein und bereit, jeden Schmerz auf sich zu nehmen. Er glaubte, daß die Zeit der Exzesse vorbei sei, die Irrgänge und die täuschenden Tröstungen, und er suchte wieder den rechten Weg, der immer nur ein Weg zu Sibylle sein konnte. Seine Fahrkarte war nach Sizilien ausgestellt, aber es grauste ihm, wie in Todesangst, vor einem Land, das weiter noch von der Geliebten entfernt war. Wie sollte er sie erreichen, wenn sie krank lag? Vor sich sah er die Tempel von Agrigent und das Afrikanische Meer, und es war ein Anblick von so außermenschlicher Größe und Gefahr, daß er sich ihm in dieser Stunde, da er wieder erkennen mußte, daß er den Kampf seines Lebens noch nicht bestanden hatte, nicht gewachsen fühlte. Die gewaltige Bleiplatte eines Gewitters rückte von Afrika her gegen die Küste vor und preßte die Luft über dem glatten Spiegel der See zu einem Block weiß glühenden Schmiedeeisens zusammen; die Säulen der Tempel färbten sich aschfahl und der Mörtelputz ihrer Risse bröckelte auseinander und sprang in Krumen zu Boden mit dem unheimlichen Ton von Tropfen, die nachts aus dem schlecht geschlossenen Hahn einer Wasserleitung in den Ausguß fallen; ein Mensch hockte krumm und verfallen auf einem Maultier und war so sehr in eine Decke gehüllt, daß man ihn nicht erkennen konnte und nur ein Bündel sah, das von dem geduldigen Tier durch die hüglige Landschaft getragen wurde, während der erste Blitz das Tor des Himmels aufriß, aus dem das Feuer über die Erde fiel. Friedrich fürchtete sich vor dem Blitz. Erschlagen lag er neben den Säulen. Er wollte nicht sterben; er durfte es nicht; er mußte zu Sibylle. In der Klingel neben der Tür erblickte er die Rettung, und er gab das Alarmsignal eines Überfallenen. Sein Finger ruhte in einer furchtbaren Erschöpfung auf dem schmutzigen, elfenbeinernen Klingelknopf, die sich erst legte, als er das aus dem Schlaf gestörte Gesicht des Nachtportiers vor sich im Spalt der Tür erscheinen sah. Er verhandelte hastend um die Bedingungen seines Abzugs, und eine Ruhe, die Ruhe eines Deportierten, dem die Flucht bis zur ersten Station außerhalb des Strafgebiets gelungen ist, kam über ihn und erfüllte ihn mit warmem Behagen, als er im Wagen sitzend den ruhigen Trab eines Pferdes vor sich hörte, das ihn durch die menschenleeren Straßen der schlafenden Stadt zum Bahnhof brachte. Die Stunde, die er dort bis zum nächsten Zug nach Rom warten mußte, schien ihm von endloser Dauer zu sein.

Sibylle legte sich einen Mantel wie einen Umhang um und ging aus dem Zimmer. Ihre Schultern standen breit über dem schmalen Bau ihres Leibes. Eine dunkle baskische Mütze, unter der ihr Haar rotblond glänzend und dicht hervorquoll, hatte sie sich tief in die Stirn gezogen. Ihr Gesicht war unruhig und blaß, und nur die Lippen lagen wie ein dunkler Fleck auf seiner Fläche. Sie ging ohne die Flurbeleuchtung einzuschalten die Treppe abwärts. Die Milchglasscheibe der Schankstubentür war zerkratzt und durch die Risse des Anstrichs konnte Sibylle die Mitglieder des Kabaretts an einer langen Tafel sitzen sehen. Magnus, der albinoblonde, lange Junge mit den Augen von verlaufener blauer Tusche saß am oberen Ende des Tisches in der Haltung eines müden Mannes, der seinen Kopf mit den Händen festhalten und vor dem Umsinken bewahren muß. Die andern redeten und lachten. Fedor stürzte die Welt um. Seine Gestik reichte weit und umfaßte die Erde wie einen Ball, der unter den Arm zu nehmen war. Es war die Folge einer guten Tat, die Sibylle getan hatte. Nichts verband sie mit Fedor als ein ihr selber unbegreifliches Schutzgefühl für einen naiven, einfältigen Menschen. Sie ahnte plötzlich, welch ein Verhängnis es ist, Mitleid mit einem anderen zu empfinden, und schon spürte sie den Druck von Festhaltungen, die sich wie Ketten um sie gelegt hatten. Sibylle hatte die Existenz des Kabaretts und Fedor vor einer Landesverweisung gerettet, indem sie die immer reiselüsterne Ania zu Friedrich geschickt hatte; denn ihre Rechnung, daß Magnus das Kabarett, als den einzig möglichen Punkt in der Welt, von dem Ania sich eines Tages angezogen fühlen konnte, gegen alle behördlichen Widerstände sichern würde, war aufgegangen. Magnus hatte sich mit Ania zurückziehen wollen in das bürgerliche Dasein eines Direktors des Diana-Varieté-Theaters normaler Schaustellungen, der nur durch das Ehrenamt der Verwaltung einer väterlichen Stiftung gemäßigt und entfernt noch mit Flüchtigen zu tun hatte. Jetzt aber, nachdem Ania fortgegangen war, war Magnus zum wirklichen Genossen aller Unruhigen und Elenden geworden. Der Doktor Magnus von der alten Stiftung für die Verfolgten hatte mit dem guten Werk dieser Hilfsstation seinem Sohn und einer anderen, wilderen Zeit nicht mehr als eine Satte voll giftiger Milch hinterlassen, eine Lockspeise, um die manch schmales Schlänglein, einige Vipern und eine große Zahl von grauen Mäusen sich sammelten. Magnus, der Erbe, stand diesem Ansturm von Verschlagenen und Bedürftigen hilfloser gegenüber als jene es waren und fühlte sich mehr angerufen als berufen. Angerufen zum Beispiel von Ania, die im Alter eines Kindes zu ihm gekommen war, mit der er noch hätte Ball spielen können, wenn er sie nicht geheiratet hätte. Seine Liebe zu Ania war aus dem allgemeinen Mitleid mit einem verlassenen Kind und der Berechnung, dieses Kind wird schön werden, entsprungen. Ania aber hatte in ihm nie mehr gesehen als eine Art von Umsteigebahnhof mit vielen Gleisen, auf dem man mit Aussicht auf das Kommen von Zügen warten konnte. Von Ania stammte die Idee des Kabaretts, für die sie Magnus willig gefunden, nachdem er als Liebender der Unterlegene und Begehrende in seiner Ehe geworden war. Und so war ein Graben aufgerissen worden, in den die schwankenden wilden Schwärmer, die von der Stiftung für die Verfolgten allein sich noch nicht genügend angezogen gefühlt hatten, wie vom Baum geschüttelt hereinfielen, der Lockung verfallen, für ihre Ideen das rechte Podium gefunden zu haben. Sibylle war zur Zeit der Kabarettgründung in einem Engagement in der Provinz und sah sich mit Entsetzen in die Beamtenhierarchie eines früheren Hoftheaters eingereiht, wo man mit der Erlaubnis, die Julia zu spielen, die Pensionsberechtigung erhielt. Nachts hatte sie in ihrem Untermieterzimmer anständiger Leute geweint und die Fäuste in die Kissen geschlagen und nach der Zeit gerufen, in der die Schauspieler noch fremde Wäsche von der Leine nahmen und keine ehrbare Familie einer Komödiantin ein Bett vermietet hätte. Die graden Straßen ihrer Engagementsstadt waren Sibylle wie die sauber gefegten Gänge eines Zuchthauses zwischen den Mauern von Beton erschienen. Zum erstenmal in ihrem

Leben hatte sie sich einsam und von aller Welt verlassen gefühlt. Friedrich hatte sich gewünscht, mit ihr in jene Stadt zu kommen, aber sie hatte es ihm verwehrt, weil sie den Bosporus hatte mitnehmen wollen, der dann nicht mitgekommen war. Seine geheimnisvollen chemischen Unternehmungen, die ihm, von Sibylle verkündet, den Ruf eines Fachmanns für Giftgase eingetragen hatten, waren plötzlich und sehr zivil zusammengebrochen, und von der quälenden Vorstellung, ich bin arm, ich müßte mich von ihr aushalten lassen, beleidigt, war der Bosporus, ein Held und ein Ritter, unter mancherlei Vorwänden und von Gläubigern verfolgt in ein Landsanatorium gezogen, wo er von seiner Offizierspension lebte. Die alten Waffen und seinen Helm hatte er mit sich genommen, und wenn er durch die Dorfstraße ging, mit dem einen Bein ein wenig hinkend, dann war er ein großer und tapferer Herr. Sibylle aber fing an, Friedrich lange Briefe zu schreiben und hätte ihn gerne gerufen. Jedoch wäre ihr Ruf ihm, der beherrscht von seiner Liebe her sie sah, als der Ruf nach einem Liebhaber erschienen, und Sibylle fürchtete die Ankunft eines vom Glück Geblendeten in einer Stadt, in der sie schreckliche Träume von übergroßen Straßenpolizisten erduldete. Sie liebte den Bosporus; er war der Engel in ihrem Leben, mit einem flammenden Schwert stand er am Himmel, und zuweilen überwältigte sie der Gedanke: für mich hat er gekämpft! Der Kraft dieser Leidenschaft hatte sich Friedrich gebeugt, er respektierte sie, mit fest zusammengepreßten Kiefern, obwohl sie einem Menschen zuteil wurde, für den Sibylle nicht bestimmt war. Friedrich glaubte an ihre Treue zum Bosporus. Sie war ihm die Gewißheit, die ihm einige Ruhe zum Leben gab.

Vor Friedrich durfte Sibylle nicht aus dieser Treue fallen. Das fürchtete sie, und statt zu ihm trieb ihre Unruhe sie in die Vorstellungen der schmutzigen Tingeltangelbühnen der Provinzstadt. Die Darbietungen interessierten sie nicht. Die von verklebten Mündern heiser gesungenen Chansons widerten sie an in ihrer brutalen Zweideutigkeit. Sie saß ernst und gelangweilt hinter einem Getränk, das sie nicht anrührte, und die Blicke der Alteingesessenen um sie herum, die Blicke über Bäuchen, die auf kurze, fette Schenkel fielen, die versteckten Zeichen von doppelt bereiften Witwerhänden überglitten sie ohne einen Halt zu finden. Doch war es ihre Bestimmung, daß sie in einem dieser kleinen Vorhöllenöfen der Mittelstädte Fedor kennenlernte, der, ohne Erfolg zu haben, ja mit unverhohlenem Mißvergnügen betrachtet, dort auftrat. Da sein Erscheinen vor einem Publikum, das ihn ablehnte [denn es erwartete in beschaulicher Dämmerung eine Zote und hielt Fedor, in Unkenntnis menschlicher Charaktere, für einen Revolutionsmann], etwas von dem plötzlichen Halt eines gehetzten Läufers hatte, erinnerte er Sibylle an Friedrichs elendigste Gestalt, wenn er atemlos nach langem Lauf vor ihrem Bett angelangt war. Sie spürte Entsetzen und Mitleid und war, nachdem sie Fedor durch einen Kellner zu sich geholt hatte, erstaunt, einen Menschen zu finden, der arm und elend aussah und naiv und unbekümmert sich gab. Seinen Mißerfolg entschuldigte er mit einem verächtlichen Hinweis »auf die blöden Bonzen« und schenkte sich sein Glas voll, indem er fragte, ob die Kollegin von der Schaubühne die Zeche bezahlen würde. Sibylle war unsicher; der Gedanke an Friedrich hatte sie noch nicht verlassen, sie vermutete Hintergründe und nahm Fedors Wesen für das Rollenspiel eines Mannes, der sich nicht demaskieren will. Später erst erkannte sie, daß er genau so war, wie er sich gab, und es überkam sie das Schutzgefühl für ein einfältiges Kind, das bei ihr bleiben wollte. Dieses Gefühl und ihr Wunsch, fortzukommen von dem Bürobetrieb eines früheren Hoftheaters zu einer Bühne, deren ungeordnetes Dasein dem ersten Blick künstlerischer erscheinen mochte, hatten Sibylle veranlaßt, mit Fedor aus der Provinzstadt zu fliehen und zu dem Kabarettkeller in der ältesten Gasse der Fremdenstadt zu reisen. Doch war sie zu klug, um nicht bald schon zu erkennen, daß der schlampige bunte Pfad der bohemehaften Kunstübung in dieselbe Einöde unbefriedigender Arbeit führen mußte wie der geruhsam nüchterne Weg einer amtlichen Theaterpflege. Und nur die Erregung einer unbestimmten Neugierde hatte sie festgehalten. Sie hatte die Russen seltsam gefunden. Sie hatte Magnus seltsam gefunden. Sie hatte das Theaterspiel im Zwielicht eines Kellers seltsam gefunden. Sie hatte das Kabarett beschnuppert wie eine Maus den Speck in der Falle. Nun saß sie drin, war sie gefangen, war verstrickt in Dinge und Verhältnisse, die ihr fern und fremd waren wie Königszwiste in der Mandschurei, und – war sie dann noch die Sibylle, die jeder Behinderung ihrer Freiheit sich bis zur Todesnähe widersetzt hatte?

Sie wandte sich von der Milchglastür des Schankraums zum Tor, das zur Straße führte. Sie öffnete es, und im selben Moment sprang der Wind mit heftigem Getöse in den Flur. Sibylle hörte einen Ruf und lief in die Straße; erst als sie sah, daß sie nicht verfolgt und nur das Tor hinter ihr unwillig zugeschlagen wurde, ging sie langsamer weiter.

Friedrich stieg in einen Wagen der dritten Klasse eines Zuges, der von der Südspitze der Halbinsel, von Reccio, kam und bedeckt war von dem fetten Ruß der Tunnelstrecke durch Kalabrien. Die Griffe der Türen und Fenster waren schwarz verschmiert und eine zähe, scharfe Paste überzog die Hände, die beim Einsteigen sich festhielten, und ging von den Händen, mit den unwillkürlichen Bewegungen der Ungeduld, in das Gesicht der Reisenden über, die, von dunklen Strichen gezeichnet, wie unfertige Masken aussahen. Der Innenraum des Wagens war mit einem Nachtasyl zu vergleichen. Die Passagiere, die eine lange Fahrt schon hinter sich hatten, lagen ausgestreckt und verdrückt auf den Bänken, dem Boden und den Kofferbrücken. In einem Gewühl von hängenden Armen, Beinen und Köpfen war, in dem blauglasigen Schein einer Nachtbeleuchtung, eine Gestalt zunächst nicht von einer anderen zu scheiden. Die Schlafenden waren ein einziges, vielgliedriges und mehrköpfiges Tier, das unendlich sich ausgebreitet hatte. Friedrich fürchtete, zu stolpern und zu fallen, und die Atemzüge, die von allen Seiten und in jeder Höhe ihn umgaben, irritierten ihn. Er hatte das Gefühl, in ein fremdes Schlafzimmer eingedrungen zu sein, und er war froh, auf der Außenecke einer Bank und in ziemlicher Nähe der Tür einen Sitz frei zu finden. Doch erkannte er erst nach einer Weile der Gewöhnung an den Raum und an das Licht, daß er zu einer Gruppe von jungen Leuten sich gesellt hatte, die jeder ein anderes Stück von der Uniform eines Kriegsmatrosen trugen. Es waren Rekruten, knabenschultrige Jungen, die zur Marine ausgehoben waren und zum Ort ihrer Indienststellung reisten. Vier saßen Friedrich gegenüber und drei waren neben ihm auf der viersitzigen Bank, so daß Friedrich auf die natürlichste Weise das Gleichgewicht herstellte zwischen den parallelen Sitzreihen und auch an der Last, die sie gemeinsam auf sich genommen, teilhatte. Die Knie der jungen Burschen waren nämlich neben- und gegeneinander gelehnt, und ihre oberen Schenkel bildeten zusammen ein Bett aus elastischen, straffen Muskelgurten, auf dem ein Mädchen ruhte und schlief, während die Gesichter der Jünglinge, die zum Waffendienst fuhren und dieses Mädchens wegen dem natürlichen Schlafbedürfnis der Jugend widerstanden und mit offenen Augen die Nacht durchträumten, in der müden Spannung der späten Wache von durchsichtig marmorner Haut und wie von innerem Feuer erhellt, über dem Schlaf des Mädchens einen Himmel bildeten, edel und erfüllt von jeder Schönheit der südlichen Lande. »Besser und behüteter kann keine Königin ruhen, und nie wirst du mehr geliebt sein«, dachte Friedrich und war betroffen von der keuschen Art dieser Gruppe, der er, ein Fremder, durch Zufall angehörte; denn er ahnte, daß das Mädchen, das sie so gebettet durch die Nacht fahren ließen, die Braut eines dieser Jungen war, daß sie den einen aus Liebe und Leidenschaft zum Schiff begleitete, und daß die andern alle aus Kameradschaft für diesen einen ihr anhingen und sie liebten. Das Mädchen war schön. Weniger seinen Sinnen als seinem Gefühl nach fand Friedrich sie schön. Die Liebe verklärte sie. Sie ruhte in einem heiligen Schein. Sie liebte und wurde geliebt und war ein gefälliges Ding in der natürlichen Ordnung der Welt. War sie nicht ein Kind in einer Wiege, über das die Männer sich andächtig beugten? Und wie unterworfen waren sie alle dem schönen Gesetz einer guten Liebe, indem sie alle das Mädchen wohl begehrten mit Blicken und Gefühlen, und doch sie dem einen ließen, dem sie folgte, statt gegen ihn vorzugehen in der gemeinen Gewalt der Gier mit Fäusten und Mord, sie ihm und jedem zu entreißen. Sie litten nicht Not. Sie deckten andere Gesichter auf das Antlitz der Schlafenden und erinnerten sich ihrer eigenen Geliebten in nächtlichen, schlummernden Lagen. Friedrich hatte sie gern. Er streifte den Arm seines Nachbarn, und er wünschte sekundenlang wieder wie sie zu sein, einfach und begnadet und seinem Schicksal entkommen. Doch wurde auch ihm, während der Zug Rom näher kam und im Frühlicht des Tages die ersten Gärten sichtbar wurden, im Gesicht der Schlafenden das Bild Sibylles offenbar, und er beugte sich in einem enormen Verlangen herab bis in die Linie der gesenkten Köpfe der jungen Matrosen. Da erwachte das Mädchen, und sie erblickten sich alle in ihren Augen, so daß sie froh wurden, ohne Grund eigentlich, und unter Lachen und Scherzen sich umarmten.

Sibylle war die Straße des Gasthauses zum Heiligen Petrus zu Ende gegangen und hatte sich dann in eine Richtung gewandt, die zum See führen mußte. Sie ging denselben Weg, den sie mit Friedrich gegangen war, als er in der Fremdenstadt geweilt hatte. Die Straßen blieben still und leer. Hin und wieder nur überholte sie ein Gefährt oder kam ein Mensch ihr entgegen, der den Kragen seines Mantels hochgeschlagen hatte und mit weiten, hastigen Schritten sich fortbewegte. Hinter sich hörte sie manchmal den Klang der Schritte verstummen, und sie wußte, daß ein Blick ihr folgte, bis er, von der sich entfernenden Stetigkeit ihres Gehens ermüdet, sich wieder zur Fortsetzung seines Weges umdrehte. Sibylle erreichte die Uferstraße. Der Regen machte eine Pause, und hinter einer Wolke kam ein Stück Mond hervor, das eine Landschaft flockig zerklüfteter Gebirge am Himmel beleuchtete. Auch der Wind hatte sich gelegt, und das Wasser des Sees bildete einen glatten, schwarzen Spiegel. »Wie Tinte«, dachte Sibylle. Die Lichter des jenseitigen Ufers hatten ihren Nebelhof verloren und brannten jedes für sich, scharf von den andern getrennt, und warfen auch einen sehr persönlichen, harten Schatten auf die Oberfläche des Wassers. Über die breite Brücke kam noch eine letzte Straßenbahn. Ein langes Quietschen lief hinter ihr auf den Gleisen fort. Die beiden Schaffner standen einsam in dem erleuchteten Wagen. Sibylle ging zu dem Hotel, in dem Friedrich gewohnt hatte. Sie läutete an der Schelle zum Portier und rannte weg und versteckte sich in den Schatten eines Baumes, als sie feste Schritte und das Klingeln von Schlüsseln hinter der Tür hörte. Das Licht über dem Tor wurde eingeschaltet, und ein Mann trat auf den kleinen Platz unter dem Regendach, das bis zur Dammanfahrt der Wagen gespannt war. Er stand wie auf einer Bühne, einen Schal um den Hals geschlungen, die Schlüssel in der Hand, und blickte sich unwillig um. Er rief etwas wie einen Fluch und ging wieder ins Haus. Das Licht erlosch im selben Moment, in dem auch der Mond von einer Wolke verdeckt wurde, und es war, als habe der erboste Portier auch diesen ausgeschaltet. Für eine Weile war die Finsternis total. Allmählich erst wieder klärten sich die Umrisse im Schein der Straßenlaternen. Sibylle ärgerte sich, nicht nach Friedrich gefragt zu haben. Daß er nicht da sein konnte, wußte sie. Aber sie hatte die Frage geben und die Antwort hören wollen. Es schien ihr ein Sinn darin zu liegen. Die Luft legte sich um sie wie ein nasses Tuch. Alles kam wieder, der Regen und der Wind. Es war wie der feuchte Umschlag, der einem Fiebernden um die Brust gelegt wird. Der Kranke zittert und bleckt die Zähne, und unsagbar grausam scheinen ihm die rötlich aufgesprungenen Hände der Hilfsschwester zu sein. Sibylle stieg die Stufen zum Kai herab und wanderte, stolpernd über Geröll, Dreck und Schutt, direkt am Ufer des Wassers. Sie tat dies, weil sie sich fürchtete. Sie tat dies grade, weil ihr die Schauer über den Rücken liefen, und weil sie Vermummte in jedem Schatten versteckt sah. War sie nicht die Sibylle, die frei und mutig genug war, der Eingebung jedes Augenblicks zu folgen? War sie die Gefangene des Zimmers im Heiligen Petrus, die Sklavin des Kabaretts, die Geliebte Fedors, der sie erwarten würde mit seiner aufreizenden, ärmlichen Fröhlichkeit eines einfältigen Menschen? Sie nahm einen Stein und warf ihn ins Wasser. Der Fall klang, wie wenn der See den Stein schluckte und an ihm zu würgen hatte. Sibylle warf andere Steine nach. Sie lauschte mit Andacht auf das Geräusch. »Er gurgelt, der See gurgelt«, rief sie. Als sie mit Friedrich hier gestanden, hatte sie es empfunden, daß es sein Wunsch gewesen war, mit ihr in die Tiefe zu gleiten. Wenn jetzt einer kommen würde, sie allein ins Wasser zu stoßen? Würde sie schreien? Schon schrie sie! Gellend in einem wahnsinnigen Diskant. Sie fühlte, wie Hände sie berührten, und sie wußte nicht, daß es ihre eigenen waren. Mußte sie eines Mannes Opfer werden? Sie hatte selber wie ein Mann den Geliebten sich nehmen und jedem Begehren und jedem Halt entweichen wollen. War es dies, daß sie dem Schicksal der Frau zu entgehen wünschte und, regsamer und mehr vom Geist und seinen Einfällen besessen als andere Mädchen, selber den Ritter spielen wollte, der kommt und die Gnade bringt, das Glück zu spenden in einer Laune, die ihm wohlgefällt? Hatte sie nicht Liebhaber sich gesucht und sie schnell verbraucht? Hatte sie nicht den Bosporus angesprochen und angeworben, als seine hinkende, von bestandenen Gefahren gekennzeichnete Erscheinung sie erregte? Hatte sie nicht Friedrich widerstanden, weil sie dem Anspruch, der in seiner Liebe lag, sich widersetzte? Und hatte sie nicht Fedor zu sich genommen, weil er ihr nicht mehr bedeutete als ein schutzbedürftiges Tier, das in einer Nacht vor ihre Tür sich gelegt hatte? Sibylle ging weiter. Der Mond lugte wieder aus einem Wolkenfenster heraus und gab ihr einen langen Schatten, der bis ins Wasser sich neigte. Ihre Furcht legte sich. Sie war dem Unheimlichen wieder entrückt. Sie suchte einen Treppenaufstieg, um die Uferstraße zu erreichen. Auf einmal blieb sie stehen und lachte. Ein unbändiges, kindliches Lachen. Sie dachte, wer von den Männern, die sie kannte, ihren nächtlichen Weg verstehen würde. Sie malte sich das Entsetzen, sie malte sich die Verwunderung, das Staunen, die Worte: »Du bist verrückt« aus und barst fast vor Lachen. Friedrich nur würde ihren Weg begreifen. Sonst war niemand dazu imstande. Sie wußte es. Als sie die Straße erreicht hatte, trottete sie mißmutig heim, wie ein Schulmädchen, das, im Ranzen auf dem Rükken, die Last der vielen, ungelösten Aufgaben nach Hause trägt.

In Rom betete Friedrich. Er betete zu Gott um Sibylle. Er lag auf den Fliesen einer Kirche und verneigte sich vor einem Heiligen, dessen Namen er nicht kannte. Friedrich war protestantisch getauft und erzogen worden, und er war nicht zu Haus in einer katholischen Kapelle, doch hatte er noch nie mit solcher Inbrunst gebetet. Die Dome, die er kannte, waren kahle, hohe Hallen, in denen kein Weihrauch schwelte. In strenge Reihen gerichtet strebten die weißen, schmucklosen Pfeiler dem Dachgebälk zu. Die Rosen ihrer Häupter blühten dem Auge schon unsichtbar. Hier aber waren Gott zu sehen und die Heiligen, und man konnte das Wort gegen sie erheben und Klage führen und um den Segen bitten. Friedrich hatte, wie die meisten Menschen seines Alters, kirchenlos gelebt, ohne diesen Zustand als einen Mangel zu empfinden. Auch dieses Knien in Rom war keine Bekehrung. Es war eine Welle von Wunsch, Glauben und Hoffnung, die aus ihm hervorbrach, losgelöst durch den Anblick der Gruppe der jungen Matrosen und ihrer keuschen Geliebten, mit denen Friedrich zusammen gereist war. Auf dem Bahnhof hatte er Wein gekauft und ihn ihnen, die noch weiterfuhren nach Livorno, angeboten. Sie hatten artig die Flasche rumgehen lassen von Mund zu Mund und auch zu dem Mund des Mädchens, und sie hatten sie vor dem Trinken erhoben und einen Spruch gesagt: »Auf Ihr Liebchen, Signore!« Und als sie mit Winken und lachenden Rufen von ihm gingen, da dachte Friedrich wieder, wenn ich doch wäre wie sie. Er hatte dann zwei Telegramme aufgegeben. Das eine mit zwanzig Worten bezahlter Rückantwort an Sibylle. Es berichtete über Friedrichs Trennung von Ania und bat Sibylle um eine

Nachricht, ob er zu ihr kommen solle, oder ob sie ihn irgendwo treffen könne. Als Adresse für das Antworttelegramm war ein Hotel in Bologna genannt, dessen Namen Friedrich mal gehört hatte. Das andere Telegramm war an eine Anschrift gerichtet, von der Friedrich hoffen konnte, möglicherweise Geld geschickt zu bekommen. Nachdem er dies getan hatte, reiste er sofort nach Bologna weiter, und war in Rom, bei seinem zweiten Aufenthalt, eigentlich gar nicht gewesen.

Sibylle hatte sich, von dem Weg erschöpft, auf das Bett geworfen. Ihr Mantel hing halb zu Boden, während sie auf einem Arm und dem Kragen noch lag. Weiter hatte sie sich nicht ausgezogen. Sie war froh gewesen, daß Fedor sie nicht in ihrem Zimmer erwartet hatte und schon, sein Fenster war dunkel, zu schlafen schien. Sibylle blieb wach. Sie wartete auf das Schellen einer Glocke. Sie horchte in die Nacht hinaus. Eine Botschaft mußte zu ihr kommen. Es war das Warten der Armen auf den Schritt des Postboten. Schon hört man ihn den Fuß auf die unterste Stufe der Treppe setzen, schon steigt er empor und vielleicht bringt er eine Nachricht, eine Sendung, die dem Tag einen Strahl von Hoffnung oder sein Essen geben wird – da dreht er sich um, wendet sich zurück, kurz vor dem Spalt unserer Tür, und wir hören den schnellen Trommelschlag seiner eisenbeschlagenen Schuhabsätze in seinem sich überstürzenden Abwärtslauf. Sibyllens Bett war ein Floß auf einem Tümpel voll Morast. Sie hörte es um sich glucksen von hohlen, bäuchigen Geräuschen, und die verwelkten Gesichter uralter Krötenhäupter tauchten aus dem Schlamm auf und glotzten sie an mit gewaltig aufgeblähten Augen. Sie wollte das Podium des Kabaretts nicht wieder betreten.

Sie wollte Magnus nicht wiedersehen. Sie wollte Fedor nicht wiedersehen. Sie wollte keinen von der Truppe wiedersehen. In der Erinnerung erregte der Garderobengeruch, der Geruch von ranzigem Fett, scharfem Parfüm, Seifen, Schweiß und Alkohol, ihren Brechreiz. Sie hätte wieder schreien mögen, aber sie wollte ihre Furcht, ihr Grauen keinem zeigen, und dann wäre auch Fedor herbeigekommen, der ihr in dieser Stunde unerträglich war. Sie mußte nach außen hin die Sibylle bleiben, die sicher, mutig und vernünftig schien. Das Floß durfte nicht kippen. Der Morast durfte sie nicht überschwemmen. Niemand war da, ihr zu helfen, der Bosporus nicht und Friedrich nicht. Und keine Botschaft kam.

Draußen graute der Tag. Feste Schritte schlugen in Kolonnen auf das Pflaster. Arbeiter gingen aus ihren Wohnungen und zu den Fabriken hin. Eine Straßenbahn bremste hart vor einem Hindernis. Sibylle fühlte in ihren Zähnen das peinliche Knirschen der blockierten Räder auf dem glatten Eisen der Schienen. Das Zimmer wirkte nüchtern und kahl. Sie sah ihre Wolltiere an, ihre Bären, Hunde und Esel, und sie fand, daß sie noch schliefen. Da stand sie vom Bett auf und trat vor den Spiegel und sah, daß sie noch die junge Sibylle war mit einem feinen Gesicht. Die durchwachte Nacht hatte ihre Züge nicht schlaff werden lassen. Die Haut dehnte sich in einer Spannung, die ihr gut stand. Die Augen hatten ihren schwimmenden Glanz wie aus dem Reich der Träume. Sibylle machte sich mit einer Sorgfalt zurecht, die sie schon lange nicht mehr angewandt hatte. Sie hantierte ausgiebig mit Wassern, Salben, Pudern und Essenzen, wählte mit vielem Bedenken Wäsche und ein Kleid und Strümpfe und Schuhe, und war schön, sauber und wohlriechend wie eine junge englische Lady vor ihrem ersten Besuch bei der Königin, als sie sich mit einem leisen Aufschrei wieder in das Bett warf, um auf das Schellen der Glocke zu warten.

Friedrich stand in Bologna in der Herberge »Zu den zwei Türmen« in einem alten, rauchschwarzen Raum vor einem uralten, gebückten Mann, der mit zitternder wie weinender Stimme, »ja, es ist Post da für den Herrn«, sagte, »gewiß, es ist Post da, wenn ich den Paß mal sehen darf, ja, natürlich, es stimmt, es ist Post da«, und er reichte Friedrich ein Telegramm. Friedrich mußte dicht an das Fenster treten, um die Schrift entziffern zu können. Die Schatten der zwei Türme ruhten schwer auf der alten Herberge. Wenn er aus dem Fenster gegen ihr Gemäuer blickte, konnte er ihr Ende nicht sehen. Zwei endlose schiefe Bahnen schienen den Himmel zu erreichen. »Wenn sie einstürzen, werden sie uns zerschmettern«, dachte Friedrich. Er fürchtete sich, das Telegramm zu öffnen. Welch eine Absage würde Sibylle ihm zuschreien?

Sibylle war dem Boten, der Friedrichs zweite Nachricht aus Rom brachte, entgegengestürzt, und sie hatte ihn umarmt, denn die Nachricht war der Ausweg. Die Falle öffnete sich, und das Gitter verschob sich und zeigte einen Spalt, durch den sie schlüpfen konnte. Sie warf ihre gesamte Habe in einen großen Koffer, setzte sich drauf und preßte den Deckel zu. Ein Pfiff, ein schriller Gassenjungenpfiff zum geöffneten Fenster raus, konnte alles erledigen. Ein Taxi würde vorfahren, der Chauffeur den Koffer nehmen; sie war frei, sie konnte dem Morast entweichen. Aber: wollte sie fliehen? War es nötig, zu fliehen? Nötig, sich heimlich wegzuschleichen? Konnte sie nicht das Band des Mitgefühls, eines ihr verhaßten und fremden Mitgefühls, offen und vor allen zerschneiden? Sie fiel in den Tigergang. Sie raste in ihm durch den Raum. Das Gitter war wieder um sie geschlossen. Sie selbst hatte es zugeschoben. Aber sie war jetzt ein wildes, gefährliches Tier mit Zähnen und Krallen. Sie klopfte gegen Fedors Zimmer. Ihr Gesicht zeigte den visierten Ausdruck, den sie Friedrich oft entgegengehalten hatte. »Ich reise fort.« Ihre Stimme war hart. Fedor rekelte sich aus dem Schlaf und fragte nach dem Wetter. Er hatte ihre Worte nicht verstanden. Sibylle bedauerte, gekommen zu sein. War es eine Flucht, wenn sie ihn schlafen ließ? Sie sagte: »Ja, es regnet«, und schlug die Tür hinter sich zu.

Friedrich las immer wieder den Text des Telegramms. War es nicht eine Fanfare, ein Jubel, eine Verkündigung? »Erwarte mich Venedig«, stand da, »erwarte mich morgen früh in Venedig« und eine Zeit war auch angegeben. War nicht ein Wunder geschehen? Friedrich ging hinaus auf den Platz. Er sah Tauben vor einer Kirche weiden. »Die Tauben von Venedig«, dachte er. Er mußte Gott danken, er war erhört worden, ein Wunder war geschehen, Sibylle kam zu ihm, er würde sie sehen, sie in den Armen halten, sie in die Gondel geleiten; er mußte sofort nach Venedig fahren. Der Himmel stand hoch und hell über den Türmen. Friedrich eilte zurück in die Herberge. Er glaubte, sich vor dem uralten Mann entschuldigen zu müssen, weil er weiterfahren mußte, ohne das Bett benutzt zu haben. Er bat um den besten Wein. Im Schatten der Schenke schien er schwarz wie der Saft der Fliederbeeren. Friedrich bat den Wirt, mit ihm zu trinken. Er sagte: »Sibylle«. Der alte Mann schnalzte kräftig die Zunge. Und der Wein war eine schwere, sämige Glut.

Als Friedrich in Venedig ankam, war es Nacht. Er kam als Quartiermacher für Sibylle, und er wußte nicht, wohin er sich wenden sollte. Der Bahnsteig war wie ein Bau. Vor einer halb gezogenen Mauer standen Tröge voll Mörtel und große weiße Zementtüten, von denen einige, zu stramm gefüllt, geplatzt waren und ihr Mehl über den Weg geschüttet hatten, so daß die Schuhe an den Füßen sich weiß bestaubten. Dann saugte ein Korridor von verblichenen Reklametafeln die Reisenden auf, um sie in das Spalier der Hoteldiener zu werfen. Friedrich durfte sich von ihren Gesängen und den Namen bekannter Firmen auf ihren messingenen Mützenschildern nicht locken lassen. Sein Geld ging zu Ende. Wenn ihm neues nicht geschickt wurde – »ich muß noch einmal telegraphieren«, dachte er – mußte er mit Sibylle zusammen in spätestens acht Tagen die letzte Lira ausgegeben haben. Diese Rechnung erbitterte ihn. Er kam sich wie ein schuldbeladener Verschwender fremden Gutes vor. Warum hatte er nicht in der Art eines Geizigen seine Mittel für Sibylle aufgespart? Er verfluchte jetzt die Reise mit Ania und ihre Kosten, in einer Weise, die ihm nicht lag und nicht die seine war. Die Hoteldiener, die keinen Fremden mehr aus diesem letzten Zug des Tages gefischt hatten, drängten mißgelaunt in das Wartehaus des Kanaldampfers und schoben Friedrich mit sich auf das Deck. Er stand neben dem Einstieg zur Maschine, hörte das Klingelsignal der Abfahrt, sah, wie die Kolben in Schwung kamen, und atmete den brenzligen Dampfgeruch des Kessels ein. Von der Schiffspitze her wehte ein kühler Fahrtwind. Von dem grünlichen Wasser des Kanals hob sich zu seiten des Dampfers eine weiße Schaumlinie, die leise zischte. Die Fassaden der Häuser am Ufer waren kaum zu erkennen. Manchmal zeigte sich die Buntheit von bemalten Landungspfählen vor einem Palast. Die dunklen Einfahrten der Nebenkanäle waren still wie gemiedene Plätze. Nachdem sie unter dem Bogen der Rialtobrücke durchgefahren waren, stieg Friedrich aus. Er folgte seinem Verlangen, im Herzen der Stadt zu wohnen, als er in einem einfachen Hotel neben der Dampferhaltestelle des Rialto zwei Zimmer mietete für sich und Sibylle. Sie waren nicht teuer, und sie lagen übereinander. Friedrich nahm die Kammer unten, um den Schritt Sibylls über sich zu hören. Mit dem Wunsch, den Schritt zu hören, legte er sich zu Bett.

Er hatte wenig Schlaf gefunden und war früh auf. Als er den Laden vor dem Fenster zurückstieß, drang eine Flut von Licht und Lärm zu ihm. Die Sonne stand über dem Kanal. Der weiße Brückenbogen schwebte in einem flimmernden Schein. Groß überragten die Ruderer das Heck ihrer Boote. Friedrich ging aus und in das Gewühl des Marktes hinter der Brücke. Er kaufte Früchte und Blumen und eilte wieder zurück in das Hotel, um Sibylls Zimmer zu schmücken. Er verteilte die Blumen in verschiedene Gefäße und holte ein paar Bücher aus seinem Koffer. Die Fahrt zum Bahnhof war eine Fahrt durch die Sonne und an den Gespenstern des heraufkommenden Mittags vorbei. Die Verstorbenen lugten aus jedem Fenster der Paläste, sie, die Venedig gebaut hatten, wichen nicht von ihrem Werk. Sie waren hinter jeder Säule und in jedem Strahl des Lichts. Sie hatten viel Frost zu leiden in einer späteren Zeit, und sie waren boshafte Verführer zu allen Gelüsten und Toden ihrer Epoche. »Hier sollst du lieben«, riefen sie, und der Reisende wollte hier lieben. »Hier sollst du sterben«, riefen sie ein anderes Mal, und der Reisende wollte hier sterben. Wie sollte Friedrich es ertragen, wenn Sibylle nicht kommen würde? Auch dieses war möglich. Friedrich blickte gegen die Bahnhofsuhr, so von Erwartung gespannt, daß er den Zeiger gegen die Zugsekunde zu reißen suchte.

Die Angst, Sibylle auf dem Bahnsteig zu verfehlen, hatte Friedrich auf einen Platz hinter der Sperre, vor dem Spalier der Hoteldiener, getrieben. Die Reisenden trieben an ihm vorbei, ein schwarzer Strom, den er mit Ungeduld überblickte. Sibylle kam nicht. Der Strom ebbte ab, blieb aus, die Kofferträger kehrten mit leeren Händen zu ihrer Bank im Vorraum zurück. War Sibylle wirklich nicht gekommen? Wurde die Angst wahr? Und traf die Enttäuschung ein? Friedrich rüttelte an dem Automaten für die Perronkarten. Er stürmte durch die Sperre und in einer scharfen Biegung zur Seite gegen den Bahnsteig vor. Ein grau steinernes Band lag zwischen den braundunklen Schottergräben der Gleise. Friedrich war atemlos; seine Augen flogen über die Steinfläche bis zu ihrem Ende. Da waren ein Koffer und ein Mensch. Da war Sibylle. Sie wartete. Sie stand, den Mantel in Soldatenart über die Schulter geworfen, neben ihrem Koffer und wartete. Aus einem Loch in der schmutzigen Glasverschalung der Halle fiel ein Lichtstrahl so auf ihr Gesicht, daß es wie das auf die Leinwand geworfene Bild vor dem hellen Staubkegel des Scheinwerfers in der Nacht des Kinos wirkte. Friedrich hielt seinen Lauf zwei Schritte vor ihrem Standplatz an. Sibylle lachte, und Friedrich lachte. Auf einmal überwältigte sie eine Verlegenheit, die so groß war, daß sie, ohne ein Wort zu sprechen, zusammen den Koffer nahmen und dem Ausgang zuwanderten. Erst als er eine Gondel herbeirief, gebrauchte Friedrich wieder seine Stimme.

Sie fuhren in der Gondel, und sie empfanden den Sarg, als sie, im Gleiten durch die kleinen Kanäle, ihre Hände auf dem schwarzen, lackigen Holz des Schiffes liegen sahen. Sie saßen nebeneinander wie das Liebespaar aus tausend Beschreibungen, und sie empfanden es beide im gleichen Moment und strebten auseinander nach vorne zu den Sitzen der Mitte, und sie gefährdeten so das Gleichgewicht ihres Fahrzeuges, daß es heftig zu schwanken begann. Sie beobachteten sich, während sie lachten. Friedrich suchte wieder zu ergründen, was hinter dem glatten Oval ihrer Stirn [auf die er, ach, wie gerne, seine Hand gelegt hätte] gedacht wurde. Er wußte nichts von der Qual ihrer letzten Tage in der Fremdenstadt, aber er ahnte: jetzt steht sie allein in der Welt. Die Erschöpfung der Nachtfahrt mischte sich in ihrem Gesicht mit der Erregung der Ankunft und dem Erleben der Fremde. Durfte er es nicht, das alabasterner noch war als das schöne Antlitz der jungen Matrosen im Zug nach Rom, mit Küssen bedecken, die Stirn, die Augen, den Mund? Er sah sie lang auf dem Boden der Gondel liegen, und er war über sie gebeugt und nahm ihren Atem in seinen auf und wünschte der Fahrt kein Ende.

Die Blumen in ihrem Zimmer waren ein neuer Grund, den Blick zu senken. Erwartet er einen Dank? Sibylle war ergrimmt, weil er ihr durch Zeichen bedeutete, was sie wußte. »Ich wäre auch gefahren, wenn du mich nicht gerufen hättest«, sagte sie; und daß sie es sagte, tat ihr leid. Sie sah die Schatten, die um Friedrichs Augen sich legten. Sie sah, wie er sich mühte, ein gleichmütig freundliches Gesicht zu wahren. »Sieh die Brücke«, sprach er, »es ist die Brücke des Shylock.« Warum sagte er das? Wer wollte es wissen? War es die Berechnung, sie zum Fenster zu locken und neben ihr hinauszuschauen auf den Kanal, so daß sie Wange an Wange waren und ihr Haar sich berührte, ohne daß sie einander ansehen mußten? Sie redeten Gleichgültiges. Sie tauschten Beobachtungen. Sibylle schnupperte, wurde munter und strahlend; sie fand Venedig eine gute Stadt. Sie gingen durch die Gassen, standen auf Brücken und Plätzen, fühlten in kühlen Höfen die Schönheit glatter Säulen in ihrer flachen Hand, aßen in kleinen, geheimnisvollen Lokalen mit dem Blick auf einen der schmalen Kanäle, tranken den starken, schwarzen Kaffee in dem Festsaal des Markusplatzes und waren versucht, dort, wo der Phantasie ein Ball sich zeigte im Gepränge alter Masken, zu tanzen. Sie trieben es tagelang so. Morgens spielten sie Verirren. Sie stürzten sich aus dem Hotel in das Gewühl der Schlangenpfade und suchten, die eingeschlagene Richtung einzuhalten. Sie kamen durch Gassen und Höfe, die so eng zwischen die Häuser geklemmt waren, daß die Schultern der Umherstreifenden zu beiden Seiten den feuchten Stein der Mauer trafen. Sibylle ging dann vor ihm her. Ein Jungenrücken, der das Mädchen nicht verriet. Er liebte sie; sie war im Griffbereich seiner Hände. Nach Stunden solcher Wanderung erreichten sie manchmal das Ende der

Stadt. Der Grund fiel steil abwärts. Die Lagune dehnte sich vor ihnen aus. Es war eine sichtbare Grenze. Drüben lag, ein abstrakt geometrisches Viereck, die Friedhofsinsel. In den Gondeln trieben die Särge vom Festland ab. Ein Dampfer heulte eine Warnung, die den Schlaf der Toten nicht störte.

Allmählich begannen Friedrich und Sibylle Venedig zu hassen. Wenn sie den Erschütterungen, dem grausigen, nackten Anblick einer absoluten Peripherie sich nicht aussetzen wollten, blieb ihnen nur die Piazza mit ihren Kaffeehäusern, ihren Fremden, ihren gerissenen Kellnern, den Kartenverkäufern und Reisegesellschaften vor der karussellbunten Jahrmarktsbude der Kirche. Sibylle nahm Partei gegen die Tauben. Sie nannte sie »vollgefressene Kornsäcke«. Sie war für die Katzen. In allen Winkeln besuchte Sibylle sie und sprach zu ihnen von einem Feldzug, zu dem sie sich verabreden sollten, alle Katzen Venedigs, um eines Morgens in einer gewaltigen Phalanx die Piazza zu stürmen und alle Tauben zu fressen. Friedrich ging manchmal in die Kirche hinein, während Sibylle auf dem Platz sitzenblieb und die Blicke der Offiziere, die ihre weißblanken Schleppsäbel feierlich unter ihren Umhängen aus schwarzem, blauem und grauem Tuch vor sich hertrugen, gelassen, ernst, offen und in einer musternden Schärfe erwiderte, daß den Kavalieren ob solcher Antwort ein Schreck und eine Verwirrung zuteil wurde. Friedrich betete nicht mehr. Er betrachtete voll Abscheu die Fremden, die mit ihren Feldstechern und Photokästen das Schiff der Kirche füllten. Er richtete seinen Blick zu dem Chor hin. In dem tiefen Gestühl saßen alte Männer, weiße, verknitterte Greise mit roten

Kappen auf dem kahlen Haupt und sprachen ihre Litaneien. Auch sie gehörten zu den schon Gestorbenen in dieser Stadt. Konnten sie ihm helfen? Die Kälte toter Herzen wich nie mehr aus diesem Kirchenraum. Das Fliesenmosaik des Bodens war eingedrückt von den Knien zahlloser Beter, die lange schon nicht mehr lebten.

Einmal fuhren sie über die Lagune zum Badestrand des Lido. Sie mieteten sich Fahrräder und rollten die lange Promenade hinter dem Strand und den Badehütten entlang. Sibylle schwebte auf dem blinkenden Metall. Sie flog vor ihm hin, und er suchte sie zu jagen. Sein Anlauf überholte sie immer, die in geschickten Wendungen ihm entkam. Sie fielen atemlos in den Sand und zu einer Badegesellschaft, die, trotz der frühen Jahreszeit, unter Mittag sich dort versammelt hatte. Es waren junge Leute, Mädchen und Jünglinge, die sich beim Spiel eines Grammophons in der Sonne vergnügten und Friedrich und Sibylle harmlos als ihresgleichen mit Scherzen aufnahmen. Die nette, amouröse Melodie englischer Tanzplatten stand dünn und eigentümlich graziös vor dem Wellenschlag des Meeres. Die Jünglinge tanzten auf dem Brett eines Laufsteges mit den Mädchen. Braun legten sich ihre Arme um die Hüften der jungen Frauen und hoben sich scharf von dem Weiß der Badewolle ab. Die Mädchen schmiegten sich an. Sie hoben ihren Blick zu dem Gesicht der Männer auf. Manchmal klammerte sich eine mit langen Armen an den Hals des Freundes an, der sie im Kreis herumschleuderte, bis sie mit einem hellen Ruf in den Sand fiel. Warum konnten sie sich nicht an dem Spiel beteiligen? Friedrich und Sibylle dachten denselben Gedanken. Sie wagten es nicht, sich die Hände zu reichen; und sie wußten, daß es ganz und gar unmöglich war. Sie sprangen auf, wie von einem Gespenst erschreckt, und fuhren eilig und ohne Abschied zu nehmen auf ihren Rädern fort.

Die Vergangenheit war ängstlich zugedeckt. Sie sprachen nicht von ihr. Sibylle sagte nichts von Fedor, von Magnus, von dem Kabarett und der Fremdenstadt. Friedrich erwähnte Ania nicht. Sie versuchten wie zwei Menschen zu leben, die zufällig sich in Venedig getroffen haben. Die Wand aus Glas stand zwischen ihnen. Nur am Abend wurde sie dünner. Sie lachten dann, wenn sie heimkamen, über den Geschäftsführer des Hotels, der in internationaler Gasthofsgewandtheit »Küß die Hand, Gnädigste« zu Sibylle sagte. Friedrich und Sibylle waren dem Geschäftsführer sympathisch. Er behandelte sie mit der Achtung [und war gerührt], die jungen Menschen gebührt, die, um einen Schein zu wahren, wie er glaubte, und auch aus Unsicherheit, zwei Zimmer mieten, statt des einen, das sie haben wollen. Seine Gutenachtwünsche waren jedesmal überaus wohlwollend und ironisch. Am liebsten hätte er die Arme gebreitet wie ein Priester, um sie zu segnen. Sibylle wollte sich totlachen. Auch Friedrich lachte. Aber sein Herz lachte nicht mit. Das Zubettgehen geschah nach festen, alten Gebräuchen. Sibylle wurde zu Bett gebracht. Wenn sie unter der Decke lag und in ihrem Reich, war es verboten, sich auf das Bett zu setzen. Friedrich mußte in der Nähe ihres Lagers auf einem Stuhl bleiben und ihr ein Märchen vorlesen. »Noch eins«, sagte sie, wenn es zu Ende war, »noch eins, bitte noch eins«, und sie streckte ihre Hände nach ihm aus, und er durfte sie nicht nehmen. Es waren immer dieselben Märchen. Sibylle hatte sie als Kind gehört. Sie lag da und träumte. Friedrich hatte sich schon früher eine Technik angeeignet, die Geschichte zu lesen und Sibylle dabei zu betrachten. Nie war ihr Gesicht lieblicher als in diesen Stunden des Träumens vor dem Schlaf. Friedrich liebte diese Stunde, liebte das Vorlesen und die Märchen, weil er Sibylle liebte. Er las sie in den Schlaf. Nach dem dritten Märchen reiste sie ab. Ihr Atem hatte den schönen Rhythmus der nächtlichen Ruhe gefunden. Ihre Nase lief ihm entgegen; ihr Mund wölbte sich und zwischen den Lippen war ein schmaler Streifen der weißen Zähne zu sehen. Er beobachtete, wie sie lebte. Ihre Kehle hob sich und senkte sich. Das Blut schlug. Nichts auf der Welt schien Friedrich schöner und begehrenswerter zu sein als dieses Gesicht der schlafenden Sibylle. Für Sekunden aber haßte er sie, wenn der Durst nach ihrem Mund ihn überwältigte; doch ihr Schlaf war heilig. War er ihm nicht anvertraut? Friedrich fürchtete sich vor Sibylls Erwachen, wenn ihre Lippen sich berührt fühlen würden. Er fürchtete den Schrei. Ihr Entsetzen, das ihn schlagen würde. Er fürchtete vor allem den Verrat. Nach Stunden der Wache erst ging er aus ihrem Zimmer fort und fühlte sich zermürbt bis ins Mark.

Seine Kammer lag unten. Es war derselbe Raum. Sein Bett stand unter ihrem Bett. Er wußte, wenn er auf ihm lag, daß er in einer Vertikalen mit Sibylle war. Warum erhörte ihn Gott nicht? Die Laken brannten seinen Leib. Das Lager stand in Flammen. Er war ein Mann auf einem Rost. Aus ihrem Zimmer, von ihrem Schlaf fortgegangen, verdammte er sich, weil er nicht brutal war.

Er sprach unsinnige Sätze. Er schrie gegen die Decke. Sie blieb unbeweglich von grauem Weiß. War Sibylle nicht zu ihm gekommen? War sie ihm nicht geschickt worden? Für ihn war sie doch bestimmt! Aber weil sie gekommen und nicht geraubt war, schützte das Gastrecht sie. Er legte sich antike Vorstellungen zurecht, über die der Erdball gelacht hätte. Sein Teufel in ihrer Gestalt war bei ihm eingekehrt.

Sibylle wachte auf. War die Tür nicht gegangen? War nicht jemand im Zimmer? Sie glaubte einen Schritt zu hören und den Atem eines fremden Lebens vor ihrem Bett. War es Friedrich? Sibylle wagte es nicht den Arm zu heben; sie fürchtete sich, ihn in den gefährlichen, dunklen Raum vor dem Bett zu geben, wo er von unsichtbaren Händen gepackt werden konnte. Wollte sie keine Bestätigung? Sie lag und lauschte. Nichts war wahrzunehmen. Sie wußte: Friedrich ist unten in seinem Zimmer. Sie wußte: er liegt unter mir, und er schläft nicht, und mit seinem Blick sucht seine Liebe durch Decke und Boden mich zu erreichen. Sie wußte: er liegt im Feuer. Das Blut verließ ihre Lippen; sie wurden bleich; das Blut fiel zurück in das Herz. Sie fühlte, wie ihr Gesicht erkaltete. Ein Eisstrom kroch unter die Decke; er legte sich ihr um den Hals, auf die Brust und den Bauch, und sie spürte, wie er weiterzog, und die Haut mit kleinen, prickelnden Erhebungen bedeckte und ihre Schenkel erstarren ließ. Und: wenn sie nun zu Friedrich gehen würde? Der Gedanke durfte nicht laut werden. Sie preßte die Lippen so fest zusammen, daß ihr Mund wie ein Wall war. Die Zähne drangen in das Fleisch ein, das nach innen sich umlegte. Sie schmeckte, salzig und tränig, ein wenig Blut; und sie fühlte, wie ein kurzer, dünner Bach warm und feucht ihr das Kinn netzte. »Lieber soll Blut fließen, als daß ich schreie!« Sie empfand das Blut hell. Sie hätte sich gerne in einem Spiegel gesehen, hätte gerne ernst und musternd ihr Gesicht betrachtet, jede Falte und jeden Winkel, die Anhöhen und die Ebenen genauestens untersucht, aber ihr Arm wagte den Weg nicht, aus seiner Höhle unter der Bettdecke hervorzugehen in einem seitlichen Bogen bis zum Schalter der kleinen Lampe auf dem Nachttisch. Sibylle sah ein, einen Fehler gemacht zu haben. Den Fehler, hierher gekommen zu sein. Wohin aber hätte sie sich wenden sollen, wenn nicht zu Friedrich? Sie dachte an den Bosporus, und sie wußte, daß sie nur zu Friedrich hatte reisen können. Sie vermißte ihn, wenn er fern von ihr war. Er war der Mensch, der ihr gehörte. Liebte sie ihn doch? Nein, nein, nein, sie liebte ihn nicht! Aber: wenn sie es nicht sehen mußte, er liebt mich, er leidet [obwohl sie das Gefühl brauchte, daß Friedrich sie liebte], vielleicht liebte sie ihn dann. »Er sieht mich an, und er stirbt daran«; sie sagte sich dies, und sie haßte ihn. War es ihre Schuld, daß er sie liebte? Erregte sie mit Absicht sein Begehren? Wieder trug sie Verlangen nach einem Spiegel und nach Licht. Wie alle jungen Frauen wurde sie zuweilen von dem Entsetzen gepackt, alt und häßlich zu werden. Sie wußte, wenn Friedrich sie einmal übersehen würde, dann war sie alt. Sie wünschte, er solle zu ihr kommen; sie bedauerte jetzt, daß niemand im Zimmer war; aber sie dachte auch: wenn er kommt, wird er mich ansehen, und ich werde seinen Blick nicht ertragen. Warum war sie kein Tier, ein Vogel, eine Katze, ein kleiner Hund, ein Tier, das er gern hatte? Sie glaubte in diesen Nächten, mit jedem Mann von der Straße schlafen zu können, nur nicht mit Friedrich. Sie dachte: eine neue Sündflut wird kommen, und alle werden sterben; nur Friedrich und ich, wir werden am Leben bleiben. Und sie sah zwei Gestalten, die sich verfolgten. Sie rannten mit Rufen hintereinander her auf einem Globus, der grün, blau und braun war und um einen Stab sich drehte, wie der Globus der Geographiestunde in der Schule.

Sie waren nach solchen Nächten gleichermaßen erregt und gereizt. Da sie jeder einen Angriff des anderen erwarteten, reagierten sie überwach und empfindlich wie feinmechanische Instrumente auf jeden Stimmklang, den sie hörten. Sie steigerten ihre Rede ins Grobe und schlugen zu. »Glotz mich nicht an«, rief Sibylle. »Nimm deine Hand fort«, hieß es. »Wer will dich schon angukken«, schrie Friedrich, und er würgte und schluckte an dem Hohngelächter, das er anstimmen wollte und das hervorzubringen ihm Mühe machte.

Sibylle schrieb einen Brief an den Bosporus: »Es ist mir unmöglich, Friedrich länger zu ertragen. Es ist mir unmöglich.«

Friedrich nahm den Brief und trug ihn zur Post. Während sie ihn geschrieben, hatte Sibylle ihr verschlossenes, nicht zu durchdringendes Gesicht getragen. War dieser Brief der Gedanke hinter ihrer Stirn? Hielt Friedrich endlich ihr Denken in seiner Hand? Er erblickte sich im Straßenspiegel eines Friseurs und wurde rot. Er haßte die kleinlichen, schmierigen Vergehen der Neugier, die Wirtinnenkümmerung um die Post ihres Mieters. Friedrich hatte sich ertappt. Er verabscheute sich. Er fand, daß sein rot gewordenes Gesicht geschwollen war. Das Fleisch war aufgequollen um die Augen gelagert. Friedrich trat dicht an das Glas des Spiegels heran. Er fragte sich: Wie kann man mich lieben? Er untersuchte sein Haar. Der Verkehr um ihn kümmerte ihn nicht. Er nahm es in Strähnen hoch. Lichtete es sich schon? War sein Leben, indem es sich an Sibylle hing, hoffnungslos verfehlt? Er war siebenundzwanzig Jahre alt. Die Röte in seinem Gesicht wich einer Blässe. Es wurde wieder unverquollen und schmal. Er ging weiter und sah Sibylls Gesicht wie eine weiße Maske vor sich. Wie, wenn sie das Geheimnis niedergelegt und den Wunsch geschrieben hatte, der die Maske beleben konnte? War der Brief in seinen Händen der Gedanke hinter ihrer Stirn? Friedrich zerrte an dem Papier. Sah er nicht Gespenster, war sein Blick nicht getrübt, vielleicht liebte sie ihn doch und war nur in einer Hinderung befangen? Sicher, sie liebte ihn, das Mißverständnis mußte sich klären; Friedrich öffnete den Umschlag, und offen lag der Bogen unter dem grünen Schirm der Postlampe vor seinen Augen. »Es ist mir unmöglich, Friedrich länger zu ertragen. Es ist mir unmöglich.« »Sie muß sterben. Sie muß sterben.« Er flüsterte den Satz, wie einfältig gewordene Greise einen Gedanken in endloser Folge rinnen lassen. Welche Schuld hatte er auf sich geladen? Was hatte er ihr getan, ihr angetan? Tat er nicht alles für sie? Lebte er nicht für sie? Würde er nicht sein Leben hingeben? Er klammerte sich an die Umfassung des Schreibpultes. Ein Mann betrachtete ihn, fragend, scharf; vielleicht ein Arzt, vielleicht ein Beamter aus dem geheimen Polizeidienst. Friedrich ließ das Pult fahren. Es segelte von ihm fort. Er schwankte in einer unendlichen Leere. Der

Herr stützte ihn. »Nein!« sagte Friedrich, »ich brauche nur ein Kuvert.« Er entnahm einem der Automaten einen weißen Umschlag und schrieb, ohne seine Schrift zu verstellen, die Adresse des Bosporus. Dann legte er Sibylls Brief in den Umschlag, frankierte ihn und warf ihn in den Kasten.

Am Schalter für die postlagernden Sendungen fragte er nach Geld. Der Beamte schüttelte den Kopf. »Nichts«, sagte er, »nichts«, und er ordnete gleichmütig die anderen Briefschaften in ihre Fächer ein. Friedrich stand wieder in der Straße und kaufte von einem Händler vier große, pralle Kinderluftballons. Blau war der eine, grün der andere, rot der dritte und gelb der vierte. Er kaufte auch Früchte und geschälte Mandelkerne, denn er wußte: Sibylle mag sie gern.

Sie freute sich, sie lachte, sie strahlte, sie knapperte. Friedrich fesselte die Ballons an die Pfosten von Sibylls Bett. Wie vier Monde hingen sie in der trägen Luft des Zimmers. Die Mandelkerne knackten hinter Sibylls Lippen und verbreiteten einen süßen Duft. »Es ist mir unmöglich, Friedrich länger zu ertragen. Es ist mir unmöglich.« Dieser Satz war ihm in die Brust gestopft. Er war ganz voll davon. Der Herzschlag mußte sich immer erst da durchkämpfen. »Was hast du«, fragte Sibylle. »Nichts«, sagte er, »nichts«, und er bemühte sich das gleichmütige Gesicht des Beamten hinter dem Schalter für die postlagernden Sendungen zu machen.

Er wußte es genau: ich hasse sie nicht. Er fluchte nicht ihr; er fluchte den finsteren Mächten dunkler Verhängnisse. Wo lag die Schuld? Welche Strafe erlitt er? »Ich liebe dich! Ich liebe dich!« Er sagte es wieder. Er sagte es plötzlich. Er schrie es ihr zu. Sie saß auf einem

Stuhl und blickte zu ihm auf.

Als sie den letzten Pfennig Geld ausgehoben hatten und nichts mehr besaßen, um ein Essen zu bezahlen, da zeigten alle Häuser auf einmal ihre Küchen und schickten schmurgelnde Bratgeräusche und würzige Gerüche in die Straße. Die Sonne deckte den Markusplatz zu, und die Glocken läuteten von hundert Türmen Mittag. Sibylle und Friedrich wanderten weite und sinnlose Wege. Friedrich rammte den Fuß in die Steintafeln des Platzes. Scham und Wut würgten ihn, und er hätte einsinken mögen durch den Stein in die Erde. Litt Sibylle Hunger? Es war ihm, als würde seine Haut von entsetzlich vielen Nadeln zerstochen. Die Tauben schwebten in einem dichten Schwarm über ihre Köpfe hinweg. Ein Mann mit einer Dienstmütze streute ein weites Feld von Korn für sie aus. Die Verschlüsse der Photographierapparate knackten. Sibylle und Friedrich sprachen kein Wort. Sie blickten kühlen Gesichts in die Weite, wie vornehme Leute, die spät speisen und vor dem Diner ihre Promenade gehen.

Und wie sie so gingen, da geschah es – nach einer langen Zeit, und sie standen vor der Lagune, die zum Lido hin sich ausbreitet –, daß das Schweigen zwischen ihnen so gewaltig und ohne Ende geworden war, daß es die Kuppel des Himmels hoch und weit bis zum Bersten füllte. Da sagte Friedrich: »Kleine Sibylle.« Und er blieb vor den Stufen zu einer Brücke stehen und sah, wie das Wasser eines Kanals sich in die Lagune schob, und er sah, wie sie jung war und schön, eine feine, ritterliche Gestalt auf dem Kai vor diesem Wasser, ein Schattenstrich in der hellen Luft, der ihm mehr wert war als diese, und er nahm sie und legte seine Hände fest um ihren Leib und küßte sie, mitten im Verkehr der Uferstraße, mitten auf den Mund. Er schmeckte etwas, das er nicht bestimmen konnte, es streifte seine Lippen, er atmete einen flüchtigen Duft ein, ein Aroma von Mandel und Seewind, und es war das Glück. Er sah in Sibylls Gesicht. Es war ihm so nah, daß er den Flaum der unsichtbaren Härchen fühlte auf ihrer Haut, und doch seinem Blick so fern, daß er es ganz sah, voll und rund. Es war vollkommen. Ein Antlitz ohne jeden Makel. Ihre Augen waren offen und weit, ihr Blick ruhig und fest. Er fühlte ihr Leben. Er hielt es in seinen Armen umschlossen. Er konnte sie hoch heben in das Licht. Es dauerte den kleinsten Teil einer Sekunde, und es war das Überirdische, das ihn heiß durchströmte.

»Ich habe ihren Mund berührt; ich habe Sibylle geküßt.« Er sprang die Stufen hoch; er hüpfte auf einem Bein über die Brücke; er hinkte abwärts in allen Gängen und tat viel, Sibylle zu ergötzen.

Sie gingen anders durch die Straßen zurück. Sie blieben vor jedem Schaufenster der großen Geschäftsstraße stehen. »Willst du es haben, den Stoff, die Kette, das Seidentuch, die nach dem Nil riechende Tasche aus dem Narbenfell der Krokodile? Ich schenke sie dir. Ich schenke dir alles!« Sibylle nickte. Seine Geste war groß. Er breitete die Schätze der Welt vor sie hin.

Im Hotel lag ein Telegramm für Friedrich. Es forderte ihn auf, in einem bestimmten Auftrag nach Ragusa zu reisen und sicherte ihm für diesen Zweck einen Kredit bei einer italienischen Bank. »Du kannst nun nach Hause fahren. Du kannst auch zum Bosporus reisen. Du kannst dir wieder ein Engagement suchen. Du wirst die Julia spielen.« Er hielt ihre Hand. Ihr Gesicht flackerte in vielen hellen Scheinen. Sie senkte die Augen unter Lid und Wimpern, und er küßte diese geschlossenen Augen. Sie nickte. Sie dachte einen Moment lang: »Ich könnte mit ihm fahren«; und sie sah sich flach und grade auf dem weißen, sandgescheuerten Deck eines Schiffes liegen und in die Wolken sehen, die leise schwankten. Auch in ihrem Haar war viel Licht. Sie war wie unter einem Feuer. Sie nickte: »Ich werde heimfahren. Ich werde die Julia spielen.« Sie lachten beide, und sie wußten, daß nichts sich geändert hatte, und daß die Wand aus dünnstem Glas, durchsichtig wie die Luft und vielleicht noch schärfer die Erscheinung des anderen wiedergebend, zwischen ihnen bestehen blieb. Es war dies eine Grenze, die sie nun respektierten; und Sibylle blieb für ihn bestimmt; und Friedrich war der Mensch, der ihr gehörte. Es hatte sich nichts geändert.

Wolfgang Koeppen im Suhrkamp Verlag und im Insel Verlag

Gesammelte Werke in sechs Bänden. Herausgegeben von Marcel Reich-Ranicki in Zusammenarbeit mit Dagmar von Briel und Hans-Ulrich Treichel. Leinen und Leder

Band 1: Romane I: Eine unglückliche Liebe. Die Mauer schwankt
Band 2: Romane II: Tauben im Gras. Das Treibhaus. Der Tod in Rom
Band 3: Erzählende Prosa
Band 4: Berichte und Skizzen I
Band 5: Berichte und Skizzen II
Band 6: Essays und Rezensionen

Einzelausgaben

Amerikafahrt. st 802

Angst. Erzählende Prosa. st 1459

Die elenden Skribenten. Aufsätze. Herausgegeben von Marcel Reich-Ranicki. Leinen und st 1008

Jugend. BS 500

Die Mauer schwankt. Roman. Gebunden und st 1249

Morgenrot. Anfänge eines Romans. es 1454

Nach Rußland und anderswohin. Empfindsame Reisen. st 115

Reisen nach Frankreich. st 530

Romanisches Café. Erzählende Prosa. st 71

Tauben im Gras. Das Treibhaus. Der Tod in Rom. Drei Romane. BS 926

Tauben im Gras. Roman. BS 393 und st 601

Der Tod in Rom. Roman. BS 914 und st 241

Das Treibhaus. BS 659 und st 78

Eine unglückliche Liebe. Roman. st 392

Vorworte, Nachworte

Deutsche Märchen vom 18. Jahrhundert bis zur Gegenwart. Zwei Bände. Ausgewählt von Elisabeth Borchers und eingeleitet von Wolfgang Koeppen. Gebunden

Hans Jakob Christoffel von Grimmelshausen: Trutz-Simplex oder Ausführliche und wunderseltzame Lebensbeschreibung der Ertzbetrügerin und Landstörtzerin Courasche. Mit einem Nachwort von Wolfgang Koeppen. it 211

Heinrich von Kleist: Michael Kohlhaas. Aus einer alten Chronik. Mit einem Nachwort von Jochen Schmidt. it 844

Karl Friedrich von Rumohr: Geist der Kochkunst. Vorwort von Wolfgang Koeppen. it 326

29/1/8.89

Wolfgang Koeppen
im Suhrkamp Verlag und
im Insel Verlag

Philipp Otto Runge/Wolfgang Koeppen: Von dem Machandelboom. Ein Märchen nach Philipp Otto Runge. Mit einer Nacherzählung und einem Nachwort von Wolfgang Koeppen. Mit zwei Bildern von Anita Albus. IB 1036

August Scholtis: Jas der Flieger. Roman. Nachwort von Wolfgang Koeppen. BS 961

Zu Wolfgang Koeppen

Wolfgang Koeppen. Herausgegeben von Eckart Oehlenschläger. stm. st 2079

29/2/8.89

Neue deutschsprachige Literatur
in den suhrkamp taschenbüchern

Aschenbeck, Udo: Südlich von Tokio. st 1409
Bauer, Margrit: Überleben. Eine unsystematische Ermittlung gegen die Not aller Tage. st 1098
Behrens, Katja: Die weiße Frau. Erzählungen. st 655
Berkéwicz, Ulla: Josef stirbt. Erzählung. st 1125
– Michel, sag ich. st 1530
Blatter, Silvio: Kein schöner Land. Roman. st 1250
– Love me Tender. Erzählung. st 883
– Schaltfehler. Erzählungen. st 743
– Die Schneefalle. Roman. st 1170
– Wassermann. Roman. st 1597
– Zunehmendes Heimweh. Roman. st 649
Böni, Franz: Die Fronfastenkinder. Aufsätze 1966-1985. Mit einem Nachwort von Ulrich Horn. st 1219
Brasch, Thomas: Der schöne 27. September. Gedichte. st 903
Buch, Hans Christoph: Die Hochzeit von Port-au-Prince. Roman. st 1260
– Jammerschoner. Sieben Nacherzählungen. st 815
– Karibische Kaltluft. Berichte und Reportagen. st 1140
Cailloux, Bernd: Intime Paraden. Erzählungen. st 1707
Dinkelmann, Fritz H.: Das Opfer. Roman. st 1591
Fritsch, Werner: Cherubim. st 1672
Gall, Herbert: Deleatur. Notizen aus einem Betrieb. st 639
Genzmer, Herbert: Cockroach Hotel. Ängste. st 1243
– Freitagabend. st 1540
– Manhattan Bridge. Geschichte einer Nacht. st 1396
Goetz, Rainald: Irre. Roman. st 1224
Hänny, Reto: Flug. st 1649
Hengstler, Wilhelm: Die letzte Premiere. Geschichten. st 1389
Horstmann, Ulrich: Das Glück von Omb'assa. Phantastischer Roman. PhB 141. st 1088
– Das Untier. Konturen einer Philosophie der Menschenflucht. st 1172
Hürlimann, Thomas: Die Tessinerin. Geschichten. st 985
Innerhofer, Franz: Die großen Wörter. Roman. st 563
– Schattseite. Roman. st 542
– Schöne Tage. Roman. st 349
Kirchhoff, Bodo: Dame und Schwein. Geschichten. st 1549
– Die Einsamkeit der Haut. Prosa. st 919
– Ferne Frauen. Erzählungen. st 1691
– Mexikanische Novelle. st 1367

250/1/8.90

Neue deutschsprachige Literatur in den suhrkamp taschenbüchern

Kirchhoff, Bodo: Ohne Eifer, ohne Zorn. Novelle. st 1301
– Zwiefalten. Roman. st 1225
Kiss, Ady Henry: Da wo es schön ist. st 914
Klix, Bettina: Tiefenrausch. Aufzeichnungen aus der Großstadt. st 1281
Kolleritsch, Alfred: Gedichte. Ausgewählt und mit einem Vorwort versehen von Peter Handke. st 1590
– Die grüne Seite. Roman. st 323
Konrad, Marcel: Stoppelfelder. Roman. st 1348
Laederach, Jürg: Laederachs 69 Arten den Blues zu spielen. st 1446
– Nach Einfall der Dämmerung. Erzählungen und Erzählungen. st 814
– Sigmund oder Der Herr der Seelen tötet seine. st 1235
Leutenegger, Gertrud: Gouverneur. st 1341
– Ninive. Roman. st 685
– Vorabend. Roman. st 642
Meinecke, Thomas: Mit der Kirche ums Dorf. Kurzgeschichten. st 1354
Meyer, E. Y.: Eine entfernte Ähnlichkeit. Erzählungen. st 242
– In Trubschachen. Roman. st 501
– Ein Reisender in Sachen Umsturz. Erzählungen. Neufassung. st 927
– Die Rückfahrt. Roman. st 578
Morshäuser, Bodo: Die Berliner Simulation. Erzählung. st 1293
– Blende. Erzählung. st 1585
– Nervöse Leser. Erzählung. st 1715
Neumeister, Andreas: Äpfel vom Baum im Kies. st 1748
Offenbach, Judith: Sonja. Eine Melancholie für Fortgeschrittene. st 688
Pedretti, Erica: Harmloses, bitte. st 558
– Heiliger Sebastian. Roman. st 769
– Sonnenaufgänge Sonnenuntergänge. Erzählungen. st 1653
Pietsch, Nikolaus: Der Gefangene von Heidelberg. st 1129
Rosei, Peter: Der Fluß der Gedanken durch den Kopf. Logbücher. st 1656
– Reise ohne Ende. Aufzeichnungsbücher. st 875
Rothmann, Ralf: Messers Schneide. Erzählung. st 1633
Schertenleib, Hansjörg: Die Ferienlandschaft. Roman. st 1277
Schimmang, Jochen: Das Ende der Berührbarkeit. Eine Erzählung. st 739
– Der schöne Vogel Phönix. Erinnerungen eines Dreißigjährigen. st 527
Schleef, Einar: Gertrud. st 942
Sloterdijk, Peter: Der Zauberbaum. Die Entstehung der Psychoanalyse im Jahr 1785. Ein epischer Versuch zur Philosophie der Psychologie. st 1445

250/2/8.90

Neue deutschsprachige Literatur in den suhrkamp taschenbüchern

Stark, Angelika: Liebe über Leichen. st 1099
Strätz, Harald: Frosch im Hals. Erzählungen. st 938
Struck, Karin: Lieben. Roman. st 567
– Die Mutter. Roman. st 489
– Trennung. Erzählung. st 613
Wachenfeld, Volker: Camparirot. Eine sizilianische Geschichte. st 1608
– Keine Lust auf Pizza. Roeders Story. st 1347
Wigger, Daniel: Auch Spinnen vollführen Balzgesänge. st 1550
Winkler, Josef: Der Ackermann aus Kärnten. Roman. st 1043
– Menschenkind. Roman. st 1042
– Muttersprache. Roman. st 1044
Zschorsch, Gerald: Glaubt bloß nicht, daß ich traurig bin. Prosa, Lieder, Gedichte. Mit einem Text von Rudi Dutschke. st 1784

250/3/8.90

Biographien
in den suhrkamp taschenbüchern

Ball, Hugo: Hermann Hesse. Sein Leben und sein Werk. st 385

Ball-Hennings, Emmy: Das flüchtige Spiel. Wege und Umwege einer Frau. st 1502

– Ruf und Echo. Mein Leben mit Hugo Ball. Mit einem Nachwort von Christian Döring. st 1726

Der Cimarrón. Die Lebensgeschichte eines entflohenen Negersklaven aus Cuba, von ihm selbst erzählt. Nach Tonbandaufnahmen herausgegeben von Miguel Barnet. Aus dem Spanischen von Hildegard Baumgart. Mit einem Nachwort von Heinz Rudolf Sonntag und Alfredo Chacón. st 346

Bell, Quentin: Virginia Woolf. Eine Biographie. Aus dem Englischen von Arnold Fernberg. st 753

Bertaux, Pierre: Friedrich Hölderlin. st 686

Brecht, Walter: Unser Leben in Augsburg, damals. Erinnerungen. st 1368

Carossa, Hans: Ungleiche Welten. Ein Lebensbericht. st 521

Chalfen, Israel: Paul Celan. Eine Biographie seiner Jugend. st 913

Crick, Bernard: George Orwell. Ein Leben. Aus dem Englischen von Friedrich Polakovics unter Mitwirkung von Harald Raykowski. st 1778

Felder, Franz Michael: Aus meinem Leben. Mit einer Vorbemerkung von Peter Handke und einem Nachwort von Walter Methlagl. st 1353

Fitch, Noel R.: Sylvia Beach. Eine Biographie im literarischen Paris 1920-1940. Aus dem Amerikanischen von Angelika Schleindl. Mit Abbildungen. st 1702

Freund, Gisèle: Drei Tage mit James Joyce. Fotografiert von Gisèle Freund. Mit einem Vorwort von Philippe Sollers. Aus dem Französischen von Franz-Heinrich Hackel. st 929

Gandhi, Mahatma: Mein Leben. Herausgegeben von C. F. Andrews mit einem Nachwort von Curt Ullerich. Aus dem Englischen übertragen von Hans Reisiger. st 953

Gespräche mit Marx und Engels. Herausgegeben von Hans Magnus Enzensberger. st 716

Gibson, Ian: Lorcas Tod. Deutsch von Fritz Vogelgsang. st 197

Hellman, Lillian: Eine unfertige Frau. Ein Leben zwischen Dramen. Aus dem Englischen von Kyra Stromberg. Mit zahlreichen Abbildungen. st 292

Hesse, Hermann: Kindheit und Jugend vor Neunzehnhundert. Hermann Hesse in Briefen und Lebenszeugnissen. 1. Band: 1877-1895. Ausgewählt und herausgegeben von Ninon Hesse. st 1002

260/1/8.90

260/2/8.90

Biographien
in den suhrkamp taschenbüchern

Semprun, Jorge: Yves Montand: Das Leben geht weiter. Aus dem Französischen von Uli Aumüller. st 1279

Unseld, Siegfried: Begegnungen mit Hermann Hesse. st 218

– Peter Suhrkamp. Zur Biographie eines Verlegers in Daten, Dokumenten und Bildern. Vorgelegt von Siegfried Unseld unter Mitwirkung von Helene Ritzerfeld. st 260

Zeemann, Dorothea: Einübung in Katastrophen. Leben zwischen 1913 und 1945. st 565

– Jungfrau und Reptil. Leben zwischen 1945 und 1972. st 776

260/3/8.90